나혜석의 삶과 작품
古根의 이젤

古根의 이젤

초판 1쇄 인쇄일 2018년 9월 10일
초판 1쇄 발행일 2018년 9월 20일

지은이 한상희
펴낸이 한상희
디자인 신나래, 임홍순

펴낸곳 우리마음 Books
출판등록 제142-91-27806
주소 경기도 용인시 기흥구 연원로 60 마북동
대표전화 031-275-7017   **팩스** 031-275-7017
이메일 carpenter052@naver.com
ISBN 979-11-86618-07-3(03810)

이 도서의 국립중앙도서관 출판시도서목록(CIP)은 서지정보유통지원 시스템 홈페이지(http://seoji.nl.go.kr)와 국가자료공동목록시스템 (http://www.nl.go.kr/kolisnet)에서 이용하실 수 있습니다. (CIP제어번호 : CIP2018026643)

*저작권법에 의해 보호를 받는 저작물이므로 저자와 출판사의 동의 없이 내용의 일부를 인용하거나 발췌하는 것을 금합니다.

*파손된 책은 구입처에서 교환해 드립니다.

───────────────────────────

《이 도서는 한국출판문화산업진흥원의 출판콘텐츠 창작 자금 지원 사업의 일환으로 국민체육진흥기금을 지원받아 제작되었습니다.》

古根의 이젤

한상희 장편소설 | 나혜석의 삶과 작품

우리마음books

남자나 여자나 다른 사람과 좋아 지내면, 반면으로 자기 남편이나 아내와 더 잘 지낼 수 있지 않을까요? 나는 결코 남편을 속이고 다른 남자를 사랑하려고 한 것은 아니었나이다. 오히려 남편에게 정이 두터워지리라고 믿었사외다. 구미 일반 남녀 사이에 이러한 공공연한 비밀이 있는 것을 보고…… 가장 진보된 사람에게 마땅히 있어야 할 감정이라고 생각합니다.

- 나혜석 -

Howard Chandler Christy(1872~1952, 미국) 作

| 작가의 말 |

  이 소설은 과거 자료와 실화를 바탕으로 한 것이기는 하나, 일부는 픽션이다.
  이 소설을 쓰게 된 취지는 나혜석을 둘러싼 여러 가지 설들과 그녀의 작품에 대한 평가들이 아직도 난무하고 있어. 필자 나름대로 객관적 자료들을 근거로 재정리 하고픈 의욕에서였다.
  필자는 이 글을 전개해 나가는 과정에서 되도록 공정성을 기하고자 노력했는데, 특정부분에서 본의 아니게 주관적으로 흐를 수도 있다는 점을 인정한다. 만약 이에 대한 오류가 발견될 시에는 최단시간 내 즉각 시정 조치할 것임을 굳게 약속드린다.
  이 소설을 전개해가는 과정에서 꼭 필요하다고 생각되는 부분에 주요 작품들을 게재했다. 그 이유는 미술 등 전문용어가 많이 들어가 있기 때문에, 그에 대한 이해를 높이기 위해서였다.
  보는 시각에 따라 다르겠지만, 어떻게 보면 이 소설은 매우 민감할 수도 있기 때문에, 독자 개개인이 정독한 후 냉정하게 평가해주길 바란다.

2018년 설 명절 직전에
素潭 한상희 배상

| 차례 |

작가의 말 · 07

1장 · 11

수원 시청역

2장 · 24

성장환경 | 일본화가의 구애 | 문학 활동 | 이광수와의 밀애 | 최승구와 열애 1년 후(1917년 초)

3장 · 66

투옥(投獄)

4장 · 70

파격적 결혼조건 | 백년가약(百年佳約) | 안동현 부영사 부임

5장 · 98

파리의 환상에 젖어(1927년) | 하얼빈 역 | 이르쿠츠크 | 파리 북역(北驛) | 비엔나에서 | 짜릿한 밤

6장 · 167

이혼(離婚)

7장 · 180

이혼 고백서 | 경희 소설 요지 | 이혼 후 첫 작품 전시회 | 건강악화 조짐
파리행 시도 좌절

8장 · 194

수덕사(修德寺) | 나의 처녀시대

9장 · 229

인왕산 산사(山寺)에서(1944년) | 투병 생활 | 비참한 최후 | 사후(死後)

10장 · 236

나혜석 생가(生家)

이 책을 마치며 · 297
부록 · 311

최린'의 말로 | 나혜석 남편 김우영 | 수덕사의 여승 | 나혜석의 작품도록(作品圖錄)
참고문헌

〈수원市 나혜석 거리〉

1장

수원시청 역

　박정인은 시계를 보면서 연신 주변을 두리번거렸다. 그는 약속 시간 정시에 도착해 9번 출구에서 누군가가 오기만을 기다리고 있었다. 그 때였다. 지하철 아래 계단에서 30대 초반의 아리따운 긴 생머리 아가씨가 어슬렁어슬렁 걸어 올라오고 있었다. 박정인도 그녀를 보았으나, 내색하지 않고 일부러 시선을 재빨리 다른 데로 돌렸다. 다른 저의는 없었다. 미묘한 서푼짜리 자존심 싸움에서 그렇게 한 것뿐이다.

"오래 기다렸어?"
　이경심은 그런 그의 마음을 애써 몰라라 하면서, 태연하게 물었다. 대신, 그녀는 희고 가지런한 이가 드러나는 예쁜 미소만은 잊지 않았다. 그녀의 전매특허이기도 했다.

"아니……너는 원래 20~30분 늦는 게 습관이잖아"
박정인은 이번만은 습관처럼 약속 어기는 그녀의 정신을 좀 고쳐주어야겠다고 단단히 벼르고 있었다.
"미안해! 전철을 간발의 차이로 놓쳐서 그래"
이경심은 환한 미소로 그의 토라진 마음을 달래 주려했다. 박정인은 이번에도 또 그런 그녀의 아름다운 미소에 어쩔 수가 없었다. 조금 전까지의 그 마음이 언제 그랬느냐는 듯이 엿가락처럼 녹아 버린 것이다. 그는 매번 이렇게 당해왔다.
"알았어! 그냥 해본 소리야"
"화 안 났지?"
"왜 화를 내? 나도 5분 전 왔는데……"
"뭐? 이리 와봐!"
그녀는 돌연 얄미운 마음이 들어 그의 팔을 살짝 꼬집었다.
"약속시간 늦는 게 어디 한 두 번이야? 그래서 나도 이번부터는 아예 20분 늦게 오기로 했어. 그래야 만수무강에 지장 없겠더라고……"
"으이그……미워 죽겠어!"
"히히히"
둘의 사랑싸움은 매사 이랬다. 그래서 토라짐은 1~2분이 지속된 적은 없었다. 둘은 서로 다정하게 대화를 주고받으며, 나혜석 거리로 걸어갔다. 나혜석 거리는 수원 시청 전철역에서 북동 방향으로 300m 거리에 위치해 있다. 나혜석은 한국여성 최초로 미술 개인전을 연 개화기의 예술가였고, 항상 화제의 중심에 선 신여성이기도 했다. 경기도 수원시는 2012년 5월 그녀를 기리기 위해 팔달구 인계동의 효원공원으로부터 서쪽 600m에 이어지는 거리를 '나혜석거리'로 명명했었다. 거리의 중심에는 소박한 한복을 입고 선 나혜석 동상이 세워져 있다. 이 동상 맞은편에는 〈잠들지 않는 길〉이라는 조형물도 세워져 있는데, 남성 중심적이고 보수적인 사회에 도전해 온 그녀의 일생을 상징하고 있다. 주변에는 수원성(城)을 축소해 놓은 것 같은 분수대가 설치돼 있고, 그 옆에는 한글과 영어, 일어로 된 나혜석 거리 조성 취지와 그녀의 작품 세계에 대한 설명이 새겨져 있다. 이곳은 수원에서 가장 번화가 중 하나다.

"소문과는 달리 볼게 별로 없네!"

"나도 기대하고 온 것은 아니고, 호기심에 그냥 한번 와 본 것뿐이야. 나혜석을 기리는 상징물 대신에 먹거리들만 가득 차 있는 게 아쉬워"

대학원에서 서양미술사를 전공하고 있는 박정인은 지난 주 이경심에게 나혜석 거리를 한번 둘러본 후, 거기서 점심 먹고 오자고 제안했었고, 이경심도 이에 흔쾌히 응했다. 그녀 역시 TV나 언론매체를 통해 이따금 나혜석 거리에 대해 들었던 터라, 예전부터 기회를 봐서 한번 다녀와야겠다는 생각을 해왔다.

"미술공부를 많이 한 전문가는 아니지만, 작품들도 별로인데 왜 사람들은 나혜석에 대해 환호성일까?"

이경심은 서울 소재 명문 女大에서 서양화를 전공했다. 그녀는 특히 야수파나 인상파 등에 지대한 관심을 가져오면서 자신의 작품에 적용시키기 위한 열정도 보여 왔다. 그녀는 학부재학 중 방학 기간을 이용해 프랑스 루브르 박물관과 인근 오르세 미술관 등을 찾아가 인상주의 이후의 미술 흐름을 두 차례나 살펴보기도 했었다. 그녀는 디자인 회사에 다니다가 그만 둔 후 공립학교 미술교사 임용고시에 합격해, 발령 날짜만을 학수고대하고 있었다.

"글쎄? 나혜석이 한국 최초의 여류화가인 것은 맞는데, 나도 그 점을 잘 이해하지 못하고 있어."

박정인은 학부에서 영문학을 전공했다. 그도 졸업 후 3년 정도 대기업에 다니다가 뜻한 바 있어 과감히 사직서를 내고, 미술대학으로 유명한 대학원 서양미술사학과에 입학, 현재 졸업 논문을 준비하고 있었다. 그의 졸업논문 주제는 낭만주의(Romanticism)다. 통상 낭만주의 화가의 양 거두는 영국의 W. 터너와 프랑스의 드라크로와를 지칭하고 있다. 그런데 이 두 거장의 출생환경은 180도 다르다. 그림의 표현양식도 확연한 차이가 있다. 그래서 박정인은 그들의 출생환경이 그림에 미치는 영향에 관한 논문을 준비해왔던 것이다.

"뭐 먹을래?

둘은 인근 이탈리아 레스토랑에 들어와 메뉴를 훑어보다가 마땅한 음식을 찾지 못했다.

"집에서 아침 먹은 지 얼마 안 돼가지고……"

이경심은 밥 먹고싶지 않다는 표정을 지었다.

"그래도 간단히 시켜"

"젤라토와 커피면 돼"

"정말 그거면 되겠어?"

"응!"

"오늘 내가 모처럼만에 한턱 쏘려고 했는데……"

"오늘만 날인가 뭐. 다음엔 권총이 아니라 장총으로 멋지게 쏘면 되지"

둘은 서울 국립박물관에서 주최한 한 미술세미나에 참석했다가 우연히 알게 되었다. 당시 옆자리에 앉아있던 박정인이 놓고 간 그녀의 책을 집어 뒤따라가 전해준 것을 계기로 친해졌던 것이다. 나이는 박정인이 1년 재수하고 입대하느라 휴학했기 때문에 4살 더 많았다.

"피자는 안 먹을래?"

"생각 없어"

"나도 간단하게 카르보나라(Carbonara)하고 커피로 하지 뭐"

박정인은 어제 과외비를 받았다. 그래서 그는 모처럼 그녀에게 맛있는 것을 사주고 싶었지만, 아쉬움을 머금고 다음으로 미룰 수밖에 없었다. 박정인은 예전에 이탈리아 지역 미술관들을 돌아보면서 이 음식 맛에 익숙해 있었다. 그는 유럽미술관 순회 여행을 두 군데 뛰고 있는 과외비로 충당하곤 했다. 카르보나라는 이탈리아의 대표적인 파스타이다. 구안치알레(Guanciale, 돼지의 턱살이나 볼 살을 소금, 설탕, 향신료 등으로 절여 두고 먹는 저장식품) 혹은 판체타(pancetta, 돼지 뱃살을 소금에 절여서 만드는 저장식품으로 베이컨과 유사함)와 달걀, 치즈, 후추 등을 넣어 만든다. 전통 로마식 카르보나라는 스파게티 면을 달걀과 치즈에 버무려내기 때문에, 고소하고 담백한 맛이 특징이다. 카르보나라(carbonara)는 숯(charcoal)을 의미하는 이탈리아어 카르보네(carbone)에 어원을 두고 있다.

"그런데……나혜석이가 왜 그렇게도 유명한 거야?"

이경심은 그 전부터 이 문제에 대한 의구심을 떨쳐버리지 못해 왔다.

"깊이 연구를 안 해봐서 나도 잘 모르겠어. 직감에 너무 미화시키고 있다는 생각이 들어"

박정인도 나혜석을 주 전공으로 선택하지 않았기 때문에 일반상식 선에서만 알고 있었다. 이경심은 궁금증에 연신 고개를 갸우뚱거렸다.

"화가는 예술작품으로 말해야지. 그런데 자꾸 본말이 전도되고 있다는 느낌을 가지게 돼"

그러나 이들은 예술을 전공하고 있기 때문에, 비록 어떤 개인에 대해 전문적이지는 않더라도 남다른 직관력만은 지니고 있었다.

"나도 공감이야. 최초의 한국 여류화가니 신여성 운운하는 것은 2차적인 문제로 보고 싶어"

"바로 그 말이야"

"그녀를 찬양하는 사람들 글을 보면 대부분 미술에 문외한들 같기도 하고……"

"음식 왔다. 금강산도 식후경이라고 이것부터 먹고 얘기하자"

"해방 전에는 외국에 나가 인상주의 미술 등을 접한 사람들이 거의 없었기 때문에, 나혜석 씨 그림에 찬사를 늘어놓아도 그런가 보다 여길 수 있었지만, 지금이 어느 시대인데……그런 사람들 오히려 자신의 무식을 드러내는 거 아니야?"

"꼭 그렇게 부정적으로만 보지 마. 나혜석이 그래도 한국 최초의 여류서양화가인 것만은 확실해. 그 점을 부각시키려다 보니깐 작품 평에서 무리수가 나온 게 아니겠어?"

"아무리 그래도 그렇지. 과유불급이라는 말도 있잖아? 적당히 해야지. 그리고 그녀를 두고 신여성이니 뭐니 하는 것도 논리에 썩 맞지 않다고 생각해"

"공감! 그녀의 작품성은 차치하고 신여성 개념서부터 어떤 정리가 이뤄져야 할 거 같아."

'신여성'이란 용어는 1890년대 영국의 New Woman 열풍에서 시작돼 세계 각국으로 퍼져나갔다. 아시아에서는 19세기 말부터 20세기 초에 이 용어가 사용되기 시작했다. 조선의 경우, 근대 교육을 받고 교양을 쌓은 여성이 1890년대 이후 출현했기 때문에, 이 용어는 주요 언론 매체, 잡지 등에서 1910년대부터 쓰이기 시작하여 1920년대 중반 이후 1930년대 말까지 빈번하게 사용되었다고 할 수 있다. 여기서 주목해야 할 점이 있다. 우리나라에서는 이 용어가 서구 문화권으로부터 직수입된 것이 아니라, 일본으로부터 영향을 받았기 때문에 새로운 주체와 새로운 여성의 이야기를 품고 있다. 그 이면에는 한국 여성의 계몽운동과 해방운동 및 가부장적 질서 안에서 결혼 관습 등 부닥쳐야 할 일들도 많았다. 이 당시에는 '新여성 도착하다'는 신조어가 하루가 다르게 전국으로 확산되어 갔었다.

  일례로, 2018년 1월~4월 국립현대미술관 주관으로 열리고 있는 '신여성 도착하다' 전시회를 통해 신여성 개념을 개괄적으로 고찰해 보기로 하자. 군산에서 활동했던 여류 동양화가 박래현 〈예술해부괘도, 1940, 일본 조시비 미술대학 소장〉이 국내 최초로 공개되었다. 국립현대미술관(관장 바르토메우 마리)은 4월 1일까지 덕수궁관 전관에서 '신여성 도착하다' 전을 개최하는 가운데 그녀의 작품은 2부 '내가 그림이요. 그림이 내가 되어: 근대의 여성 미술가들'을 통해 국내 최초로 공개되었다. 이 작품은 그간 미공개 되어 왔었다.

  '신여성 도착하다'는 개화기에서 일제강점기까지 근대 시각문화에 등장하는 신여성의 이미지를 통해 우리나라 역사, 문화, 미술의 근대성을 여성의 관점에서 바라보는 전시다. 지금까지는 남성 중심적 서사로 다루어져왔다고 해도 과언이 아니다. 이번 전시회에는 회화, 조각, 자수, 사진, 인쇄 미술(표지화, 삽화, 포스터), 영화, 대중가요, 서적, 잡지, 딱지본 등 500여 점의 다양한 시청각 매체들이 입체적으로 소개된다. 특히 근대성의 가치를 실천하고자 한 새로운 주체 혹은 현상으로서의 신여성에 대한 다각적인 접근과 해석, 동시대적인 경험을 공유하고자 현대 작가들이 신여성을 재해석한 신작들도 소개된다. 당시 조선의 여성들은 제국주의, 식민주의, 가부장제 그리고 동서양 문화의 충돌이라는 억압과 모순의 상황을 경험했다. 피식민인이자 여성으로서 조선의 신여성은 근대화의 주된 동력으로 작동할 수 없는 이중적 타자로 위치했고, 근대성의 분열적인 함의를 드러내는 대표적 아이콘이기도 했다.

전시는 모두 3부로 구성됐다. 1부 〈신여성 언파레드〉, 2부 〈내가 그림이요 그림이 내가 되어: 근대의 여성 미술가들〉, 그리고 3부 〈그녀가 그들의 운명이다 : 5인의 신여성〉으로 구분된다. 1부는 주로 남성 예술가들이나 대중 매체, 대중가요, 영화 등이 재현한 신여성 이미지를 통해 신여성에 대한 개념을 고찰한다. 교육과 계몽, 현모양처와 기생, 연애와 결혼, 性과 사랑, 도시화와 서구화, 소비문화와 대중문화 등의 키워드로 점철된 신여성 이미지들은 식민 체제하 근대성과 전근대성이 이념적, 도덕적, 사회적, 정치적 각축을 벌이는 틈새에서 당시 신여성을 향한 긴장과 갈등 양상이 어떠했는지 그대로 드러내고 있다.

  2부는 창조적 주체로서의 여성의 능력과 잠재력을 보여주는 여성 미술가들의 작품으로 구성되어 있다. 이 시기 여성 미술가들의 작품은 상당히 희귀한데, 국내에서 남성 작가들에게 사사한 정찬영, 이현옥 등과 기생 작가 김능해, 원금홍, 동경의 여자미술학교(현 女子美術大學) 출신인 나혜석, 이갑향, 나상윤, 박래현, 천경자 등과 전명자, 박을복 등 자수과 유학생들의 자수 작품들을 선보인다. 이를 통해 근대기 여성 미술교육과 직업의 영역에서 창작자로서의 자각과 정체성을 추구한 초창기 여성 작가들의 활동을 살펴볼 수 있다. 이 가운데, 우향 박래현(雨鄕 朴崍賢, 1920~1976)은 평안남도 남포에서 태어난 후 군산에서 성장했고, 서울의 경성관립여자사범학교를 졸업했다. 그녀는 2년간 교사로 재직하다 뜻한바 있어 1940년 동경의 여자미술학교(당시 여자미술전문학교)에 입학하면서 화가의 길로 본격 들어섰다. 당시 여자미술학교의 한국인 여성 유학생 대다수가 자수과(刺繡科)를 선택했던 반면, 박래현의 경우 사범과 일본화부로 진로를 정했다. 이는 한국인 유학생으로서는 남녀 통틀어 최초에 해당하는 것이었다.

  1946년에는 수묵채색화가 김기창과 부부의 연을 맺었으며, 1940년대 말부터는 남편과 함께 면 분할에 의한 입체주의적 화면 구성의 실험적 수묵채색화를 모색했다. 1960년대 후반부터는 먹과 동양화 물감만을 고집하는데 그치지 않고, 천, 실, 털실, 엽전 같은 물질을 작품에 도입하여 태피스트리를 제작하거나, 동양화가로서는 드물게 동판화, 석판화, 실크스크린, 메조틴트 등 다양한 판화를 제작하기도 하는 등 장르와 매체를 넘어서는 과감한 시도를 보여주기도 했다. 남편과 함께 12차례나 부부전(夫婦展)을 열었던 점은 과거와 달라진 여성 예술가의 위상을 시사해준다. 국립현대미술관장은 '이번 전시가 한국 근현대 사회에서 가장 큰 도전과 논쟁의 대상이었던 근대 식민기의 신여성을 통해 기존의 모더니즘 이해에 의문을 제기하고 한국의 근대성을 온전하게 복원하는 계기가 되기를 바란다'고 말했다.

"맞아. 바로 박래현 같은 화가가 한국을 대표하는 신여성 개념의 모델로 될 수 있을 거 같아. 그녀는 자신의 행동 가짐과 예술 추구 정신도 그렇지만, 남편을 오늘날 저명한 화가로 만든 1등 공신이기도 해"

"그런데, 아이러니한 것은 박래현 씨가 화가의 자질로서 훨씬 더 훌륭한 기량을 가지고 있음에도 불구하고, 유명세는 그녀의 보이지 않는 내조에 힘입은 김기창 화백이 더 앞서 있거든. 이 말을 다른 말로 바꾸면 유명세와 실력은 별개라고도 할 수 있어. 일반 사람들 사이에선 김기창은 알아도 박래현에 대해선 인지도가 매우 낮아"

"정말 그러네! 박래현의 작품성과 예술가적 기질을 누구나 다 인정하고 있지. 김기창 화백에 대해선 양론이 계속 일고 있고……"

"관건은 예술성이나 실력과는 상관없이 누구에게 더 잘 알려져 있느냐가 중요한 거 같아. 미술을 전공한 사람들이나 전문가들 사이에선 박래현은 정말 인정받는 여성이야"

"그래서 하는 말인데, 신여성이라고 해서 사생활 등이 문란한 것을 사회적으로 관대하게 용인해주는 것이 아니라, 사회의 기존 관념이나 틀을 깨는데 무한한 도전을 하면서, 한편으로는 자기만의 두드러진 예술적 업적을 이루어 내 먼 훗날 사회에 귀감이 될 수 있는 여성, 이런 사람들이야 말로 우리가 얘기하는 신여성 아니야?"

"나도 적극 공감해."

"그런데, 나혜석으로 부터는 그런 면들이 별로 발견되지 않는다는 점에서 아쉬움을 표하고 싶은 거야. 그녀에게 개인감정이나 일부러 폄훼하고 싶은 생각은 추호도 없어."

"박래현은 우리의 동양화 분야에서 알게 모르게 많은 업적을 남긴 분인데, 지금에 와서는 어떻게 된 영문인지는 몰라도 나혜석이 더 유명해. 그녀가 자행해온 일종의 노이즈마케팅이 성공한 것일까? 우리의 향후 미술발전이나 신여성 개념을 올바르게 정립하는 차원에서라도 이 점은 반드시 시정하는 운동이 전개되어야 할 것 같다는 생각도 든다."

"음식이 다 부르터 버렸네. 아깝다. 우선 그거부터 먹고 난 후 나중에 얘기해"

"알았어."

박정인은 게걸스럽게 후다닥 먹어치웠다. 이경심은 그런 그를 만족스런 눈빛으로 쳐다보았다.

2장

성장 환경

 나혜석은 1896년 4.28일 인천부 수원군 수원면 신풍리 291번지(현재의 경기도 수원시 팔달구 신풍동 45번지)에서 태어났다. 그녀는 나기정(羅基貞)과 수성 최 씨 가문인 최시의(崔是議) 사이에서 태어난 5남매 가운데 넷째인데, 딸로서는 둘째인 셈이다. 그녀의 할아버지 나영완은 호조참판(차관급, 종2품)의 벼슬을 지냈다. 아버지 나기정은 구한말의 개명인사로, 대한제국 당시 수원면장, 경기도 관찰부 재판주사, 시흥 군수(1909년)를 각각 지냈다. 일제 강점기에도 계속 공직에 있으면서 용인 군수(1912년)를 역임했다. 그로인해 나혜석은 아주 부유하고 좋은 환경에서 자랐다고 할 수 있다. 그러나 아버지가 경술국치일(1910년) 이후에도 용인군수를 역임했기 때문에 굳이 흠을 잡자면 친일(親日)자손이라 할 수도 있다.

나혜석에게는 요절한 친언니와 여동생 나지석과 오빠들인 나홍석, 나경석 외에도 아버지와 첩 사이에서 태어난 이복언니 나계석도 있었다. 나계석은 일찍 시집을 갔다. 큰 오빠 나홍석은 아들이 없던 큰 아버지 나기형의 양자로 들어가 버렸기 때문에, 그녀는 둘째 오빠 경석 및 여동생 지석과만 함께 자랐다. 그래서 둘째 나경석이 늘 나혜석의 보호자 역할을 했다.

다행인 것은 아버지 나기정이 진취적인 성향을 가진 인사였기에 아들, 딸을 차별하지 않고 교육을 시키려 무던히도 노력했다. 그러한 여건 속에서 나혜석은 한학(漢學)을 공부할 수 있었다. 그녀는 어려서부터 기억력이 좋고, 매우 총명했다. 그녀는 일찍부터 미술에 많은 관심을 보여 수원 화성과 사도세자와 정조의 능침인 융건릉, 방화수류정 및 서호 등을 찾아다니며 풍경을 자주 그리곤 했다.

당시 아버지는 몇 명의 첩을 거느리고 살았다. 그 중 한 명은 나혜석 보다 연상인 이복언니 나계석의 생모였고, 다른 첩들은 나혜석과 비슷한 또래였다. 그녀가 사춘기일 때 아버지가 나혜석 보다 한 살 더 많은 또 한 명의 첩을 들이기도 했다. 이 때부터 나혜석은 친모 '최시의'가 어린 첩 때문에 몹시 힘들어하는 모습을 보고 자라면서 정조관념과 축첩제도, 그리고 가부장적 제도 등에 대해 부정적인 가치관을 갖는 계기가 됐던 것으로 추정된다.

나혜석은 1906년 6월 수원 삼일 여학교(매향중학교 전신)에 입학했다. 이 학교는 나혜석의 사촌오빠인 나중석이 1902년 수원 보시동 북감리교회 내에 설립한 사립 삼일여학당으로, 나혜석 입학 1년 전 삼일여학교로 변경되었다. 나혜석은 1910년 新학제에 의한 이 학교 제1회 졸업생 4명 중 한 명이었다.

나혜석은 이 학교 재학 중 월간지 〈개벽〉을 위한 단색목판화를 제작하는 등 오빠의 적극적인 후원하에 그림 그리기를 열중할 수 있었다. 나혜석은 8월에 졸업한 후, 그 해 9월 1일 경성부에 있는 진명여학교에 편입학했다. 2년 연하의 여동생 나지석 역시 진명여학교에 진학했기 때문에, 자매는 처음엔 통학하다가 나중에는 경성부 근처에 기숙사를 얻어 함께 생활을 했다. 진명여학교 재학 중 총 7명의 같은 반 동급생에서 반장을 지냈고, 1913년 이 가운데 1등으로 졸업했다.

나혜석은 1906년 수원 삼일여학교에 '명순'이라는 이름으로 입학했었는데, 진명여학교에 편입한 이후 돌림자를 넣어 '혜석'으로 개명했다고 한다. 그녀는 빼어난 미모는 아니지만, 수려한 외모와 우수한 성적으로 진명여고를 최우등으로 졸업했을 때, 이 사실이 매일신보에 사진과 함께 실릴 정도로 하이틴 스타가 되기도 했다. 그녀는 너무 일찍부터 '스타가 왜 좋은 지'를 깨달았던 것이다.

그녀는 졸업 후 둘째 오빠 나경석의 권유로 일본 동경에 유학, 여자 미술대학 전신인 여자 미술학교 유화과(油畫科)에서 서양화를 본격 공부하기 시작했다. 나혜석의 오빠 나경석도 당시 일본 유학 중이었다. 나혜석은 그곳 유학생활 중 남들이 놀라워 할 정도로 열심히 공부했고, 성적도 우수해 신문에까지 보도되기도 했다. 이 때 일본에서 공부중인 조선인 여학생은 총 30여명에 이르렀다. 나혜석은 미술공부 외에도 교포여학생 모임인 '조선여자친목회'를 결성해 기관지를 내는 등 문필활동도 활발히 전개했다. 나혜석은 작은 오빠의 적극적인 후원으로 비교적 유복한 일본 유학생활을 한 셈이다. 그녀는 하숙집 주인 딸과도 친하게 지낸 것을 계기로 동경에 살고 있는 청년 화가 사토우 야타(佐藤彌太)와 알게 된다. 그런데 이 화가는 나혜석을 보는 첫 순간부터 그녀에게 푹 빠져들고 만다.

일본화가의 구애(求愛)

머리가 덥수룩하고 키가 아주 작은 청년이었던 '사토우 야타'화가는 그 이후 식음을 전폐하고 그녀를 죽자 살자 따라다녔다. 어느 날 그가 나혜석의 숙소에까지 불쑥 찾아왔다. 그녀는 어쩔 수 없이 근처 차 마시는 곳으로 따라갔다. 마치 도살장에 끌려가는 기분이었다.

"나는 당신 없이는 단 하루도 못 살겠소. 눈 딱 감고 나와 결혼해 줄 수는 없겠소?"

이렇게 말하는 그의 표정은 처절했다.

"······"

그러나 나혜석은 무어라고 대답할 수가 없었다. 자신을 그렇게도 사랑해주는 그가 고맙다는 마음보다는 오히려 더 싫어질 뿐이었다. 그런 그와 함께 있는 것 자체가 생지옥이라는 생각이 들기도 했다. 그러나 그녀는 모든 예우를 갖추어 점잖게 얘기했다.

"선생님께서 저를 그렇게 예쁘게 봐주신 점에 대해선 무어라 감사의 말씀을 드려야할지 모르겠어요. 하지만 저는 이곳에 공부하러 왔고, 선생님께서 생각하시는 만큼 좋은 여자도 아니라고 생각해요"

"혹여 푸시킨의 운문소설 오네긴을 읽어 보셨소?"

"아니요! 처음 들어보는 소설인데요."

"그래요? 그 소설에서 주인공 오네긴이 타티아나를 너무도 짝사랑 한 나머지 그녀에게 수차 고백했지만 그 때마다 거절당한 이후, 불면증에 숨이 막히고 식음을 전폐할 정도로 서서히 말라죽어가는 지독한 사랑 병에 걸린 답니다. 저는 그 소설을 아주 흥미롭게 읽었는데, 불행하게도 제가 그 신세가 되어 버렸습니다."

화가의 눈에는 눈시울이 글썽거리고 있었다.

"남자도 그렇게 될 수 있나요? 여성들만 가능한 줄 알았는데……"

나혜석은 일부러 고개를 갸우뚱거렸다.

"사랑에 남자와 여자가 어디 따로 있나요? 여자와는 달리 남자는 때론 사랑에 목숨까지 건답니다. 제가 지금 딱 그 상태입니다"

"주변에 여자들은 많잖아요? 더구나 선생님은 예술가이시기 때문에 마음만 먹으면 얼마든지 저 보다 예쁘고 좋은 여성을 만나실

수 있으실 거 아니겠어요?"

"사람에게는 저마다 타고난 기질이 있어요. 그런데, 신의 계시였는지, 아니면 운명의 장난인지는 몰라도 저는 백사장의 모래알처럼 그 많은 여성들 중 하필이면 당신에게 정신 못 차릴 정도로 푹 빠져버린 것입니다. 당신 없이는 단 하루도 못 살 것 같습니다. 그렇다고 불쌍하다는 느낌은 갖지 마십시오. 이것도 제 운명이라 생각하고 있으니깐……"

"안타깝네요!"

나혜석은 왠지 그에게 측은지심이 들었다.

"당신 생각에 골몰한 나머지 잠을 제대로 자 본적도 없습니다. 당신이 천사라면, 나를 구제해준다는 생각으로 나와 결혼해줄 수 없겠소? 그렇게만 해준다면 당신을 평생 내 은인으로 삼으며 최선을 다하리다. 오네긴 소설을 읽을 때 흥미롭기만 했지, 막상 내가 그 꼴이 되어 보니깐 사랑 병이 이렇게 잔인할 줄 미처 몰랐습니다. 지독한 그리움이 뭔지를 이제야 깨달았습니다. 나는 매일 밤이 지긋지긋한 고독 속에서 마치 몽유병 환자처럼 어둠을 헤매고 있답니다."

"아시다시피, 저는 아직 결혼할 입장도 아니에요. 그리고 뜻한 바 있어 일본에 유학 온 것이에요. 말씀대로 저를 진정 사랑하고 계신다면 제가 공부를 계속할 수 있도록 도와주시길 바라요. 가장 아름다운 사랑은 상대를 위한 거룩한 희생이라고 들었어요. 제발 부탁드려요"

"당신의 얘기가 틀린 것은 아니죠. 그러나 저에게는 마치 농아(聾兒)처럼 그 말이 제 귀에 전혀 들어오질 않습니다. 이 순간, 저에게는 당신의 사랑을 얻느냐, 아니면 죽느냐 하는 기로에 서 있다고 할 수 있습니다."

"선생님께서 아무리 그렇게 절절하게 말씀하셔도 제 입장은 추호도 변하지 않을 거예요. 그러니 제 입장도 좀 생각해 주세요."

나혜석이 계속 요지부동한 태도를 보이자, 그는 돌연 가슴 속 깊은 곳에서 권총을 꺼내 들었다. 순간, 나혜석은 비명을 지르며 뒤로 나자빠질 뻔 했다. 그녀의 두툼한 입술은 새파랗게 돌변한 채 사시나무처럼 부르르 떨고 있었다.

"내가 당신더러 일본 사람이 되어달라고 말하지는 않겠소. 차라리 내가 조선 사람이 되겠소."

샤토우 야타는 그녀의 기겁한 모습에 재빨리 냉정을 되찾으면서 권총을 다시 제 자리에 집어넣은 후, 근엄하게 말했다.

"거듭 말씀 드리지만, 저는 이곳에 그림을 배우러 왔지 결혼하러 온 것이 아니에요. 제 사정도 좀 너그러이 이해해 주세요."

나혜석은 그가 권총을 다시 집어넣은 모습을 보고 간신히 용기를 내 개미 기어가는 소리로 말했다. 그러나 그녀는 혹시나 몰라 그의 다음 동작과 표정을 예의 주시하지 않을 수 없었다.

"지금 이 자리에서 당장 결정해 달라는 것이 아니요. 시간을 두고 저의 진정성을 한번 심각하게 고심해주시길 바라오. 나는 요즘 당신 때문에 얼마 못 살 것 같소. 그렇다고 당신을 무력으로 납치해 갈 수는 없고……."

그의 눈에서는 계속 눈시울이 글썽거리고 있었다. 그간 식음을 전폐했는지 그의 몰골은 말이 아니었다. 마치 해골에 가죽만 감아 놓은 모습이었다. 그러나 나혜석은 그의 진정성에 대해 조금도 생각하고 싶지가 않았다. 무엇보다도 그의 키와 너저분한 외모가 마음에 안 들었다. 심지어 그에게서 코를 찌르는 악취도 진동했다. 그로부터 강력한 막대자석처럼 자신의 마음을 확 끌어당기는 매력 포인트를 그 어디에서도 찾아볼 수 없었던 것이다.

"당신으로부터 나의 사랑이 거절된다면, 나는 죽음을 택할 수밖에 없소. 혹여 〈미녀와 야수〉소설을 읽어보셨는지 모르겠는데, 상대방에 대한 따스한 마음이 생기는 것은 일정 시간이 필요하다는 것도 나 역시 잘 알고 있소. 허락만 해준다면 평생 당신을 여왕으로 받들며 살겠소. 믿어 주시오."

"……"

나혜석은 그의 마음을 상하지 않게 하면서 어떻게 하면 무사히 빠져나갈 수 있을까 하는 묘안 찾기에만 골몰한 나머지, 그의 말이 귀에 전혀 들어오질 않았다. 그래서 침묵을 유지할 수밖에 없었다. 그녀는 일단 이 위기에서 벗어나게 되면 하숙집 딸에게 도움을 요청해봐야겠다는 생각도 했다.

"저의 돌발 행동에 많이 놀라셨을 것이오. 이 점 진심으로 사과 드리오. 오늘은 일단 돌아가서 나의 이 증류수처럼 맑고 순수한 사랑의 마음을 고심해 주기 바라오. 나는 당신으로부터 긍정적인 반응이 올 때까지 두 손 모아 간절히 합장하고 있겠소."

화가는 그녀의 놀란 표정에서 우선 그녀를 진정시켜 줘야겠다고 생각했다. 나혜석은 그의 말에 나쁜 사람이 아니라는 확신만은 가질 수 있었다. 그러나 끝까지 안심할 수는 없었다.

"조금 전에도 말씀 드렸지만, 저는 이곳에 미술 공부하러 왔어요. 아직 결혼이나 누구를 사랑할 마음의 준비도 되어있지 않은 모자란 사람이에요. 그렇게만 아시고 일단 돌아가 주세요. 저도 밀린 과제가 있어서 이만 들어가 봐야 해요."

나혜석은 말을 마치자마자 벌떡 일어 나 공손히 인사하고 나갔다. 그러나 화가는 망연자실한 표정으로 그녀의 뒷모습을 물끄러미 바라보고만 있었다. 나혜석은 조금 걷다가 뒤를 돌아본 뒤 따라 올지 모른다는 두려움에 무작정 뛰기 시작했다. 하숙집과 찻집과의 거리는 300m 이내였다. 다행히 나혜석에 대한 화가의 짝사랑은 하숙집 딸의 적극적인 중재로 무사히 마무리 될 수 있었다. 나중에 그가 나혜석을 잊지 못한 나머지 〈시라카바(白樺)〉 잡지에 'R子에게'라는 제하의 글을 기고한 것만으로도 보아 얼마나 그녀를 진정으로 사랑했는지 충분히 짐작할 수 있을 것 같다. 그 후 나혜석은 하숙집을 떠나 오모리(大森)에서 자취를 하며, 성선(省線)으로

통학을 했다.

문학 활동

나혜석은 먼저 여자미술학교 선과(選科)에서 1년을 지낸 후 1914년 여자미술학교 사범학부에 입학했다. 선과는 외지인을 대상으로 받아들이는 코스였다. 이때 그녀가 속한 지도교수는 '고바야시 만고(小林万吾)'였다. 그는 후에 모교인 동경미술학교 교수로 자리를 옮겼다. 나혜석은 여자미술학교 재학 당시 서양화와 유화 외에 수채화, 조각, 목판화 등 미술전반을 익혔다. 그녀는 재학 중 아버지가 또 다른 첩을 얻었다는 소식을 접하고 '엄마가 얼마나 상심해 하실까'라는 걱정부터 했다. 그녀는 미술 외에 현지의 조선인 유학생 단체에도 가입하는 한편, 1914년 학지광에 〈이상적 부인〉이라는 제하의 글을 통해 '현모양처는 이상을 정할 것도, 반드시 가져야 할 바도 아니다. 여자를 노예로 만들기 위하여 부덕(婦德, 부녀자가 지켜야 할 덕행)한 것이다.' 라고 주창해 크게 주목 받은 것을 계기로 동인으로도 본격 활동했다. 이 때 그녀는 우수한 학업 성적과 달변, 수려한 외모 덕분에 많은 친구들과 교제할 수 있었는데, 이광수, 안재홍, 염상섭, 신익희, 주요한, 김성수 등이 이에 해당된다. 그녀의 신장 또한 165~6cm 정도로 당시 여성치고는 무척 커 주변으로부터 주목을 끌기에 충분했다. 그 당시 여성들의 평균 키는 152cm 이내였다.

이광수와의 밀애

그 다음해인 1915년 4월, 나혜석은 조선인 유학생들과 함께 동경 유학생 모임인 '조선여자유학생 친목회'를 결성해 활동하면서, 이따금 전영택과 이광수를 고문으로 특별 초빙하기도 했다. 그 사이 나혜석과 이광수는 묘한 사이로 급 발전돼 가고 있었다. 당시 유학생들 사이에서는 이 둘 간의 관계를 알만 한 사람들은 모두 알고 있었다. 한 동안은 거의 매일 밤을 서로의 자취방에서 번갈아 가며 잠자리를 함께 했다는 소문이 나돌기도 했다. 한편, 소설가 전영택(田榮澤, 1894~1968)은 평양에서 출생했다. 그는 1910년 평양 대성중학 3년을 중퇴하고 일본으로 건너가 1918년 아오야마학원(靑山學院) 문학부를 졸업한 후, 이 학교 신학부에 다시 입학할 정도로 신심도 매우 깊었다. 그는 김동인, 주요한, · 김환 등과 문예지 창조(創造)의 동인이 되었고, 1919년 단편 '혜선의 사'를 〈창조〉 창간호에 발표한 이후부터 작품 활동을 본격 개시했다. 그는 1923년 신학부를 졸업한 후 서울 감리교 신학대학 교수를 지내다가 1930년에는 미국 퍼시픽 신학교에 입학하는 한편, 흥사단에도 입단하였다. 1932년에 귀국하여 황해도 봉산감리교회 목사, 1938년 평양 요한학교 및 여자성경학교 목사, 1942년 평양 신리교회 목사, 1948년 중앙신학교 교수 등을 각각 역임했다. 어느 날, 이광수와 나혜석은 동인 모임에 참석한 후, 인근 찻집에서 별도로 둘만의 오붓한 시간을 가졌다. 밖에는 이들의 분위기를 돋구어주는 듯, 보슬비가 내리고 있었다.

"조선 여성들 사이에서 학지광에 실린 혜석 씨의 글이 비상한 주목을 받고 있어. 그 소식은 들었나?"

춘원 이광수가 나혜석에게 물었다. 이광수는 1892년 생으로 나혜석 보다 4살 위였다. 나혜석은 〈이상적 부인〉에서 '양부현부(良夫賢父)의 교육법'이 없는 '양처현모(良妻賢母)의 교육법'은 '여자에 한하여 부속물 된 교육주의'라고 비판하면서 현모양처만이 꼭 좋은 여성은 아니라고 강변했었다. 그녀는 또 계몽적 단편소설 성격을 띠고 있는 이 글에서 '여자도 인간임을 스스로 깨달아야 한다.'고 꼬집었다. 이 글이 나가자 이광수가 극찬을 하면서 서로 만나는 횟수가 잦아진 가운데 급기야 둘 간의 관계가 거의 동거하고 있다는 소문으로까지 비화됐던 것이다.

"아뇨"

나혜석은 금시초문이라는 표정을 지었다. 그녀는 얼핏 이광수의 물음을 자신에 대한 비판이 거세지고 있다는 뜻으로 이해하고 있었다. 나혜석은 그간 필명 사용을 심각히 검토해야할 정도로, 자신에 대한 비판소리는 무수히 들어왔던 것이다.

"조선 여성들 사이에서는 지금 난리야!"

"무슨 말씀인지?"

그녀는 그의 말뜻을 이해하지 못하고 입술을 닭 똥구멍 모양새를 한 채, 눈동자만 말똥말똥 굴리고 있었다.

"조선 여성들 사이에서는 드디어 자신들에 대한 여호와가 나타났다는 반응을 보이고 있어. 이는 상상도 못했던 일이지······."

이광수의 말 속에는 국내 여성들로부터 나온 파격적인 반응에, 마치 자신의 일처럼 너무도 기뻐한 나머지 약간의 흥분도 내포돼 있었다.

"정말이에요?"

나혜석도 그제야 놀라움과 함께 흥분을 가라앉히질 못했다.

"그래! 혜석 씨는 이제 화가보다는 문필가로 이름을 더 날리게 됐어. 그러니 내가 기뻐하지 않겠어?"

당시 이광수는 독신이 아니라 본국에 처와 자식이 버젓이 살고 있었다. 그것만이 아니다. 그는 나혜석의 친구이자 일본 유학생인 허영숙과도 양다리를 걸치고 있었다. 일본 내 조선인 유학생들 사이에서 둘 간의 염문설이 연일 화제가 되자, 이에 심히 우려한 오빠 나경석이 부랴부랴 그녀를 찾았다.

"오라버니는 공부 잘 돼요?"

나혜석은 오빠가 급히 찾은 이유에 대해 전혀 감을 잡지 못하고 있었다.

"너는 잘 하고 있니?"

나경석은 일단 그녀의 의중을 넌지시 떠보고 싶었다.

"그럭저럭요."

그녀는 통상적인 오빠의 질문으로만 생각하고 아무런 생각 없이 대답했다.

"요즈음 사귀는 사람은 없니?"

"그림 공부하기도 바쁜데, 없어요."

그녀는 내숭을 떨지 않을 수 없었다. 이광수와 사귀고 있다고 한다면 그가 유부남이기 때문에, 오빠로부터 좋지 않은 반응이 올 것이라는 것쯤은 익히 예상하고 있었다.

"내가 소문 듣기로는 이광수 씨와 보통관계가 아니라고 들었는데, 사실이니?"

"누가 그래요?"

나혜석은 처음엔 펄쩍 뛰었다. 그러나 오라버니의 집요한 추궁에 둘 간의 관계를 시인하지 않을 수 없었다. 나혜석으로선 조선이나 일본에서 물심양면 적극 후원해왔던 오라버니의 위상을 결코 외면할 수는 없었다.

"그래서 내가 만사 제쳐두고 부랴부랴 너한테 온 것이야. 이광수 씨는 유부남이야. 그거는 알고 있겠지?"

"……"

나혜석도 그 점은 알고 있었다. 그러나 그녀는 오라버니 앞에서 이미 깊어진 둘 간의 관계를 쉽게 토해낼 수는 없었다. 그녀는 이광수와 만나는 순간부터 그가 유혹한 것이 아니라 자신이 그에게 빠져들고 있다는 사실을 깨닫고 있었기 때문이다. 그녀는 외모와 인격만이 아니고 특히 그의 필력에 반하지 않을 수 없었다. 이광수 또한 수려한 미인이고 문장력까지 겸비한 나혜석 같은 여인에게 매력을 느끼지 않는다면 그건 남자가 아니었다. 둘은 그렇게 해서 자신들의 의지와는 상반되게 연인사이로 발전해 버렸던 것이다. 神도 어쩔 수 없는 남녀 간의 타고난 속성일 뿐이었다.

"내가 너를 얼마나 아끼고 사랑하는지 잘 알지?"

"알고 있어요."

"내가 진정 너를 아끼기 때문에 하는 말인데, 이광수 씨하고는 관계를 과감히 끊어. 그게 그렇게 쉽지는 않겠지. 그러나 너의 장래를 생각해선 반드시 그렇게 해야 해."

"……"

나혜석은 마치 아버지 이상으로 생각해 온 오라버니의 충고에 뭐라고 변명할 의지도 잃어버렸다. 그녀도 양반 집안에서 예우범절을 익혀온 여인이었다. 그래서 묵묵히 듣고만 있었다.

"이광수 씨 같은 인물은 정말 훌륭하지. 그 사람이 유부남만 아니었으면 너의 배필감으론 모자람이 없지. 게다가 그 사람이 나중에 문필가로 이름을 날릴 양반이란 것도 잘 알지. 너에게 원래 미술보다는 문필가의 자질이 있다는 것도 내 잘 알고 있어. 너를 어렸을 때부터 쭉 지켜봐온 내가 왜 그걸 모르겠니?"

"시간을 좀 주세요. 오라버니!"

"시간이야 얼마든지 주지. 그러나 나는 너를 철석같이 믿는다."

내가 너의 장단점을 잘 알아. 그래서 심히 우려한 나머지 여기까지 너를 급히 찾아온 것이고……하던 공부나 열심히 하려무나."

"노력해 볼 게요. 오라버니"

"노력해볼 거라니? 이 자리에서 굳게 약속해! 그리고 그 사람에게서 굳이 흠을 찾자면, 유학생들 사이에 달거리 하는 여성들 뒤를 쿵쿵 거리며 바싹 쫓아다니기로 아주 유명한 사람이야. 사내들이야 다 그렇다지만, 그 사람은 그 정도가 너무 심한 편이야. 내가 보기엔 그 사람은 여성들 외모보다는 본능적으로 여성들의 그런 냄새에 아주 능한 것 같아."

"알겠어요. 그런데 한 가지 여쭈어 봐도 돼요?"

"물어 보렴"

"오라버니 지인 최승구 씨는 어떤 분이에요?"

나혜석은 어렵게 운을 뗐다.

"그 사람은 인격도 좋고 필력 또한 이광수 씨 그 이상이지. 그런데 왜?"

나경석은 얘기하다 갑자기 이상한 생각이 들어 물었다.

"아니에요. 저번에 오라버니하고 한번 만났을 때 저도 같은 느낌이 들었어요. 그런데 무척 병약해 보이던데요?"

최승구는 보성전문학교를 거쳐 1910년경 일본으로 건너가 동경에 있는 게이오기주쿠(慶應義塾, 경응의숙) 예과과정에 재학 중이었다. 이 대학은 와세다 대학과 마찬가지로 명문 사립대학에 속했다. 그는 예과를 마친 후 사학을 전공할 생각이었다. 그의 시재(詩才)는 재기발랄하고 다정다감했고, 일찍이 최남선 선생으로부터 높은 평가를 받은 적이 있었다. 최승구는 또 시작(詩作)뿐만 아니라 연극에도 탁월한 재능을 보여 직접 극본을 써서 연출·연기를 맡아 하기도 했다. 최승구의 문단 활동은 일본 유학 당시 학지광의 편집에 참가하면서부터 시작되었다. 일제치하의 울분과 저항정신을 고취한 詩 '벨지엄의 용사'를 1915년 학지광 제4호에 발표하는 한편, 〈정감적 생활의 요구〉와 〈남조선의 신부〉 등 수필과 평문류(評文類)도 학지광에 투고했다. 그의 후기 詩들에서는 주정적이고 개인 자아의 서정성을 바탕으로 나타난다. 나혜석도 오빠 소개와 학지광 등을 통해 최승구를 알게 된 후, 그의 작품들에 반한 나머지 은연 중 가슴 한 구석에 흠모하는 마음이 자라고 있었다. 나혜석은 외모와 예술에 능한 남자에게는 평상심을 잃어가는 천성을 지니고 있었다. 어느 누구도 못 말리는 기질이었다.

"그 사람에게 있어 그게 유일한 흠이지. 자세히는 모르나 폐병을 앓고 있다는 얘기를 들은 거 같아. 그 병이 요즈음 쉽게 나을 수도 있으니깐 별 걱정은 안 돼지만……"

"그러셨구나!"

"왜 그 사람에게도 관심 있니? 그 사람 역시 유부남이야. 이왕 유학 온 김에 미술공부 열심히 하면서 좋은 남자를 찾아 보거라. 너 만한 인물에다 조건이면 좋은 신랑감 엿장수 마음대로 골라잡을 수도 있어. 그런데 왜 하필이면 유부남 하고…… 아버지가 아시면 기절초풍하실 거다. 그 점을 꼭 명심해야 한다."

"……"

그녀는 고개만 끄덕였다.

"너에게 있어 두드러진 흠은 어느 정도 외모를 지닌 데다 예술적 기질을 갖춘 남자들 앞에선 쉽게 이성을 잃어버린다는 점이야. 너의 그 약점이 나중에 불행의 씨앗이 될지도 몰라. 누차 강조하지만, 나는 그 점을 가장 우려하고 있어. 알았지?"

오빠는 노파심에 거듭 강조했다. 나혜석도 개미기어 가는 소리로 마지못해 "네"하고 대답했다. 그러나 그녀는 오라버니를 똑바로 응시하지는 못했다. 오빠는 그녀의 대답을 확인한 후, '건강도 중요하다'며 생활비와 용돈을 두둑이 쥐어주고 자리에서 일어섰다.

최승구와 열애

동경에서 진행된 학지광 게재 작품들 평가회가 있은 후, 최승구와 나혜석은 일행으로부터 빠져나와 별도로 괜찮은 식당에서 저녁을 함께 했다. 이 저녁은 나혜석의 요청으로 이뤄졌는데, 최승구도 이전부터 그녀에 대해 야릇한 감정을 지녀왔던 터였다.

步月(보월)

나를 생각하는 나의 님

這(저)구름 나를 생각

차츰차츰 건일며(거닐며)

這(저)달에 나를 빗최려(비추려)

徽笑(휘소, 아름다운 미소)로 울어러봄에(우러러보며)

검음으로 애를 태우고

누름으로 나를 울니라(울리니라)

빽빽한 運命(운명)의 줄에

에워싸인 나를 우는 나의 님

따듯한(따뜻한) 품속에 나를 갖추려(감추려)

그 깁흔(깊은) 솔밧(솔밭)으로 오르리라

최승구(필명: 최소월)

"이 시를 읽고 저 정말 감동 먹었어요. 마치 저의 폐부 깊숙한 곳을 예리한 송곳으로 후벼 파는 것 같은 그런 느낌말이에요"

"그렇게 까지나……"

최승구는 담담하게 말했다. 그러나 그녀의 칭찬에 기분은 나쁘지 않았다.

"정말이에요. 저 거짓말 못해요. 오히려 너무 솔직해서 손해 볼 때가 많은 사람이에요."

"혜석 씨가 원래 감성이 풍부해서 그렇지. 정작 내 자신은 썩 잘 지은 詩라고 생각해본 적이 없었어."

"무슨 겸손의 말씀을요? 이 정도로 훌륭한 시 정말 접하기 힘들죠."

"그렇게 칭찬해주니 내 몸 둘 바를 모르겠구먼. 아무래도 오늘 저녁 값은 내가 내야하겠는 걸. 콜록~콜록~"

"감기 걸리셨어요?"

나혜석은 오빠에게 들은 게 있기 때문에, 뻔히 알면서도 그렇게 물었을 뿐이다.

"아니, 기관지가 좀 안 좋아서 그래"

"염려돼요"

"걱정할 정도는 아니야"

그는 호주머니에서 손수건을 꺼내 자신의 입가를 가볍게 닦았다.

"얼마나 사무쳐야 하늘이 보이고, 얼마나 미워해야 사랑이 싹트고 라는 말처럼, 어떻게 하면 이런 시를 지어낼 수 있을까요? 저는 아직 인생이 부족해서 그런지 아무리 쥐어짜도 이런 시는 죽을 때까지 짓지 못할 거예요."

그녀의 말은 진심이었다.

"무슨 소리야? 그대의 필력에서도 번뜩이는 문재(文才)가 엿보여. 조금만 노력해봐. 머지않아 아주 훌륭한 작품들이 봇물 터지듯 쏟아질 거야"

최승구는 이렇게 말하는 사이에도 그녀에게 야릇한 사랑의 눈빛을 전했다. 서로 대화하는 사이 어느새 호칭이 바뀔 정도로 둘은 가슴의 문을 활짝 열어가고 있었다.

"저 듣기 좋으라고 하시는 말씀인 걸로만 받아드리겠어요. 오늘 저녁은 제가 살게요. 2차도요"

"학생이 무슨 돈이 있다고?"

"오라버니가 저한테 용돈 두둑이 줘요. 남들한테 궁색해보이지 말라면서요."

여기에서도 좋게 말하면 나혜석의 천성이 남에게 매사 계산적이지 않은 면이 엿보인다. 그러나 나쁘게 얘기하면 나이에 비해 철이 아직 덜 들었고, 고생하고 자라지 않은 면이 여실히 드러난다고 할 수도 있을 것이다.

"혜석 씨 오빠 참 좋은 분이지. 마치 부모처럼 동생도 잘 보살펴 주고……"

"저도 그렇게 생각해요. 그래서 오라버니에게 항상 고마운 마음을 지니고 있어요. 언젠가는 보답드릴 날이 꼭 있으리라는 생각과 함께요."

"그런데, 결혼은 안 하나?"

"집에서는 재촉하는데, 생각이 없어요. 그리고 마땅한 신랑감도 없어요."

"그만한 미모에, 짱짱한 집안에, 그리고 여성으로서 드물게 고학력까지 갖추었으니 마음만 먹으면 골라잡을 수 있을 거 같은

데……"

"저 정말 결혼 생각 없어요."

"유학생들 사이에서 들리는 소문에 의하면, 이광수 씨하고 염문설이 들리던데, 사실이야?"

"작품 때문에 그 분과 몇 번 만난 건 사실이에요. 그게 와전됐다고 생각해요."

"그래?"

"소문이란 게 참 무섭더군요. 오라버니도 얼마 전 그 소문을 확인하기 위해 저에게 왔었어요."

"오빠가 뭐라 했는데?"

"좋은 혼처 찾아서 빨리 결혼하래요. 오라버니도 알아본다면서……"

"오빠가 그대를 진정 생각해서 그런 소리 했을 거야"

"저도 그렇게 생각하고 있어요."

"정말 애인 없어?"

"없어요. 주변에 오빠 같은 분 있으면 저 소개시켜 주세요. 그럼 공부 중단하고 결혼하겠어요. 조건은 오빠 같은 분이에요"

"왜 나 같은 사람을 찾아?"

"저는 성격도 물론이지만, 예술적 자질을 가진 분이 왠지 좋아요. 그 이유는 제 자신도 모르겠어요. 그런데 뭐 마냥좋으면 좋은 거지. 굳이 그 이유를 따질 필요가 있나요?"

"예술가는 딱 굶어 죽기 십상이지. 그대 같은 수려한 미인이 마음만 먹으면 법률가 등 잘 나가는 사람 얼마든지 골라잡을 수 있을 텐데……"

"돈이나 권세가 전부는 아니잖아요? 저는 예술적 기질이 풍부한 사람이 좋아요"

나혜석은 마치 항변하듯이 얘기했다.

"예술가들이 멋은 있지만 실속은 없어."

최승구의 뇌리에서 그녀로부터 순수함이 물씬 풍기지만, 세상물정을 깨달으려면 아직 멀었다는 생각이 번뜩 스쳐갔다.

"그래도 좋아요. 오빠 같은 분만 있으면 저 무조건 시집갈래요."

"결혼은 매우 중요한 거야. 특히 여성에게는……자기 인생을 결정하는데 있어 너무 감성적으로만 생각하지 않는 게 좋아. 새겨들어. 그대를 진정 생각해서 하는 말이니깐"

"……"

둘은 식사를 마친 후 2차 나가서 사케 술을 마시며 문학 얘기로 꽃을 피웠다. 사케(酒)는 원래 일본에서 술을 총칭할 때 쓰는 말이다. 사케는 '니혼슈(日本酒)'라고도 하는데, 쌀로 빚은 일본식 청주를 일컫는다. 최승구는 오늘 대화 속에서 나혜석이 자신을 진정 원하고 있음을 알게 됐다. 비록 유부남의 몸이기는 했지만, 최승구 자신도 그녀를 강렬히 원하고 있었다. 그렇게 해서 둘은 그 날 밤 누가 시킬 것도 없이 깊은 관계로 빠져들고 말았다.

"아~ 오늘의 이 기분은 평생 못 잊을 거 같아요. 진정 사랑하는 사람하고의 섹스라는 게 이런 거구나!라는 걸 오늘에야 알았어요."

그렇게 말하는 그녀의 얼굴표정과 행동 하나하나에서 행복감이 충만해 있었다.

"그렇게도 행복했어?"

최승구는 남자의 입장으로서 그녀의 만족감에 흡족함을 금치 못했다.

"섹스 하는 동안 얼마나 좋던지 마치 하늘을 나는 것 같았어요"

"그 기분이 어떤 기분인지 나에겐 감이 안와. 사정할 때 잠깐 짜릿한 그 느낌은 알지만……"

"당신 같은 멋진 남자의 손길이 내 거기에 와 닿은 순간, 몸이 저절로 용광로처럼 타오른다는 걸 이제야 알았어요."

"내가 느끼기엔 그대의 몸 상태가 평균 체온 같던데 뭐"

"오늘에서야 확실히 느꼈어요. 왜 신은 인간에게 성욕을 주고 참으라는 거죠?"

"인간을 괴롭히면서 얻어지는 그 희열을 즐기려고 하는 거겠지. 누가 더 잘 참나 시험해보려고……"

"이런 좋은 걸 놔두고, 왜 사람들은 섹스를 죄악시 하지요? 마치 더러운 죄를 지은 것처럼 말이에요. 자기들이 할 때도 분명 이런 황홀감을 느꼈을 텐데 말이에요. 저는 앞으로도 비록 죄를 짓는다 하더라도 하늘을 나는 이런 기분을 절대 놓치고 싶지 않아요. 사랑하는 당신에게 받는 사랑이 죄가 된다면, 이 세상에 죄가 아닌 게 어디 있겠어요?"

"나는 형식상 유부남인데, 우리가 앞으로도 계속 사랑을 나눌 수 있을까?"

"의지가 중요하지요. 누가 우리 둘 사이를 막아요. 조물주도 어쩌지를 못할 거예요."

"그랬으면 오죽이나 좋으련만……"

최승구는 그를 꼭 껴안았다. 그러자 그녀는 다시 그를 원하는 것 같은 몸동작을 취했다. 이후 둘은 서로 사랑하는 사이로 발전해 결혼까지 약속한다. 나중에 오빠 나경석이 이를 안 후, 나혜석에게 불문곡직하고 헤어질 것을 종용하지만, 그녀는 막무가내였다. 최승구는 중학교를 졸업하자마자 숙부의 강요로 충북 충주 출신 처녀와 결혼을 했었다. 그는 결혼식 날 처음 만난 신부는 무식한데다 몸집이 크고 얼굴도 큰 편이어서 도저히 마음에 안 들었다. 심지어 그는 결혼식만 치르고 수년 동안 신부와 합방하지도 않았다. 그는 신부와 합방 해봐도 자신의 거시기를 발기시킬 확신이 서질 않았던 것이다. 그러나 신부에게는 참을 수 없는 모욕이자 고통이기도 했다. 마침내 최승구는 나혜석과 함께 숙부를 찾아가 사랑하지도 않는 본처와의 이혼을 허락해 달라고 간청했다.

"내 눈에 흙이 들어가는 날까진 우리 집안에 이혼이란 것은 없다"

숙부는 단호했다.

"지금까지 본처와 단 하루도 합방해본 적이 없습니다. 그런 저의 심정도 이해해주셔야지요. 평생 숫총각으로 늙어죽게 하시렵니까?"

최승구는 애원했다.

"너의 본처가 어때서? 궁둥이가 커 애도 원하는 대로 쑥쑥 낳을 수 있겠다. 뭐가 부족해서? 그럼 너의 말처럼 본처를 평생 숫처녀로 늙어죽게 할 것이냐? 여자를 얼굴로 판단하면 안 돼. 막말로 돼지 얼굴보고 잡아먹니? 정히 생김새가 마음에 안 든다면 할 때 수건으로 가리고 하면 되잖아? 혹여 그 안에 정말 드물게 만날 수 있는 복덩이가 들어있는지도 모르지. 나는 내가 너 보다 인생을 살아도 더 살았어. 너는 여자를 알려면 아직도 멀었어. 여하튼 허락할 수 없어. 조상님들의 체면도 생각해야지"

"맞아요! 본처도 생 처녀 상태로 늙게 할 수는 없잖아요? 밤마다 얼마나 몸부림치겠어요? 그녀도 여자이기에 앞서 한 인간인데, 그녀의 장래를 생각해서라도 이혼을 허락해주세요. 본처 역시 좋은 남자 만나 숙원을 풀게 해주어야지요. 한편으론 그녀에게 미안한 마음도 가지고 있어요."

"네가 진정 조상님들의 뜻을 거스를 셈이냐?"

숙부는 최승구를 곰방대로 내려칠 기세였다.

"숙부님의 마음을 모르는 바 아니나, 저는 이 자리에서 벼락을 맞아 죽는 한이 있더라도 나혜석과 결혼하겠어요."

"네 뜻이 정히 그렇다면, 그녀를 첩으로 맞아 드려라. 그것은 허락 하마"

숙부도 어려서부터 키워왔기 때문에 최승구의 고집을 꺾을 수는 없다고 판단한 나머지, 마지못해 타협안을 제시했다.

"그녀의 집안을 정녕 몰라서 그렇게 말씀하시는 겁니까? 그녀의 증조할아버지와 할아버지는 대대로 참판을 지내셨고, 아버지는 용인 군수입니다. 그런 집안의 자녀를 어떻게 첩으로 맞아드려요? 너무 하십니다. 숙부님!"

"서로 사랑한다면서? 그녀가 너를 진정으로 사랑한다면 첩으로라도 들어올 수 있는 거 아니겠느냐?"

"이 세상천지에 그런 여자가 어디 있겠습니까? 숙부님께서 첩이 어떤 신분인지 누구보다도 잘 아시잖습니까? 게다가 우리 집안이 무슨 대단한 집안이라고……"

"네 이놈! 내 보자 보자 하니깐 못하는 소리가 없구나! 내 너를 그렇게 가르치지 않았거늘……여하튼 내 눈에 흙이 들어가는 날까지 이혼만은 절대 안 된다. 내가 나중에 죽어서 조상님께 뵐 면목이 없다."

숙부는 노발대발하면서 옆에 있던 곰방대를 내 던졌다. 그러나 최승구는 다행히 맞지 않았다. 최승구는 그런 숙부에게 더 이상 요구해봤자 아무런 소용이 없다는 생각으로 숙부 방에서 나올 수밖에 없었다. 대청마루 인근 마당에서 초조하게 기다리고 있던 나혜석은 숙부 방에서 나오는 그의 표정을 보고 거절당했다는 직감을 하고 있었다. 집 모퉁이에 숨어 있던 본처가 그런 그의 모습을 쳐다보면서 흐느끼며 눈물을 훔치고 있었다. 최승구는 본처를 애써 외면하면서 나혜석과 함께 대문 밖으로 빠져나왔다. 그는 나혜석에게 숙부 방에서 일어난 얘기들을 자초지종 들려주면서 기회를 봐 재차 설득할 테니 조금만 더 인내를 가지고 기다려줄 것을 간청했다. 나혜석도 고개를 끄덕이면서, 서로 결혼만 할 수 있다면 천년이고 만년이고 기다리겠다고 화답했다. 당시 '사토우 야타'화가 외에 그녀에게 적극 구애하며 따라다니는 좋은 집안 배경과 환경을 가진 일본 청년들도 많았다. 그럴 때마다 나혜석은 단호히 거절했다. 그녀의 마음속에는 오로지 최승구 밖에 없었다. 그녀는 최승구와 함께하는 삶이라면 어떤 고난도 감수하겠다고 몇 번이고 다짐하곤 했다. 그 후 1개월이 지났다. 나혜석은 아버지 나기정이 보낸 전보 한 통을 받았다. '좋은 혼처가 나타났으니 공부를 그만두고 귀국하라'는 내용이었다. 나혜석은 전보를 받아보는 순간, 하늘이 무너져 내리는 것 같은 기분이 들었다. 그녀는 문득 사랑하는 최승구를 떠 올리지 않을 수 없었다. 그렇다고 아버지의 명을 단호히 거역할 수도 없는 처지였다. 그녀는 몇날 며칠을 방황하다 아버지에게 '공부를 계속해야 하니 지금 결혼을 할 수 없다'는 요지의 답신을 보냈다. 그렇다고 최승구 때문이라고 이실직고 할 수는 없었다. 얼마 후 아버지로부터 또 '좋은 혼처가 나타났을 때 결혼을 하지 않겠다면 학비 송금을 중단하겠다.'고 위협하는 내용의 전보가 날아왔다. 그래도 나혜석은 아버지의 요구에 응하지 않았다. 그러자 아버지가 학비송금을 중단하는 극약처방을 내려버렸기 때문에, 나혜석은 어쩔 수 없이 1915년 학교를 휴학하고 배편을 이용해 귀국할 수밖에 없었다. 그녀는 귀국 후 1년간 여주의 한 여학교에서 미술교사 생활을 하며 돈을 모은 뒤 그해 12월 다시 일본으로 돌아가 다니던 학교에 복학 신청을 했다. 그러나 운명의 장난이었던가? 그녀가 일본으로 되돌아 간지 며칠 되지 않아 아버지의 부음(12월10일) 전보를 받고 다시 귀국한다. 이 때 그녀는 최승구도 결핵 병세가 악화되어 귀국해 전남 고흥군수로 있던 친형 '최승칠'의 집에서 요양 중이라는 기별을 받는다. 그녀가 악착같이 돈을 모아 일본으로 다시 되돌아가려 했던 것도 사실은 최승구 때문이었다. 나혜석은 아버지의 장례식을 치른 후 일단 일본으로 돌아갔다. 당시만 해도 그녀는 최승구가 요양에서 빠른 시일내 회복할 것으로 굳게 믿고 있었다. 그러나 1916년 2월 나혜석은 최승구가 위독하다는 전보를 받는다. 그녀는 평소 안하던 神까지 원망하며 기숙사에서 비밀리에 빠져나와, 배를 타고 고흥군으로 갔다.

"나을 수 있는 거죠?"
나혜석은 계속 울먹였다.
"콜록~콜록~"

심히 기침하는 최승구의 입에서는 시뻘건 각혈이 튀어나왔다. 그러자 나혜석이 깨끗하게 빤 물수건으로 손수 그의 입을 말끔히 닦아 주었다.

"저에게 당신이 없는 세상은 무의미해요. 혼자가려면 차라리 같이 가요"

"당신을 생각해서라도 기필코 일어날 테니, 일본으로 다시 돌아가. 지금 학기 중이잖아? 결석일수가 많아지면 졸업에 지장이 있을 텐데······"

"지금 학교가 문제에요? 당신은 어찌 그리도 무심한 얘기만 하세요. 저 그냥 여기 눌러 앉아서 당신 병수발 하겠어요. 사랑하는 사람이 이렇게 죽어 가는데, 공부가 머리에 들어오겠어요?"

"내 장담하리다. 꼭 쾌차할 테니 얼른 돌아가요. 그대가 여기 있으면 오히려 내가 부담이 돼서 병세가 더 악화될 뿐이오"

"누가 여기서 병 수발을 해줘요? 그래도 사랑하는 사람이 지극정성 보살펴야 하루라도 빨리 병이 나을 수 있죠?"

"그 반대요. 수업을 빼 먹고 여기까지 와 있는 그대를 보고 있노라면 내 가슴이 찢어지오. 그러니 나를 믿고 다시 학교로 가요"

"그렇게는 못해요. 우리는 결혼식만 안 올렸을 뿐, 이미 마음과 영혼은 부부나 마찬가지에요. 누가 우리를 갈라놔요? 제가 옆에 있으면 당신은 분명 나을 거예요."

나혜석은 그의 손을 꼭 잡았다. 몰골이 말이 아닌 최승구의 눈에서는 눈물을 흘리고 있었다.

"삼춘 말대로 학교로 돌아가세요. 대신 제가 지극정성 병수발 하겠습니다.……"

최승구의 조카가 보다 못해 한 마디 했다. 그의 눈에도 눈시울이 글썽거려 있었다.

"이 사람의 똥, 오줌까지 가릴 수 있어요?"

"제 삼춘인데, 왜 제가 못하겠습니까? 그런 거는 염려하지 마세요"

"흑흑흑~"

나혜석은 너무도 원통하다는 생각에 그 자리에서 오열(嗚咽)하며 눈물이 마르도록 한참을 울었다. 최승구의 거듭된 종용에, 그녀는 그제야 정신을 차리고 조카에게 잘 부탁한다고 신신당부하며 집을 나섰다. 그녀는 일어서기에 앞서 바싹 다가가 그의 손을 꼭 잡고 볼에 가볍게 키스하면서, 누가 뭐래도 '당신은 내 사람이고, 당신을 사랑 한다'는 말을 남겼다. 결과론적으로는 그녀가 그에게 남긴 마지막 말이 되고 말았다. 나혜석은 일본에 돌아 온 그 다음날 최승구의 사망소식을 접한다. 그녀는 전보를 집어든 채 땅 바닥에 그냥 주저앉아 얼굴이 퉁퉁 부을 정도로 또 성열(聲咽)을 했다. 그 후 나혜석은 계속 미친 듯 울면서 신경쇠약에 까지 걸려 한 동안 정신 못 차리고 방황하는 생활을 보내야만 했다. 나혜석에게 있어 최승구는 이 세상에 태어나 처음으로 진정 사랑한 남자였다. 그런데, 나혜석으로서도 그에 대한 영원한 사랑의 각인이 훗날 불행을 자초하는 씨앗이 될 줄은 꿈에도 몰랐다. 그녀는 귀국해서도 그를 잊지 못해 나중에 남편 김우영과 그의 묘지를 찾아가 묘비를 세워주기도 했다. 최승구는 전남 고흥군 고흥읍 남계리 오리정 공동묘지에 묻혀있다.

한국 근대문학의 시작은 1908년도에 작시(作詩)된 최남선의 〈해에게서 소년에게〉로 시작되어 주요한의 〈노리(1919)〉로까지 연결된다. 그 중간지점인 1910년대를 이어주는 시인이 최승구를 비롯하여 오산학교 교장을 지낸 김여제, 민족대표 33인 중의 한 사람으로 초대 고려대 총장을 지낸 현상윤이라 할 수 있다. 소월 '최승구'는 경기도 시흥 해주 최 씨 '최대현'의 4형제 중 막내로 1892년 태어났다. 그는 일찍 부모를 여의고 숙부의 보살핌을 받아 서울 보성중과 동경 게이오 대학에서 수학할 수 있었다. 그의 문학적 자질은 동경 유학시절부터 인정받았다고 할 수 있다. 그는 학지광 4호(1915.2)에 '벨지움의 용사'라는 시를 발표했다. 이후 폐결핵을 앓고 있던 와중에도 1년여 동안 25편의 시와 수필, 평론을 썼다. 그의 작품으로는 詩〈왕인박사의 무덤〉, 〈불여귀〉, 〈보월〉과 산문으로 〈정감적 생활의 요구〉와 〈너를 혁명하라〉 등이 있다. 그 가운데 벨지움의 용사는 독일의 對벨기에 침공을 빌려 민족해방을 위한 투쟁의 필요성을 강조한 시로, 신체시의 형식과 운율을 띠면서도 긴박감이 넘치는 독특한 비유법을 통해 일제에 강한 저항의지를 표현했다. 근대시조(1916)에 실린 그의 마지막 작품 〈긴 숙시〉는 낙원상실의 이미지를 빌어 현실인식과 저항정신을 유려한 산문시로 표현됐다.

　나혜석은 그와 사랑에 빠지면서 천재적인 문학소질을 가진 최승구가 자신과 잘 어울리겠다고 생각한 나머지, 생활과 예술을 영원히 함께 할 수 있는 남편감으로 간주했던 것이다. 또한 그녀는 스웨덴의 여성사상가 엘렌 케이가 규정했던 〈연애와 결혼〉에도 꼭 들어맞는 하늘이 맺어준 짝이라고 여겼었다. 그래서 최승구와 나혜석은 서로 결혼할 것이라며, 동경 유학생 사회에서 최고의 예비 커플이 되어 화제를 뿌렸던 것이다. 최승구의 병이 심화된 요인은 나혜석과의 결혼 반대 문제로 숙부로부터의 유학비 지원이 끊기고, 이룰 수 없는 사랑의 고통에서 비롯된 측면도 있었다. 엘렌 케이(Ellen Karolina sofia key, 1849~1926)는 스웨덴의 여성 교육학자로, 19세기 말~20세기 초를 장식했던 이른바 '개조 사상가'였다. 그녀는 버트란트 러셀 등과 함께 자본주의 공격은 물론 무정부주의와 공산주의 등 19세기 후반의 사회개혁론도 비판하면서, 사랑과 평화에 입각한 세계 변혁을 주장하였다.

　케이는 '참 자기'의 자각이야말로 개조의 첫 걸음임을 강조하면서, 내면의 생명력은 사랑하는 능력을 통해 충만해진다고 진단했다. 그녀는 특히 어린이를 행복한 개인으로 키워낼 방법에 지대한 관심을 가지고, 결혼과 가정생활에서 사랑은 절대 원칙이 되어야 하며, 이를 위해 자유결혼과 자유이혼을 동시에 보장해야 한다고 주장했다. 그녀가 이같이 주장한 이유는 부모에게 무한대의 책임을 돌리는 대신 사회적 모성을 계발해야 한다는 데에 있었다. 그녀는 이 주장의 명분을 자유이혼에서 찾으려 했다. 조혼한 아내를 둔 남자들이 연애를 실천하기 위해서는 먼저 이혼이 필수적이었기 때문이다. 그녀는 〈연애와 결혼〉에서 '어떠한 결혼이든지 거기 연애가 있으면 그것은 도덕이고. 적법한 법률상 수속을 다해서 성립된 결혼이라고 하더라도 거기 연애가 없으면 그것은 부도덕이다'며, '정식으로 결혼하고 아니함을 물론, 아버지로 또는 어머니로의 책임을 다하면 그것은 항상 신성하다.'고 역설했었다. 그 후 나혜석은 한동안 자신이 최승구의 죽음을 재촉했다는 심한 자괴감에 빠진다. 나혜석은 최승구 사후 1년 뒤 수필 〈회생한 소녀에게〉를 발표해 그의 죽음에 대한 심정을 토로하기도 했다. 그녀는 이 수필에서 '그의 곁에 조금 더 머물렀더라면 죽지 않았을지도 모른다'는 회환을 털어놓았던 것이다. 사랑했던 연인의 죽음은 나혜석에게 많은 변화를 주었고, 나중에 그녀를 비련의 여인으로 몰아넣은 결과를 초래한 요인이 됐다.

1년 후(1917년 초)

나혜석은 여전히 최승구의 죽음에 대한 슬픔으로부터 벗어나지 못했지만, 하던 공부는 계속 끝내야 했기에 다시 학교로 돌아온다. 이 때 가까이서 안타까운 마음으로 지켜보았던 오빠 나경석이 교토제국대학 법학과에 다니던 친구 '김우영'을 동생에게 소개한다. 나혜석은 처음에 완강히 거부했다. 그러나 거듭된 설득 끝에 나혜석도 마지못해 그를 만나게 됐던 것이다. 김우영은 나혜석보다 나이가 10년이나 많았고 게다가 3년 전 결혼한 아내와 사별하고 재혼하지 않은 상태였다. 김우영도 나혜석과 최승구간의 관계를 이미 알고 있었다. 그래서 그는 나혜석에게 모든 정성을 다해 무한한 사랑을 쏟았고, 그녀가 첫사랑의 상처를 잊을 때까지 인내를 갖고 묵묵히 지켜보는 태도를 취했다. 지성이면 감천이라고 세월이 흘러가면서 나혜석도 서서히 상처를 잊혀감과 동시에 김우영에 대한 감정도 조금씩 변하기 시작했다. 김소월의 〈못잊어〉에서 '못잊어 생각이 나겠지요. 그런대로 세월만 가라시구려. 못 잊어도 더러는 잊히오리다.'라는 시 구절이 있다. 그랬다. 인간에게는 망각의 현상이 있기 때문에 유행가 가사처럼 세월이 약일지도 모른다. 다친 상처도 시간이 가면 서서히 아물 듯이 말이다. 1917년 여름 방학을 맞아 나혜석은 귀국해 집에 와 있었다. 이 때 김우영이 돌연 그녀를 찾아 왔다. 그는 집을 방문하기 전 혹여 부담을 주지 않을까 하는 생각으로 몇 번이고 망설이곤 했다.

"여긴 어인 일이세요?"

나혜석은 처음엔 그를 보고 깜짝 놀랐다. 사전 약속이 없었기 때문이었다.

"겸사겸사해서 왔습니다."

김우영은 집에 찾아 온 이유를 솔직하게 털어놓지를 못했다. 과거보다는 많이 나아졌다고는 하지만, 그녀가 아직까지 최승구에 대한 충격에서 완전히 떨쳐버린 것이 아니었고, 자신에 대한 호의도 기대만큼 나아지지 않았기 때문이다. 10년 연장자로, 그런 그녀에게 부담을 주지 않겠다는 깊은 배려 차원에서 에둘러 둘러댄 것뿐이다.

"일본에는 언제 가세요?"

나혜석은 그에게 딱히 할 말이 없어 물었을 뿐이다.

"집에 일도 좀 있고 해서 8월 20일 이후 갈까 합니다. 혜석 씨는 언제 갈 겁니까?"

"저는 개학 때쯤 갈까 해요"

"그럼 갈 때 저랑 함께 가시겠어요?"

"아니에요. 같이 갈 친구가 있어요."

"왜? 내가 그 자리에 끼면 불편하십니까?"

"꼭 그런 것은 아니지만……"

"집에서도 그림을 계속 그리십니까?"

"아직까지는 생각만큼 잘 안돼요"

"주로 대상은 어디에서 찾으세요?"

"제 사는 곳 주변에서요. 이젤을 가지고 멀리 가기도 그렇고 해서요"

"그렇다면 제게 차가 있는데, 멀리 가야할 일이 있으시면 저에게 말씀하세요.”

"호의는 감사하게 생각합니다만, 얼마 안 있으면 일본으로 다시 돌아가야 하는데……”

"허긴 그렇군요”

"사법 시험공부는 잘 돼요?”

"한다고는 하는데, 저 역시 생각대로 공부가 머리에 쏙 들어오지 않네요”

"왜요? 무슨 복잡한 일이 있으세요?”

"딱히 그런 것은 아니고, 공부란 게 잘 될 때도 있고 안 될 때도 있잖아요? 그런 거죠 뭐”

김우영은 나혜석 씨 생각 때문이라고 밝히려다 말았다.

"허긴……그림 그리는 것도 그러는데 뭐, 그 골머리 아픈 공부는 오죽하겠어요. 더더구나 딱딱한 법조문인데……나중에 시험 합격하시면 한턱 톡톡히 내셔야 돼요?”

"여부가 있겠습니까? 원하는 대로 다 해 드릴 게요”

"저 듣기 좋으라고 그냥 하시는 말씀이죠?”

"아닙니다. 제 진심입니다.”

"저 그냥 해본 소리에요”

"왜요?”

"그냥요”

"될지 안 될지 모르지만, 사법시험 합격하면 제일 먼저 혜석 씨한테 정식으로 청혼할 생각을 가지고 있습니다. 그렇다고 제 말에 부담을 갖지는 말아주십시오. 솔직히 저는 혜석 씨와의 결혼을 간절히 원하고 있습니다."

"저는 아직까지 결혼 같은 거 할 마음의 준비가 안 돼 있어요. 졸업 후 그림도 계속 그려야 하고……조선 사회에서 여자가 결혼하면 모든 게 중단되잖아요? 저는 그게 싫어요. 전공을 계속 살리고 싶어요. 후배들에게 낙후된 우리 미술세계를 한 단계 업그레이드 해주고도 싶고……"

"저 역시 혜석 씨처럼 여성이 결혼이후에도 자기 특성을 계속 살려나가야 한다는 생각에 전적으로 동의합니다. 그 점은 제가 보장해드리겠습니다."

"선생님 종교가 뭐죠? 기독교라고 들은 거 같은데……"

"맞아요. 집안이 모두 기독교입니다."

"주님을 믿으세요?"

"어렸을 적 어머니 손을 잡고 교회 갈 때는 아무생각없이 따라갔는데, 지금은 저의 내면세계에 영적 존재로 확실히 자리 잡고 계십니다. 특히 시련이 닥칠 때마다 항상 나타나셔서 저에게 의지와 힘을 주시곤 하십니다. 그러니 어떻게 안 믿겠어요?"

"그러셔요! 저는 종교가 없어요."

"앞으로 저와 함께 교회에 나가시죠. 제가 항상 주님을 대신해 사랑으로 이끌겠습니다. 주님의 계시라 생각하면서……"

"아직까지는 교회에 나갈 생각을 해 본적이 없어요. 말씀만으로도 감사해요"

"조금 전에 말씀드렸던, 결혼이후 그림 활동을 보장해주겠다고 거듭 약속드립니다. 그러니 저와의 결혼을 긍정적으로 생각해 보시기 바랍니다."

"우리 조선사회의 고리타분한 전통이 어디 하루 이틀 내려온 것인가요? 오백년 이상 굳어진 것이에요. 선생님 혼자 보장해주신다 해도 가족이 있고 사회가 있는 것인데요 뭐. 제 생각에는 앞으로도 잘 변하지 않을 것이라고 생각해요"

나혜석은 문득 최승구 숙부의 완강한 고집을 떠 올렸다.

"물론 맞는 말씀이지만, 제가 집안 어른들을 잘 설득시켜 그 점만은 꼭 보장해드리겠습니다. 저의 집안은 대대로 기독교 집안이라서 사상이 깨여 있는 편입니다. 그러니 그 점에 대해선 염려마시고 미술로 최고의 화가가 되어 보시기 바랍니다. 혜석 씨 재능이면 아마 충분하고도 남을 것입니다."

"저 재능 없어요. 그림을 그려갈수록 그 점을 절실히 느끼고 있어요."

"무슨 말씀을……제가 그림을 잘 이해하지는 못하지만, 예술에 대한 직관력은 좀 있습니다. 저를 한번 믿어보세요"

"대화가 너무 앞서 나간 느낌이네요. 저는 아직 미술학도에요. 집안에서는 결혼하라고 강요하고 있지만, 저의 주된 관심사는 이 결혼 압박에서 어떻게 하면 벗어날 수 있는가 예요. 능력만 되면 유럽으로 유학도 가고 싶고……"

"결혼 후 유럽에 가서 미술을 계속 공부할 수 있도록 제가 적극 돕겠습니다. 이왕 미술을 시작했으니 그런 생각은 아주 바람직한 일이라 생각합니다."

"일단 말씀만으로도 감사해요. 저 지금 나가봐야 돼요. 시내에서 친구와 만나기로 약속이 돼 있거든요. 제 오라버니 만나실 거죠?"

"예!"

"그럼 두 분이서 재미나는 얘기 나누다 가셔요. 오늘 대화 매우 유익했어요"

"그래요!"

김우영은 그녀의 유익했다는 말에 귀가 번뜩였다. 그녀가 자신의 말에 부정적으로 생각하지 않았다는 것으로 해석될 수도 있기 때문이다. 나혜석은 자리에서 일어나 김우영에게 공손히 절을 하고 집을 빠져 나갔다. 오늘 이 자리도 오빠 나경석이 동생 몰래 친구인 김우영에게 제안을 해 전격 이루어진 것이었다. 나혜석은 그 점을 일체 모르고 있었다. 오빠 나경석은 동생의 연애 이력을 알고 있었기 때문에, 비록 김우영이 결혼해서 상처하고 나이가 10년이나 위라는 핸디캡을 잘 알고 있지만, 그의 집안내력과 인간성 및 장래성을 감안해 동생과 꼭 맺어주고 싶었다. 1917년 말 나혜석은 오빠의 강요에 못 이겨 교토로 가서 김우영과 마음에도 없는 연애를 몇 번 하기도 했다. 이 때도 김우영은 수업이 없는 날 만사를 제치고 동경으로 가 구애를 하지만, 계속 거절을 당한다. 사실 이 때 그녀는 오히려 춘원 이광수와 또 다시 계속 만나고 있었다. 이광수와의 만남은 최승구 사망 이후까지 한동안 중단됐었다. 그러나 재개된 나혜석과 이광수와의 만남은 또 오빠 나경석의 강력한 반대로 답보상태를 겪는다. 나혜석은 오빠의 의사를 결코 무시할 수 없는 환경에서 자라왔기 때문이다. 이광수는 후에 부인이 되는 '허영숙'에게 보낸 편지에서 나경석과 나혜석에 관한 이름을 자주 언급했었다. 특히 1918년도 편지들에서 거론 횟수가 많아졌다. 이 시기 나혜석의 주된 관심사는 결혼 보다는 여성해방과 민족문제에 쏠려 있었다. 그 일례로 나혜석은 1917년 학지광에 게재한 〈잡감(雜感)/K언니에게〉라는 제하의 글에서 '내가 여자요. 여자가 무엇인지 알아야겠다. 내가 조선 사람이오. 조선 사람이 어떻게 해야 할 것을 알아야겠다.'는 요지로 썼었다. 이 글은 유학생 모임인 학우회 망년회 참석 소감을 적었던 것이다. 여기에는 자신의 아호인 정월(晶月)의 약자인 C.W 라는 필명을 사용했는데, 이 글에서도 당시 그녀가 어떤 쪽에 더 관심을 가지고 있었는지 시사하고 있다. 한편, 이 기간 일본과 국내 여러 혼처들에서도 나혜석에 대한 중매가 시도 때도 없이 들어왔지만, 그 때마다 나혜석은 일언지하에 거절하곤 했다. 중매 시도도 그녀에겐 하나의 피곤이었다.

나혜석은 '여자도 사람이다'라는 주제의 글들을 쓰고 그림을 그리며 여성인권 향상을 위해 모든 힘을 쏟았다. 그녀가 쓴 글들이 주로 봉건적 · 인습적 관념의 억압성을 드러내는 것이었기 때문에 이따금 신랄한 사회적 비난과 냉대를 받기도 했다. 그래서 실명으로 기고한 글 때문에 시중에 자신의 이름이 회자화(膾炙化) 되자 가명을 쓰게 된 것이다. 그녀는 소설, 시, 희곡, 산문, 논설, 기행문, 감상문 등 모든 문학 분야에서도 남다른 기량을 보였다. 나혜석은 1917년 동경여자유학생친목회를 조직하였고, 1917년 6월에는 동경여자유학생친목회 기관지 여자계(女子界)를 창간하여 허영숙과 함께 편집위원을 맡기도 했다. 이후 나혜석은 여자계(女子界) 창간호에 단편 소설을 발표하는 등 왕성한 문학 활동을 벌인다. 그녀는 한 인터뷰에서 여자도 사람이라며 '조선여자도 사람 될 욕심을 가져야겠소.'라고 주장해, 화제가 되기도 했다.

3장

투옥(投獄)

　나혜석은 1918년 3월 미술학교를 졸업하였다. 이때 그녀가 제출한 졸업 작품은 후일 그 학교의 화재로 유실되었다. 이와 동시에 그녀가 발표한 소설 〈경희〉는 춘원 이광수의 〈무정〉 못지않은 인기를 누렸는데, 국내 첫 페미니즘 문학으로 평가되고 있다. 나혜석은 1918년 4월 귀국해 오빠 나경석의 집(익선동/益善洞, 126번지)에서 기거하며, 모교인 진명여학교에서 교사와 작품 활동을 병행하는 한편, 그 해 경성 소재 정신여학교와 함흥 소재 영생중학교에도 미술교사로 출강하는 열정을 과시했다. 그녀는 서울에서 첫 개인전을 열어 일반 사람들에게 유화가 무엇인지를 알리는 데 힘썼고, 민중의 삶을 표현한 조조(早朝)와 같은 목판화도 발표했다. 조조는 이른 아침을 뜻한다.

　나혜석은 너무 무리한 탓인지, 그해 8월경 건강이 악화돼 진명

여고 등 모든 교사직을 그만둔 후, 집에서 요양하며 그림 공부에만
매진한다. 그녀는 9월 '여자계' 3호에 단편소설 〈회생한 소녀에게
〉를 발표하는 한편, 조선미술전람회에 매년 작품을 출품해 수상을
거듭하면서, 화가로서 실력을 인정받는 발판을 마련했다. 건강이
회복된 나혜석은 다시 정신여자중고등학교 미술 교사와 영생중학
교 미술교사로 복직했지만 3.1운동 가담 혐의로 투옥되면서 그만
두게 된다. 나혜석은 일본유학시절〈조선여자유학생친목회〉활동
등을 통해 민족의식을 키웠으며, 1918년 말부터 조선 일본유학생
출신자들인 김마리아, 황에스더 등과 함께 3.1 운동 계획을 수립
하면서 그 자금조달을 위해 개성과 평양을 방문하기도 했다. 1918
년 겨울 '1919년 3월경 전국적으로 대규모 시위가 있을 것'이라는
소문이 확산되고 있었다. 그러자 나혜석은 김마리아, 황에스더와
극적으로 연락이 되어 그에 대한 소요자금과 잉크, 인쇄용지, 태
극기 등을 마련하면서 준비도 철저히 했다. 당시 김마리아, 황 에
스더는 동경에서 이 운동을 계획하고 1919년 초 귀국한 직후였다.
나혜석은 이후 김마리아, 황 에스더, 박인덕 등과 함께 이화학당
지하실에서 수차에 걸쳐 3.1운동 참여에 관한 비밀모임을 갖는다.
박인덕은 당시 이화학당 교사였다. 그러다가 나혜석은 3.1운동 때
독립선언서를 사전에 입수, 비밀리에 배포하려다 일경에 체포돼
서대문 형무소에 수감된다. 이화학당 학생들 만세사건을 주도하려
한 혐의였다. 그 뒤 나혜석은 3월 25일 이화학당에서 만세사건이

다시 터지자, 이에 대한 핵심인물 혐의도 추가돼 경성법원에서 징역 6개월 형을 선고받고 그해 9월 풀려났다. 이 때 변호사 김우영이 나혜석의 변론을 맡아서 두 사람간의 관계가 급속도로 가까워지는 계기가 되었다.

  나혜석은 가석방 후에도 일제의 보호감시 처분을 받았다. 그럼에도 불구하고 그녀는 석방되던 해 속리산, 지리산, 설악산 등의 명산과 바다를 구경하고 경성으로 돌아왔다. 그녀는 1920년 1월 조선노동공제회의 기관지 공제(共濟) 창간호에 열심히 노동하는 남녀 농부들 위에 떠오르는 태양을 배경으로 한 판화 조조(早朝)를 발표했다. 그녀는 이를 계기로 이 책자에 칼럼과 시를 싣고, 삽화를 그리기도 했다. 나혜석은 1920년 2월 일본 유학친구 '김일엽' 등과 함께 新여자지를 창간해 필진(筆陣)으로 참여하였으나 재정난 때문에 곧 폐간되고 말았다. 나혜석은 그해 7월 국내에서 간행된 폐허(廢墟)지 동인을 직접 구성해 김억, 오상순, 염상섭, 김일엽 등과 교류했다. 그러나 〈폐허〉지는 민족의식을 고취하는 반일적(反日的)이라는 이유로 1년 만에 조선총독부의 압력으로 폐간되었다. 그 후 나혜석은 이화전문학교의 미술 강사로 출강하면서 다른 언론사에 여러 시와 소설 등을 쓰고 신문 만평도 그렸다. 그러나 일본인들에게만 특혜주고 조선인은 차별하는 조선총독부의 정책을 '계모가 본처 자식들을 학대하는 것'으로 희화, 풍자하다가 검열에 걸리기도 했다. 이 무렵 집안에서는 안 되겠다 싶어 그녀에게 다시 결혼을 강요하였다. 그래서 그녀는 김우영과 결혼을 목적으로 다시 만나게 됐고, 자신의 과거 남자도 솔직히 고백하게 된다.

(공제 창간호에 게재된 무朝, 출처: 위키미디어)

4장

파격적 결혼조건

1920년 봄, 나혜석은 다니던 정신여학교 미술교사직을 사직했다. 이 때 동경 유학시절 친구였던 김일엽을 다시 만나 공동작업을 하면서 〈김일엽의 하루〉 작품을 남기는 등 문필가와 화가활동을 계속해 나갔다. 그러나 집안에서는 계속 결혼 강요가 들어왔기 때문에, 나혜석은 마지못해 변호사가 된 김우영의 청혼을 받아들인다. 김우영은 사별한 본처 사이에 딸도 한 명 있었다. 나혜석은 반도호텔(지금의 조선호텔) 식당에서 김우영과 식사를 하며, 청혼을 받아들이는 조건으로 그에게 파격적인 조건을 제시한다.

"전에도 말씀드렸지만, 전 솔직히 기회 봐서 유럽으로 유학을 가 미술공부를 더 하고 싶지, 결혼하고 싶은 생각은 추호도 없어요."

나혜석은 자신의 몸값을 은근히 높이려는 저의로 그렇게 말한 것뿐이다.

"우리가 서로 한두 번 만나왔습니까? 혜석 씨 마음이야 충분히 헤아리고 있지요. 그러나 결혼도 인생에서 빠트릴 수 없는 중대사이지요."

김우영은 이제 조금만 더 인내하면 내 품에 안을 수도 있겠다는 안도감을 내쉬었다.

"저도 여자인데, 왜 결혼을 고민하지 않았겠어요. 그러나 결혼보다는 저에게 결코 접을 수 없는 꿈이 있어요. 더구나 우리 조선 사회 분위기에서 여자는 결혼하면 그 꿈을 접어야 하는데, 어떻게 결혼문제를 두고 고민하지 않을 수 있겠어요. 오늘 이 자리도 오빠를 비롯해 집안에서 하도 성화하기에 솔직히 마지못해 나왔어요."

"죄송합니다. 제가 오빠에게 혜석 씨를 설득해보라고 부탁 좀 했었습니다"

김우영은 나혜석의 빤한 거짓말을 알면서도 그녀의 자존심을 세워주는 것이 오히려 더 그녀를 설득할 수 있는 좋은 전략이라고 생각했다.

"그러셨어요?"

나혜석은 그의 말을 사실로 받아들였다.

"저는 혜석 씨를 사랑합니다. 혜석 씨를 처음 본 이후 다른 여자들은 눈에 들어오지도 않았습니다. 솔직히 지금까지 혜석 씨만을 바라보며 살아왔다고 해도 과언이 아닙니다."

김우영은 여기에서 좀 더 강력한 드라이브를 걸어야겠다고 작심했다.

"저 듣기에 좋으라고 하시는 말씀이지요?"

"왜 제가 거짓말을 하겠습니까?"

"저 그렇게 좋은 여자 아니에요. 그리고 그동안 공부하느라 살림도 못 배웠어요. 앞으로 아무리 노력해도 현모양처는 못될 거 같아요."

"그런 거야 차차 살아가면서 배우면 되지요. 어느 누가 어머니 배 속부터 배우고 나왔나요?"

"집안에서는 하도 성화지, 그렇다고 스스로 유럽유학 갈 능력은 안 되지, 그래서 갈수록 늦가을 깊은 밤처럼 고민만 깊어가고 있어요."

"그런 문제라면, 결혼 후에라도 갈 수 있잖아요?"

"어떻게 그게 가능하겠어요?"

"결혼 후, 제가 그런 여건을 만들어보도록 노력해 보겠습니다."

"우리 조선사회에서 그건 불가능하다고 봐요"

"불가능이 어디 있습니까? 만들면 되지……"

"김 선생님은 남자이니깐 그렇게 쉽게 말씀하시지만, 저는 여자에요. 우리 조선사회에서 여자가 혼자 살아가기에는 너무도 많은 제약이 따라요."

"그러니깐 결혼해서 저의 도움을 받아 공부를 계속 하시면 되죠.

너무 어렵게 생각하지 마세요.”

"어떻게요?”

나혜석은 귀가 솔깃했다.

"지금은 뭐라고 정확히 말씀드릴 수는 없지만, 저에게도 다 생각이 있답니다.”

김우영은 얼마 전부터 만주 안동현 주재 일본영사관 근무를 모색하고 있었다. 그러나 그녀에게 이런 계획까지 자초지종 얘기할 수는 없었다.

"……”

나혜석은 그의 말을 이해하지 못했다. 그래서 더 이상 뭐라고 할 말을 잠시 잃어버렸던 것이다.

"왜 말씀이 없으세요?”

김우영은 다그쳤다. 그는 가급적 빨리 그녀로부터 결혼 확답을 받아내고 싶었다. 여자의 변덕이 또 언제 변할지 모른다는 우려감도 한 몫하고 있었다.

"먼저 이 말씀을 드리고 싶어요.”

나혜석은 작심하고 운을 떼기 시작했다.

"뭘요?”

김우영은 그녀의 입에서 무슨 말이 튀어나올지 자못 궁금했다.

"저 과거가 있는 여자에요. 아실런지는 모르겠는데, 시인 최승구 씨와 한 때 동거 했었어요. 서로 내 운명처럼 열렬히 사랑하기도 했었고……"

"그 문제라면 저도 알고는 있습니다. 저도 이미 결혼 한번 한 몸입니다. 제가 혜석 씨 과거를 모르고 청혼을 하는 것이 아닙니다. 혜석 씨 과거 충분히 이해하고 있습니다. 됐습니까?"

"이해해 줘서 감사해요. 그러나 나중에라도 이 문제가 저에게 매우 불리하게 돌아갈 수 있잖아요? 남자의 경우에는 사회분위기상 허물이 될 수 없지만요"

"저 일본 유학까지 가서 공부하고, 게다가 사법고시까지 패스한 깨인 엘리트 남자라고 자부하면서 살고 있습니다. 무슨 범죄를 저지른 것도 아니고……서로 사랑해서 동거했다는데 그게 무슨 허물입니까?"

"남자들이 처음엔 말은 그렇게들 하지만, 결혼해서 살다보면 과거의 남자 때문에 대부분 파혼당한다고 들었어요. 저도 그렇게 생각하고 있고요."

"그런 거는 염려 꼭 붙들어 매주세요. 거듭 강조하지만, 저 충분히 이해하고 있습니다."

"지금하신 말 믿어도 되죠?"

나혜석은 반신반의했다.

"속고만 살아왔습니까? 저 오빠의 친한 친구이기도 합니다. 제가 어찌 거짓말을 하겠습니까? 나중에 오빠한테 어떤 원망을 들으려고요. 무엇보다도 혜석 씨를 진정으로 사랑하고 있습니다. 사랑하나면 모든 게 극복될 수 있다고 생각합니다."

"본처와 사별했다면서요?"

"예! 아내는 병사했습니다. 임종 때 잠자듯 편안히 하늘나라로 갔습니다. 비록 젊은 나이였지만 촛불이 꺼질 때처럼 그렇게 생명도 꺼졌지요."

"아이가 무척 슬퍼했겠네요?"

"그야 당연하지 않나요? 아이만이 아니라 가족 모두가 슬퍼했습니다. 그래서 가족들이 그녀의 묘비에 글귀를 새겨 넣었어요. '기도 안에서 그녀를 기억하라'고……"

"저번에도 느꼈지만, 선생님을 포함해 가족 모두가 신심이 매우 깊으신 거 같아요. 만약 저도 결혼하면 기독교인이 되어야 하는 건가요?"

"강요는 안합니다. 그러나 그렇게 해주면 저를 포함해 가족들 모두가 기뻐하겠지요."

"심각히 생각해보지는 않았지만, 제가 어느 종교든 거부감은 없어요. 고민해볼 게요"

"종교도 개인의 자유라고 생각하는 사람 중의 하나입니다. 강요는 안하겠습니다."

"그럼 본처 추도식은 언제 해요?"

"따로 하는 건 없습니다. 교회 가서 저를 포함해 가족들이 촛불 하나씩 켜 놓지요."

"선생님 말씀은 마치 '모든 촛불이 한데 섞인 후 녹아서 그녀의 추모를 위한 거대한 불빛이 되기를 바라는 거로 들려요. 요절하신 건 안됐지만, 본처는 죽어서도 행복하시겠어요. 제가 먼저 죽는다면 저에게도 그렇게 해줄 수 있어요?"

나혜석은 질투심에서 그렇게 물어본 것뿐이었다.

"그 이상이라도 해드리겠습니다. 그런데 가만히 듣고 보니깐 말씀이 좀 과하시네요. 저보다 10년 연하이신데, 십중팔구 제가 먼저 하늘나라로 가겠지요."

"인명은 제천이라고, 그건 아무도 모를 거예요. 오로지 하느님만이 알고 계실 거예요."

"허긴……"

"이제 선생님 마음을 좀 알 것 같아요. 그러시다면, 결혼하는 조건으로 몇 가지를 제시하고 싶어요. 수용해 주셨으면 좋겠어요."

"또 있습니까?"

김우영의 뇌리에는 문득 '한 여자를 내 것으로 만드는 게 이렇게도 어려운 것인가'라는 생각이 스쳐갔다.

"오늘 만나 대화하면서 미술공부와 작품 활동을 계속하게 해줄 수 있다는 말씀을 놓고 속으로 고민해 봤어요. 그래서 몇 가지 결혼조건을 제시하기에 앞서 이 점을 확실히 보장받고 싶어요. 김 선생님을 못미더워서가 아니에요. 집안에 김 선생님만 계시는 게 아니잖아요? 어른들도 계시고……그 분들이 저의 과거를 쉽게 용납

하시겠어요?"

나혜석은 최승구와의 결혼을 추진할 당시 숙부의 완강한 태도에 대한 악몽을 떨쳐버릴 수가 없었다. 그녀가 김우영을 불신해서가 아니라 그렇게라도 해서 자신의 미술공부 열망을 절대 꺾고 싶지 않았을 뿐이다.

"결혼 조건이라? ……결혼은 서로간의 조건없는 진실 된 사랑이 가장 중요한 게 아닌가요? 제가 예술에 문외한 이기는 하지만, 그 정도는 상식으로 알고 있는데……"

"사랑은 영원하죠. 그러나 인간인 이상 시간이 가면 대상이 바뀔 뿐……현재 저에 대한 선생님의 사랑은 추호도 의심하지 않아요. 그러나 세월이 가면서 그 사랑이 변하지 않는다는 걸 누가 보장하겠어요. 더구나 조선사회에서……"

"영원히 사랑할 겁니다. 그 점은 확신합니다. 혜석 씨 같이 귀한 여인을 사랑하지 않으면 누굴 사랑해요?"

"그러나 인간인 이상 그걸 누구도 장담할 수 없어요. 더구나 선생님과 저의 기질은 달라도 너무 달라요. 저는 그 점을 심히 우려하고 있어요."

"그 문제는 결론이 나지 않을 것 같군요. 일단 제시하고픈 결혼 조건을 한번 허심탄회하게 말씀해 보세요."

"받아주시리라 믿고 솔직히 말씀드릴 게요. 만약에 제 조건을 흔쾌히 받아 주신다면, 저도 선생님을 사랑할 수 있도록 최선을 다하겠어요."

"말씀해 보세요."

"4가지 조건이에요"

"4개씩이나? 일단 들어봅시다."

김우영은 예상치 못한 조건 제시에 일단 찔끔했다.

"평생 지금처럼 저만을 사랑해 줄 것, 결혼 후에도 그림 그리는 것을 방해하지 말 것, 시어머니와 본처 딸과는 별거하게 해줄 것, 최승구의 묘지에 비석을 세워줄 것"

그녀는 이렇게 말해놓고도 김우영의 반응을 살피지 않을 수 없었다. 그녀가 이렇게 제안한데는 나에게 더 이상 청혼하지 말라는 저의도 담겨있었다. 그녀는 잘 알고 있었다. 언젠가는 자신의 과거가 남자의 타고난 특성상 분명 문제가 될 것이라는 것을……게다가 그는 감성과 인간적인 면을 중시하는 문학, 또는 예술인이 아니라 논리적이고 따지기 좋아하는 법조인이었다. 그녀는 이 점을 가장 우려해 왔다.

"으음……"

김우영은 상상치도 못한 그녀의 파격적인 조건 제시에 내심 당혹감을 금치 못했다. 그러나 그녀에게는 내색하지 않으려 애써 표정을 관리했다.

"역시 저의 제안을 흔쾌히 수용하시기가 어려우시죠? 저 역시 제안하면서도 그렇게 생각했어요."

"아닙니다. 좋습니다. 흔쾌히 받아드리겠습니다. 혜석 씨를 진정 사랑한다는 의미로 말입니다"

"정말요?"

나혜석의 눈이 돌연 휘둥그레졌다.

"예! 저는 내심 제가 정말 수용할 수 없는 조건을 제시하지나 않을까 조바심을 가지고 있었는데……제 의지로 3가지 조건은 즉석에서 결정할 수 있으나 '시어머니와 제 딸과의 별거'문제는 설득해 봐야겠지만 가능할 것으로 믿고 있습니다. 이제 그간 누차 얘기해 왔던 혜석 씨에 대한 나의 사랑이 입증된 것이죠?"

김우영은 내심 안동현 영사관 근무를 생각하고 있었다. 그렇게만 된다면 시가(媤家)와의 별거도 가능했기 때문이다.

"제가 그간 김 선생님을 생각해왔던 것보다는 훨씬 결단력이 있으신 분이네요. 감사해요. 저도 좋은 아내가 되도록 노력하겠어요. 함께 살아가는 과정에서 실수가 있더라도 예쁜 마음으로 이해해 주셨으면 해요"

"그렇게 하겠습니다."

"감사해요"

"그럼 언제 저의 부모님을 인사시켜 드릴까요? 내일 당장 어때요?"

"내일은 좀 부담스럽고 1주일만 여유를 주세요. 여자에게는 의외로 준비할게 많아요."

"좋습니다. 다음 주 수요일 정오경 제가 모시러 가겠습니다. 부모님과는 오후 3시 인사드리기로 약속을 잡아 놓겠습니다."

　김우영은 속으로 쾌재를 불렀다.

"알았어요."

　나혜석은 김우영의 굳은 약속에도 불구하고, 어딘가 모르게 불안감을 떨쳐버리지 못했다. 그녀는 내심 하나의 기우이기를 간절히 바랄뿐이었다.

백년가약(百年佳約)

　김우영의 본가나 주변에서는 나혜석의 결혼 조건은 어불성설이라며, 결혼을 포기하라고 강요했으나 그는 뚝심으로 밀어붙였다. 반면, 나혜석의 집안에서는 너무 나간 것이 아니냐는 우려를 금치 못했고, 그녀의 친구들은 부러움과 질투에 사로 잡혔다. 둘은 또한 1920년 4.1부터 10일까지 청첩장을 돌리는 대신 신문에 연일 광고하기로 합의했다. 이로 인해 이들의 결혼이 전국적으로 유명세를 탔다. 간소한 결혼식은 서울 정동교회 예식장에서 '김필수' 목사의 주례로 거행되었다. 당대의 명문가들 결혼식임에도 불구하고, 나혜석은 김우영에게 조촐하게 결혼식을 치르자고 요구했고, 그도 흔쾌히 받아들였다.

　둘 간의 결혼이 일사천리로 진행된 것만은 아니었다. 나혜석이 신혼 여행지를 최승구의 묘지로 가자고 고집한 것을 놓고, 신혼여행 떠나기 하루 전 날 김우영이 돌연 태도를 바꿨기 때문이다.

(김우영-나혜석 결혼식 장면, 정동교회, 출처: 위키미디어)

"다른 건 이의 없이 다 받아주었지만, 그것만은 못 하겠소"

김우영은 결혼조건 제시 땐 수락하기는 했지만, 가만히 생각해 보니깐 너무도 억울하다는 생각이 들었다. 그래서 배 째라 식으로 나온 것이다.

"저를 사랑한다면서요? 그리고 이제 와서……"

"그래서 더더욱 못 받아들이겠소. 그간 가만히 생각해 봤는데, 그것만은 자신이 없소. 처해있는 내 입장도 생각해줘야 하지 않겠소?"

"당신 입장하고 그거하고 무슨 상관이에요? 저로서는 이해가 잘 안돼요. 흔쾌히 받아드리겠다고 약속까지 해놓고……"

"당신(혜석)의 과거까지는 내 충분히 이해하오. 그렇지만 우리의 꿈 많은 새 출발을 하는 날 하필이면 최승구의 묘지로 가자고 하는 게 말이나 되오? 가족들을 포함해 남들이 이걸 알면……"

"생각하기 나름 아니에요? 저를 진정으로 사랑하신다면 그 정도는 이해해줄 수 있는 거 아니겠어요? 제가 신혼여행지로 그 곳을 택한 것은 직접 가서 그에게 이제 결혼도 했으니 다시는 못 온다는 영원한 이별을 고하고 싶어서 그러는 것인데, 그걸 수용해주지 못하신다는 거예요?"

"누차 얘기하지만, 남들 이목(耳目)도 있잖소. 주변에서 신부 옛 애인 묘지로 신혼여행 갔다고 들을 시 나를 어떻게 생각하겠소? 아무리 여자가 좋다지만 배알이도 없는 놈이라고 욕하지 않겠소? 어찌 이 점은 헤아리지 않는 거요?"

"저는 당신과 정 반대로 생각하고 싶어요. 그 사람과 저와의 관계를 알만 한 사람은 모두 알고 있어요. 저는 이번 결혼으로 그 사람과의 영원한 결별을 모든 사람에게 알리고 싶을 뿐이에요. 어떤 미련이 남아서 그러는 게 아니에요"

나혜석은 이렇게 말하면서, '제발 나의 진정성을 믿어 달라'는 갖은 표정을 다 지었다.

"……"

김우영은 잠시 생각에 잠겼다. 그녀의 말에도 일리가 있다고 생각했기 때문이다.

"그렇게 해주세요. 그래야 제 마음이 후련할 거 같아요."

나혜석은 예전에 최승구의 묘지를 참배하면서 '사랑은 죽어서도 계속된다'며 영혼 결혼을 굳게 약속했었다. 나혜석은 최승구 생전에 그와 약혼까지는 했지만 숙부의 완강한 반대로 결혼은 끝내 이루지 못한 것이 여전히 한에 맺혀있었다.

"좋소. 그렇게 하겠소."

둘은 전남 고흥으로 신혼여행을 떠나 최승구에게 참배하는 것도 모자라 묘비까지 세워주었다. 그러나 김우영이 우려했던 것처럼 장안에서는 한 동안 이 문제가 화제가 되었다. 훗날 염상섭의 소설 〈해바라기〉의 모델이 되기도 했다. 그 외 김우영은 나혜석이 일할 작업장과 화실을 마련해 주는 등 그녀의 미술활동을 물심양면 후원했으나 그녀의 내면 깊숙한 감성까지는 움직이질 못했다. 김우영은 그녀와의 결혼조건 4가지 중 그림 그리는 것을 방해하지 않고, 본처 소생 딸과는 따로 지내게 했으나 시가와의 살림 독립 약속은 지키지 못했다. 만주지역 부임이 예상보다 늦어지고 있었기 때문이기도 했다. 당시 조선사회에서 결혼한 여성에게 있어 가장 큰 문제는 고부간의 갈등이었다. 더더구나 나혜석 같은 자유로운 영혼이 명분을 중시하는 시가와 화합을 이루기는 어려웠다. 예기치않은 나혜석의 불행은 여기에서도 잉태하고 있었다.

안동현 부영사 발령

그럼에도 불구하고, 나혜석은 문예지 폐허의 동인으로 활동하는 한편 화가로서도 창작열을 불살랐다. 그녀는 1921년 매일신보에 연말연시 세시풍속을 주제로 한 〈섣달대목 초하룻날〉이란 제목의 그림 9장을 발표했다. 이 그림들은 가사노동에 시달리는 여성들을 암시하고 있었기 때문에, 의식 있는 여성 화가로서의 면모를 발휘한 셈이다. 나혜석은 1921년 3.19일~20일 매일신보와 경성일보의 후원 하에 경성일보 내청각(來靑閣)에서 유화 70점으로 한국최초의 여성 첫 개인전을 가졌다. 전시회 첫날 관람객 5000여 명이 찾았고 그림도 20여 점 팔렸다. 이와 관련, 매일신보가 인산인해를 이루었다고 보도할 만큼 큰 성공을 거두었던 것이다. 이에 힘입어 그녀는 결혼생활 중에도 틈만 나면 여성해방론을 외치곤 했다. 그녀의 이런 노력들이 나중에 불륜으로 비화돼 이혼으로 이어지는 단초들이 되었다. 한편, 남편 김우영은 그 해 9월 그토록 고대하던 외교관이 되어 일본 외무성 안동현(安東縣, 현재 단동)부영사로 발령받았다.

"이제 들어오셔요?"
나혜석은 당시 언론사에 제출할 원고를 다듬고 있었다.
"오늘 밖에서 뜻밖에 좋은 일이 있었소."
그는 평상시와는 달리 시종일관 미소를 잃지 않았다.
"무슨 좋은 일이요?"
나혜석은 고개를 갸우뚱거렸다.

"한번 맞춰 보시오"

"식사는 하셨어요?"

"동료들이랑 했소."

"그러면, 씻고 주무세요. 저는 하던 일이 좀 있어서……"

나혜석은 뾰로통한 표정으로 하던 일을 계속하기 위해 자기 방으로 들어가려 했다.

"무슨 일?"

김우영은 아내의 냉랭한 반응에 실망감을 감추지 못했다.

"내일까지 신문사에 수필을 내야 되요. 거기에 들어 갈 삽화하고……"

"당신은 나와의 밤이 그립지도 않소?"

김우영은 집에 들어오면서 오늘 같은 날 아내와 한번 찐하게 밤을 보내야겠다는 생각을 했었다.

"밤에 그거 하자고 우리가 결혼한 게 아니잖아요?"

나혜석은 심지어 평소 안하던 인상까지 썼다.

"그래도 그렇지. 우리는 지금 아직까지도 신혼이란 말이요."

"신혼은 이미 김빠지듯 샜잖아요. 당신 원하는 대로 낮과 밤 가릴 거 없이 서비스도 다 해주고……"

"내 말은, 한두 번 그거 하자고 우리가 결혼한 게 아니잖소?"

"당신은 여자의 입장도 좀 생각해줘야죠"

"그 점도 항상 당신 눈치를 보며 배려하려 노력하고 있잖소? 밤에 당신 한번 가지려면 온갖 아양을 떨어야하는 내 입장도 생각해 봤소? 아내도 내 마음대로 못 가지는 세상 살아서 뭐하나!"

김우영은 일부러 표정까지 관리하며 결혼생활에 불만이 많다는 식의 갖은 제스처를 취했다.

"오늘부터 달거리중이에요. 그러니 하고 싶어도 못해요"

나혜석은 그의 그런 모습을 보고 마음이 약해졌다.

"정말이요? 그거 오히려 더 잘됐네. 그렇잖아도 요즈음 떡볶이가 무척 먹고 싶었는데……"

순간, 김우영은 입이 귀까지 찢어졌다.

"어쩜 당신은……인간의 성스러운 성적행위를 떡볶이에다가 비교를 해요? 당신 날 사랑하는 거 맞아요?"

"떡볶이가 어때서? 사랑하니깐 떡볶이라도 만들어서 당신을 갖고 싶은 내 심정을 이해나 하오? 그런 내 마음을 몰라주는 당신이 더 야속하다는 생각이 드오."

"술 냄새도 나고……그리고 생각만 해도 불결해요. 얼른 씻고 주무세요. 저 정말 내일까지 원고 마무리해서 줘야 해요."

"그건 그렇고, 다음달 25일까지 이사 짐 꾸릴 준비를 하시오"

김우영은 아쉬웠지만, 이내 포기하고 말았다.

"예? 우리 그럼 시가(媤家)에서 나가는 거예요?"

"왜? 시가 생활이 그렇게도 지긋지긋하오? 생활한지 얼마나 됐다고……"

"그건 안 살아본 사람은 몰라요. 그리고 당신은 시부모님에겐 친자식이지만, 저는 며느리에요. 그게 어디 같아요? 그리고 어머님 성격이 좀 깐깐하셔요?"

"그래서 이번에 내가 당신이 제시한 결혼조건 가운데 유일하게 지키지 못했던 약속을 이행하려 하오"

"정말이죠?"

나혜석은 언제 짜증냈느냐는 식으로 환하게 웃었다.

"왜 내가 거짓말을 하겠소."

"우리 어디로 이사 가요? 가회동으로 갔으면 좋겠는데……"

"만주지역의 안동현으로 가오."

"예? 거길 왜요? 경성에도 좋은 집 많은데……"

나혜석은 처음엔 그의 말을 전혀 이해하지 못했다. 김우영이 결혼 후 그녀에게 만주 부임 문제를 전혀 내색하지 않았기 때문이다.

"이번 기회에 당신이 그토록 원하던 시어머니하고 멀리 떨어뜨리게 하려고 작정했소."

"그래도 그렇지, 당신 직장은 어떡하고요? 그리고 저도 지금까지 쌓아온 화가로서의 경력이 있는데……"

"사실은, 이번에 그 쪽 영사관에 부영사로 발령받았소. 그것도 외교관 신분으로 말이오. 당신도 이번에 귀부인이 되어 보시오"

"발령 났다고요?"

"그렇소. 그러니 이사 준비에 차질이 없도록 해주시오"

"……"

"왜 대답이 없소. 오히려 당신이 더 원할 거 같은데…… 얼마나 좋은 기회요? 죽기보다 싫은 시어머니와 떨어져 살 호기잖소? 그렇게도 당신이 원하던 것이기도 한데……"

"……"

나혜석은 너무도 갑작스러운 일이라 무어라 할 말을 잃어 버렸다. 그러나 어쩔 수 없었다. 남편이 그 쪽으로 발령 났다는데, 그렇다고 뾰족한 방도가 없었다. 그렇게 해서 둘은 만주로 이사를 했다. 만주생활 3개월이 지났다. 나혜석은 무료했다. 남편이 직장에 출근하고 나면 가사 도우미 몇 명과 함께 파티 등 남편 뒷바라지 하는데도 정신이 없었다. 파티는 평균 3일에 한번 씩 준비해야 했다. 남편이 연회다 뭐다 참석하고 늦은 밤 퇴근하고 나면 시도 때도 없이 요구하는 그의 욕정을 채우는데도 일조를 해야 했다. 그녀는 그러다간 자신이 그토록 혐오하는 통속적인 여인으로 변해버릴 수도 있겠다는 두려움에, 작심하고 다시 붓을 잡기로 결심했다. 이 기간 중 그린 그녀의 작품 대부분 건축화였다. 아래 사진처럼 화폭에 건물을 가득히 채우는 그런 그림들이었다.

그녀는 만주 거주기간 중 열심히 그린 그림들 중 1922년부터 고희동과 함께 제1회 조선미술전람회(鮮展)에 〈농가〉와 〈봄〉 두 작품을 '고희동'의 협조를 받아 출품하였다. 나혜석은 그 이후에도 7,8회를 제외하고 11회까지 총 18점을 출품하여 4등 2회, 3등 1회,

(봉천 풍경, 합판에 유채, 23.5 x 32.5cm 개인 소장)

특선 1회를 각각 수상해 그림 실력을 인정받아 갔다. 그러나 그녀는 미술작업에 있어서 기교만 조금씩 진보할 뿐, 정신적 진보가 없어 갈수록 한계를 절감하면서 외국으로의 유학 충동을 느끼곤 했다. 이와 관련, 그녀는 '나 자신을 미워할 만큼 괴롭다'고 자책한 적도 있다. 고희동(高羲東, 1886년 3.11일~1965년 10. 22일)은 대한제국 시기부터 동양화를 공부한 동양화가이자 한국인 최초의 서양화가다. 한성부에서 출생한 그는 1899년부터 1903년까지 관립 한성법어학교에서 불어를 수학했다. 그는 1904년 궁내부 주사와 예식관을 각각 역임하면서 궁내 프랑스어 통역과 문서 번역하는 일을 맡았다. 그는 잠시 동양화를 배우다 1908년 일본으로 건너가 도쿄미술학교(東京美術學校) 서양화과에 입학함으로써, 한국인 최초의 서양화 전공 화가가 되었다. 1915년 同 학교를 졸업하고 귀국, 사립인 중앙고보, 휘문, 보성, 중동학교의 교원으로서 재직했다. 이 무렵 한국에는 '미술'이라는 용어가 처음 생겨났는데, 고희동의 귀국을 알리는 신문 기사에 처음 쓰였다. 그러나 당시 서양미술에 대한 사회의 시선은 그다지 좋지 않았고, 그가 스케치를 나가면 엿장수나 담배 장수로 오인하는 사람이 많았다고 한다. 그는 1918년 서화협회의 조직에 참여, 1939년 일제에 의해 강제 해산될 때까지 총무·회장직을 역임했다. 해방 후 1947년 '전국문화단체총연합회'를 조직, 4년간 회장으로 있었고 국전 제1회(1949년)에서 제7회까지 계속 심사위원장이 되었다. 1949년 미국친선사절단의 일원으로 미국을 여러 차례 방문한 바 있다. 1950년 서울시 문화상을 수상하였고, 1953년에 대한미술협회 회장, 1954년에는 대한민국 예술원 종신회원 및 회장이 되었다. 1956년 제2회 예술원상(미술공로상)을 수상하였고, 1959년 민권수호국민총연맹 상임위원장을 거쳐 1960년 민주당 소속으로 출마하여 참의원(參議院) 의원으로 국회에 진출하기도 했다. 그는 일시 서양화로 전신, 한국 최초의 서양화가로 활동한 바도 있으나 다시 수묵산수로 돌아왔으며, 화풍은 남종화의 선염법(渲染法)을 쓰지 않고 서양화의 기법을 가미하여 북종화에서 쓰던 부벽준에 가까운 음영법을 쓴 것이 특징이다. 작품으로는 미전배석(迷顚拜石) 등이 있다.

  나혜석은 만주생활을 하면서 남편을 따라 연회 등에 참석하는 회수가 늘어갈수록 회의감만 늘어갔다. 그녀의 눈에는 거기에 나온 인사들 모두가 속내를 숨긴 위선자들 같았다. 그녀는 타고난 특성상 그네들과 허심탄회하게 인간적인 교류를 하고 친해지기에는 한계가 있었다. 그래서 그녀는 점차 엄습하는 무료함을 달래기 위한 일환으로 현지 태성의원 내에 '안동현 여자 야학'을 설립해 여성들을 가르치기도 했다.

  4월로 접어들었다. 창밖은 부슬부슬 비가 내리고 있었다. 그 날은 모처럼 만의 휴일이었다. 나혜석은 축음기로 요한스트라우스의 〈봄의 소리 왈츠〉를 틀어놓고 비 내리는 창밖 풍경을 쳐다보면서 흥에 겨워하다가 돌연 남편 김우영을 불렀다. 그러나 그로부터 대답이 없었다. 남편은 책상에 앉아 고개를 푹 숙이고 무언가 열심히 적고 있었다. 남편은 무언가에 골몰하는 버릇이 있었는데, 이곳으로 부임한 이후 더 심해졌다. 그의 일상은 거의 매일 파티와 술이었다. 그래서 상대적으로 나혜석의 생활은 더욱 무료해져만 갔던 것이다.

  "여보!"

  나혜석은 더 큰 소리로 불렀다. 이에 앞서 몇 차례나 불러도 남편으로부터는 대답이 없었다.

  "불렀소?"

그제야 남편은 고개를 돌려 멍한 모습으로 아내에게 물었다.

"일은 직장에서 하면 되지, 집으로 까지 가져오면 우리의 오붓한 부부생활은 어떻게 해요? 한두 번도 아니고……"

"미안하오! 이해해주구려. 요즈음 너무 바쁘다오."

당시 일본은 중국 전역 침략 야욕을 드러내고 있었다. 김우영은 이 일환으로 이곳에 나와 있는 영국, 프랑스, 미국 등 외국사절들과의 정보교환 등을 목적으로 한 만남 횟수도 부쩍 잦아지기 시작했다.

"저의 이곳 생활은 매일 남편 얼굴 쳐다보는 것으로 시작돼요. 저녁에는 당신 술에 만취해 있는 모습을 보고 잠에 들고요. 그것도 모자라 어쩔 때는 자다가도 당신 술 냄새까지 펄펄 맡아가면서 그놈의 하기 싫은 욕정도 채워줘야 하고……"

"욕정 채워주는 게 뭐가 그리 불만이요? 게다가 외교관 부인답지 않게 상스런 언어까지 사용하면서……하인들이 들으면 어떡하겠소? 다행히 조선어를 못 알아들어서 다행이지. 그리고 어찌 보면 아내로서의 당연한 의무 아니오?"

"당연한 의무라니요? 말 다했어요?"

"그렇지 않소? 남편이 자다가도 하고 싶어서 요구하는 건데…… 호강하고 살면서 남편의 그런 욕구하나 해소해주지 못한단 말이오?"

"누구 말따나 내가 위안부요?"

"어떻게 거기다 비유를 하오?"

김우영은 어이가 없다는 표정을 지었다.

"말이 그렇다는 거지요? 싹싹 빌어가면서 요구해도 들어줄까 하는데……어쩔 때는 그렇게 싫다는데도 떡볶이 만들어달라고까지 하지를 않나……그게 사람이 할 짓이에요? 섹스에도 품격이 있는 것인데……"

"잘 알겠소. 이번 주말에는 어떻게든 시간을 내 보리다. 그 때 경극이나 보러 갑시다. 그런 다음 고급식당에 가서 전통 중국요리도 사 주겠소."

김우영은 더 이상 대꾸해봤자 그녀의 성격에 본전도 못 찾겠다는 생각이 들었다. 무엇보다도 그는 외교관 체면상 하인들에게 이런 추태를 보이고 싶지 않았다.

"경극이 뭐에요?"

중국의 대표적인 전통 연극으로, 베이징에서 발전하였다 하여 경극이라고 한다. 서피(西皮) · 이황(二黃) 2가지의 곡조를 기초로 하므로 피황희(皮黃戱)라고도 부른다. 14세기부터 널리 성행했던 중국 전통가극인 곤곡(崑曲)의 요소가 가미되어 만들어졌다. 원나라 때 잡극의 뒤를 이어 명나라에서 청나라에 걸친 300년 동안은 쑤저우[蘇州] 곤산(崑山)에서 일어난 곤곡(崑曲)이 우위를 차지하고 있었으나, 왕후 · 귀족의 위안물이 되고 형식에 치우쳐 쇠퇴하게 되자 18세기 중엽에는 많은 지방 극이 앞을 다투게 되었다. 그 무렵 안후이성 · 후베이성 등 양쯔강 연안지방에 남곡(南曲)의 익양강(弋陽腔)

계통을 이은 이황조(二黃調)가 성행하여, 안후이성의 여자역 남자배우 고낭정(高朗亭)의 일단과 함께 베이징에 들어왔다. 이때가 1790년 고종(高宗:乾隆帝)의 80세 생일축하 잔치가 벌어진 해이다. 휘반(徽班)이라는 안후이성 극단이 당시 난해하고 장황한 저음인 곤곡에 비하여, 명랑하고 쉽고 동작이 많은 이황조가 상연된 이후 대중의 호평을 받아 유행하기 시작했다. 다른 많은 전통 극종과 마찬가지로 노래·대사·동작 등으로 구성되는 형식연극으로, 노래가 중시되고 무용에 가까운 동작은 격렬하면서도 아름답다. 호궁(해금 등을 지칭)과 징, 북을 중심으로 한 반주의 선율과 리듬이 극의 기조를 이룬다. 대개는 사전(史傳) 소설과 전설에서 소재를 따거나 수호전과 삼국지연의 등의 부분각색이 적지 않다. 대표작으로 패왕별희(覇王別姬), 귀비취주(貴妃醉酒), 안탕산(雁蕩山) 등이 있다.

"일본에서 가끔 봤던 서양의 오페라와 같은 것이오."

"그러지 말고, 어디 경치 좋은 데로 드라이브나 가면 안돼요?"

나혜석은 그림을 다시 그려야겠다는 생각에 적절한 야외 스케치 대상을 물색하고 싶었다.

"지금 업무가 너무 많아 야외로 드라이브 갈 형편이 못 되오. 정히 원한다면, 내가 운전기사 딸려줄 테니 혼자 다녀오시오."

"······."

나혜석은 남편과 함께 가고 싶어 반응을 보이질 않았다. 그녀에게는 만주생활이 답답하기도 했지만, 의사소통이 되질 않아 홀로

외출할 때마다 많은 고통을 겪어 왔었다.

"왜? 꼭 나와함께 가야할 이유라도 있소?"

"아녜요. 그럼 언제 기사를 내 줄 수 있어요?"

나혜석은 기사 데리고 혼자 돌아보는 것도 괜찮다는 생각이 들었다. 기사는 조선 사람이었다.

"이번 목요일 어떻소? 내가 마침 업무용 차로 장거리 좀 다녀와야 되기 때문에, 그 때 기사에게 단단히 일러 놓겠소."

"그렇게 할 게요"

"지금 준전시(準戰時) 상태이니, 신변안전에 각별히 조심하시오. 그리고 일본사람들에 대한 현지인들의 감정이 점차 나빠져 가고 있소. 그러니 멀리 가지는 마시오."

"나는 조선 사람이잖아요?"

"조선 사람은 무슨? 여기 일본 부영사 자격으로 나와 있는 거요. 모두가 우리를 일본사람으로 알지, 조선 사람으로 알겠소? 조선 사람이 여기서 우리 같은 대우 받는 걸 봤소?"

"여기 조선 사람들도 많아요?"

"그건 알지만, 우리는 여기서 일본을 대표해 일하고 있는 것이오. 그 점을 착각하지 마시오."

"뭐가 이리도 살아가는 게 복잡한지, 파티 때 집에 찾아오는 사람들 하나같이 음흉한 승냥이들 같고……그 아내들 역시 모두가 백년 묵은 여우들 같아, 위선 떨어가며 그네들 비위 맞추는 것도 이제 지쳐가요. 갈수록 스트레스만 쌓이고……"

"호강에 겨운 소리하지 마시오. 남들은 모두 우리를 부러워하고 있는데……심지어 하인들 표정에서도 그걸 못 느끼오?"

"그게 호강이라 생각해요? 하인들은 우리들 앞에서 영혼 빼가며 갖은 아양을 떠는 척 하지만, 뒤에서는 지들끼리 우리들 흉보기에 여념 없는 거 같아요. 그게 직감으로 느껴져요. 그리고 그네들 모두 중국기관에 고용된 감시자 같고……"

"당신 말 전혀 이해 못하는 바는 아니나, 어쩌겠소? 일본정부를 위해 충실히 일해야 우리의 특권을 유지할 수 있는 것을……그래야 나중에 장기간 유럽여행 특전도 얻을 수 있는 것이오. 그러니 그 날을 위해 꾹 참고 살아주시오"

"……"

나혜석은 더 이상 반박할 명분이 생각나지 않아 잠시 생각에 잠겼다. 남편은 그런 그녀를 쳐다보다가 또 입을 열었다.

"왜 대답이 없소?"

"……"

"정히 못 견디겠으면 귀국해 다시 시가(媤家)살이 하던가, 아니면 여기서 참고 지내던가, 양자택일하는 수밖에 없소. 당신 원하는 대로 해 드리리다."

김우영은 승부수를 던졌다. 그는 아내로부터 나올 답을 이미 예견하고 있었다.

"알았어요."

나혜석은 마지못해 답했다.

"잘 생각했소."

남편은 내심 회심의 미소를 지었다.

나혜석의 주변 여행은 항상 이런 식이었다. 만주에 체류하는 동안 남편과 함께 여행해 본적은 거의 없었다. 나혜석은 틈틈이 여성 하인 한 명을 데리고 기사의 도움을 받으며 두루 돌아다니면서 중국 풍물과 전통을 익히기 시작했고, 그 사이 시시각각 젖어오는 무료함을 달래기 위해 몇 차례 아편에도 손을 대려 했다. 그러나 그때마다 남편이 귀신같이 알고 저지하는 바람에 실패로 끝나곤 했다. 그러나 시간은 흐르게 돼 있다. 김우영과 나혜석은 5년간의 기나긴 안동현 부영사 임기를 무사히 마치고, 조선으로의 귀국길에 올랐다.

5장

파리의 환상에 젖어

1927년

　남편 김우영은, 드디어 일본 외무성이 변방에서 일한 관리에게 주는 특별포상인 해외 유로여행 대상자로 선정되었다. 만주지역에서 5년간 외교관 소임을 충실히 수행한데 대한 총독부의 특별 배려였다. 이에 소요되는 여비도 함께 지급되어 나혜석과 함께 떠날 수 있었다. 나혜석은 김우영 덕분에 꿈에도 그리던 유럽으로의 미술견문이 드디어 이루어지게 된 것이다. 나혜석은 그 소식을 들은 날부터 유럽으로 떠나기 직전까지 들뜬 마음에 잠을 이루지 못했다. 마치 신데렐라가 된 느낌이었다. 김우영과 나혜석부부는 1927년 6.19일 경성 역에서 열차로 평양과 신의주를 거쳐, 펑텐(奉天)에서 남만주 철도로 갈아타고 하얼빈 역으로 갔다. 둘은 이 역에서 북상하는 소련의 울란우데 역으로 가, 거기서 모스크바의 야로스라브 역이 종착지인 시베리아 횡단열차로 갈아탈 예정이다. 총 길이 9,334km인 이 횡단열차의 출발지는 블라디보스토크 역인데, 이 구간의 역만 해도 무려 850여 개이다.

하얼빈 역

"뽀옥~뽀옥~"

증기기관차는 10여분 전부터 열차출발을 예고하며 간헐적으로 기적을 울렸다. 하얼빈 역 플랫폼에는 열차 승객과 배웅하는 사람들로 뒤엉켜 인산인해를 이루고 있었다.

"모스크바로 가실 승객들은 지금 탑승하시기 바랍니다. 열차는 5분 후 출발할 예정입니다."

고운 목소리 여자 안내원 목소리가 확성기를 통해 흘러 나왔다. 안내방송은 중국어와 러시아어 순으로 나왔다.

"여보! 이제 열차에 올라탑시다."

김우영은 플랫폼에서 배웅 나온 안동현 주재 일본 영사관 직원들과 환담하다 옆에 있던 나혜석에게 재촉했다. 짐은 이미 일꾼들에 의해 열차에 실려 있었다.

"출발 2분 전입니다. 이제 승차하겠으니 그만 돌아가십시오. 여기까지 나와 주신 배려 결코 잊지 않겠습니다."

김우영은 조급한 마음에 손목시계를 연신 쳐다보면서 말했다. 그런 다음 김우영-나혜석 부부는 앞에 두 손을 모으고 90도 각도로 고개를 숙이며 영사관 직원들에게 감사를 표했다. 이 때 객차와 화물칸 15량을 단 증기관차 기적소리가 또 요란하게 울렸다. 꾸물대지 말고 빨리 승차하라는 암시였다. 기관차 굴뚝에서는 하얀 연기가 하늘로 너울대며 솟아오르면서 나비마냥 춤을 추고 있었다. 날씨와 철로 사정에 따라 다르지만, 여기서 쉬지 않고 달려도 모스크바까지는 최장 15일 정도 소요된다. 철로는 단선이기 때문에 역에서 출발 우선순위 배정 문제로 인해 열차가 달리는 시간 보다 역에 대기해 있는 시간이 더 많았다. 그래서 모스크바까지 가는데 그렇게 소요되는 것이다. 지금은 횡단시간이 대폭 줄어 8일 정도 걸린다. 나혜석은 막연한 기대감에 어제 밤을 꼬박 뜬눈으로 지새웠었다. 기관차가 칙폭, 칙폭, 칙칙폭폭 소리를 요란하게 내면서 서서히 움직이기 시작했다. 그러자 기관차 연통에서 새까만 연기가 마치 커다란 공장 굴뚝에서 나오는 것처럼 하늘높이 치솟았다. 김우영과 나혜석 부부는 허겁지겁 객차 승강계단에 올라타 한 손으로 손잡이를 꼭 붙든 채로 영사관 직원들에게 계속 손을 흔들어 댔다. 열차는 가속도가 붙기 시작했고, 반면에 하얼빈 역은 시야에서 멀어져만 갔다. 그제야 부부는 고급 침대가 구비돼 있는 초호화 특실로 들어가 여장을 풀었다. 이 객실 사용자에 대한 대우는 VIP급 이상이었다. 이들은 만주시절 이러한 대우들에 이미 익숙해 있었다. 하얼빈 역을 떠난 지 다섯 시간이 흘렀다. 차창에 스치는 아름답고 한산한 풍경은 농촌과 산악지대일 뿐, 인적은 드물었다.

열차는 14시간여를 달리고 또 달려 '울란우데' 역에 도착했다. 이들은 거기서 다시 모스크바로 가는 열차 특실로 갈아타 본격적인 시베리아횡단 장정에 올랐다. 이틀 후, 나혜석은 열차가 '이르쿠츠크'역에 도착하기 전 펼쳐지는 광활한 바이칼 호 남쪽 호수 풍광에 매료된 나머지 그걸 화폭에 담아내려는 스케치에 열중하기도 했다. 평상 시 수면아래 40m 까지 보일 정도로 투명하고 에메랄드빛을 발하는 이 민물호수의 아름다운 광경은, 열차가 이르쿠츠크 역에 도착하기 전 거의 반나절 동안 펼쳐진다. 그래서 이 호수를 '지구의 푸른 눈'이라고도 부른다.

바이칼 호수를 지나는 시베리아 횡단 증기열차

열차는 이르쿠츠크 역에 도착해 7시간을 정차했다. 그 사이 둘은 잠시 역 밖으로 나가 도심 한 복판에 세워져 있는 '알렉산드르 3세

(1845~1894)'동상 등 시내를 가볍게 돌아봤다. 시베리아횡단 철도는 알렉산드르 3세의 칙령으로 본격 건설되기 시작했고, 그로 인해 이 도시가 시베리아 중심도시로 우뚝 설 수 있게 된 것이다. 러시아는 베이징 조약 체결로 연해주를 할양받게 됨으로서, 블라디보스토크 항구까지 장악하게 되는 뜻하지 않은 횡재를 얻었다. 이 결과, 러시아는 1891년 황제 알렉산드르 3세의 칙령으로 시베리아 횡단철도 공사를 서둘러 착공했다. 이 공사에 러시아 제국 전역과 해외 각지에서 수많은 노동자들이 동원되었는데, 조선인(고려인)도 다수 포함돼 있었다. 이 철도는 1898년에 부분 개통되어 이르쿠츠크에서 첫 번째 열차가 출발했다.

이르쿠츠크 역

열차가 이르쿠츠크 역에서 출발한 지 또 이틀이 지났다. 11시가 다 돼서야 부스스 일어난 김우영과 나혜석은 간략하게 치장을 한 후, 식당 칸으로 갔다. 둘은 집을 떠난 후 모처럼만에 열차 안에서 강도 높은 섹스를 나눴었다. 그래서 그런지 나혜석의 표정이 평상시보다 더 밝았다. 마치 첫 날밤을 보낸 신부표정 같았다. 그녀는 식당 칸에 가는 동안 자청해서 평소 안하던 남편과 팔짱도 했다.

"당신은 뭘 들겠소?"

김우영이 아내에게 메뉴판을 내 보였다.

"당신이 시켜주세요"

나혜석의 생각 속에는 어젯밤의 달콤한 여운이 완전 가셔지지 않았다. 그래서 음식도 그의 선택에 맡긴 것이다. 이 때문에 여성에게는 이따금 농도 짙은 사랑이 필요한 것이다.

"거위 간 어떻소?"

"그런 것도 먹나요?"

나혜석은 기겁을 했다.

"파리 생활 하려면 이런 음식도 미리 알아두는 게 좋을 거요. 파리에서는 달팽이 요리와 함께 최고로 쳐주니깐 말이오."

"그거 사람이 먹을 수 있는 거예요? 오늘 처음 알았어요. 그런데, 당신은 뭐로 하실 거예요?"

"나도 이 걸로 하지 뭐. 만주지역에서 근무할 때 최고급 식당을 찾아 이따금 서구 외교관들과 거위 간 요리를 먹었는데, 아주 맛있습디다. 괜찮아요. 이번에 한번 먹어봐요?"

"그럼 저도 그 걸로 주세요."

"어제 밤 모처럼 만에 힘 좀 쭉 뺐더니 식욕이 막 당기네. 이거 먹고 부족하면 더 먹어야지"

김우영이 나혜석이 들으라고 일부러 크게 얘기 했다. 매일 밤 어제처럼만 해달라는 투였다.

"그렇게나 좋았어요? 떡 볶이도 아니었는데……"

나혜석도 싫지 않았다는 간접 반응이었다.

"모르는 소리? 당신은 어쩔 땐 거위 간 보다 훨씬 맛있어. 맛있는 섹스. 당신한테서 그 실감을 처음 느껴보는 것이오."

"으이그, 짐승! 나는 어제 죽는 줄 알았어요."

나혜석은 민망해서 그냥 해본 소리였다.

"와인은 뭐로 할까? 화이트, 아니면 레드?"

"화이트로 할 게요"

김우영은 대기하고 있던 웨이트리스에게 식사와 포도주를 서툰 러시아어로 주문했다. 평상시 외교관에게 3개 국어 구사능력은 기본이었다. 밖에는 이들의 분위기를 고조시켜 주려는 듯 보슬비가 부슬부슬 내리고 있었다. 나혜석은 그 사이 차창에 스쳐지나가는 대평원(大平原)을 잠시 응시했다. 그녀에게는 태어나 처음 보는 환상적인 풍경이기도 했다. 그녀는 문득 식당 칸에 올 때 스케치 북을 가지고 오지 않은 걸 후회했다. 25분 정도 지나 웨이트리스가 와서 나혜석 테이블에 먼저 주문한 음식을 조심스럽게 내려 놓았다. 그런 다음 웨이트리스가 남편에게 포도주를 약간 따라주면서 시음해보라는 신호를 보냈다. 남편은 입에 살짝 들이댄 후, 고개를 끄덕이면서 좋다는 사인을 보냈다. 그러자 웨이트리스는 나혜석에게 먼저 포도주를 유리잔 용량의 2/3 정도를 따라주었다. 그런 다음 김우영에게도 같은 양을 따라 주었다. 이 때 김우영은 잊지 않고 그에게 일정의 팁을 건네주었다. 웨이트리스는 환한 미소와 함께 고맙다는 인사를 연발했다.

"건배 합시다"

김우영은 포도주 잔을 들고 제안했다. 나혜석도 이내 잔을 들고 쨍그렁 소리가 나도록 맞부딪쳤다.

"포도주 향기가 그윽하고 맛도 좋네요!"

그녀는 단숨에 들이마셔 버렸다. 포도주를 더 마시고 싶을 때에는 들이마시면 안 된다. 웨이트리스는 먼발치서 이를 지켜보고 있다가 잔에 포도주가 약간 남아있을 때는 다가와서 다시 따라주지만, 다 비워버리면 더 이상 마실 의사가 없다는 의사로 간주하고 다가와 따라주질 않는다. 이게 유럽에서 통용되고 있는 포도주 문화이기도 하다.

"그걸 그렇게 단숨에 마셔버리면 어떡해? 옆 좌석에서 보고 속으로 비웃겠소."

김우영은 옆 좌석을 힐끗 훔쳐보았다. 외교관 생활을 하다보면 일반인들이 모르는 쓸데없는 의전에 목을 매는 경우가 많다. 김우영도 만주영사관에 근무하면서 그런 생활에 자신도 모르게 이미 길들여져 있었다.

"왜요?"

"한 잔만 마시고 말 거요?"

"아니요?"

"그럴 의사가 있으면, 잔에 조금 남겨놔야 돼요. 그래야 웨이트리스가 다시 다가와서 따라주지. 다 비워버리면 안 따라 줘요"

"그래요? 그런 주법을 몰랐네요. 다음부터는 그러지 않을 게요"

나혜석은 안색이 약간 상기되면서 쑥스런 표정을 지었다.

"거위 간 맛은 어떻소?"

"의외로 맛있네요. 아주 부드럽고······뭐랄까. 입 속에서 살살 녹는다고나 할까? 그런 맛이요!"

"내가 맛있다고 했잖아?"

"거위 간을 한 입 넣고 오물오물 씹는 순간, 사랑하는 사람과 키스할 때 상대의 혀가 자지러지게 내 혓바닥을 애무해주는 것 같은 그런 느낌······아주 맛있어요."

나혜석은 맛에 도취돼 지그시 눈을 감고 얘기했다. 순간 김우영의 안색이 약간 굳어졌다가 이내 평상심을 되찾았다. 그는 분명 그녀가 내 혓바닥을 연상시킨 것이 아니라고 직감했다. 김우영은 그녀와 키스할 때 자신의 혓바닥을 강하게 흡입하려 한적을 기억하지 못했기 때문이다. 그러나 나혜석은 그녀가 무슨 실수를 한 것인지에 대해 전혀 인식하지 못했다. 이 순간, 식당 칸 중간 테이블에 놓인 축음기에서 베토벤의 피아노 소나타 OP13 2악장(일명: 비창)의 감미로우면서도 슬픔이 어린 피아노 소리가 은은하게 흘러나오고 있었다. 모든 음악에는 신앙과 삶, 인간성이 다 녹아 있다고 할 수 있다. 특히 이 곡은 베토벤이 죽은 아이를 껴안고 있는 부모의 아픔을 위로하기 위해 작곡한 것으로도 유명하다. 그가 하느님을 직접적으로 노래하지는 않았지만, 그 부모의 아픔을 어루만져주는 것 같은 선율이 그저 성(聖)스럽게 느껴질 뿐이다.

"커피 하시겠습니까?"

웨이트리스가 와서 미소 지으며 물었다.

"당신 커피 할 거요?"

"저는 비엔나 커피로 주세요."

나혜석은 일본 유학시절 비엔나 커피를 즐겨 마셨었다.

"나는 에스프레소로 주시오"

웨이트리스는 들고 있는 메모지에 적은 후, 고개 숙여 감사를 표하며 돌아갔다. 축음기에서 흘러나오는 비창 소나타의 선율이 식당 칸의 우아한 분위기를 한층 더 고조시켰다. 식당 칸 실내장식은 바로크 풍이었다. 창밖은 어느새 비가 그치고 지평선 너머 하늘 위 먹구름 사이로 햇살이 비치기 시작했다. 나혜석은 그 순간 베토벤 6번 전원 교향곡 3~5악장을 연상시켰다. 태풍과 천둥, 번개가 지나고 잔뜩 드리운 먹구름사이에서 마치 신비스런 여호와의 계시를 연상시킬법한 햇살이 쏟아 내리기 시작하고, 숲 속에서는 비를 피해 숨어있던 새들이 다시 기어 나와 천상의 소리로 아름답게 지저귀는 장면을 오보에와 플롯 등으로 재현시키는⋯⋯베토벤의 번뜩이는 천재성을 새삼 음미해볼 수 있는 부분이기도 하다.

나혜석은 이 곡을 일본 유학시절 최승구의 소개로 접했었다. 당시 그녀는 특히 어느 봄날 잔잔하게 흐르는 시냇물을 연상시키는 2악장을 좋아했었다. 최승구는 원래 고전 음악을 좋아해 모든 용돈을 아끼고 아껴서 거금을 들여 중고 축음기 한 대와 전원 교향곡

등 몇 장의 SP판을 소유하고 있었다. 원래 개인의 취향은 사랑하는 이에게 자신도 모르게 따라가는 편이다. 이 곡은 1807년 여름부터 1808년 여름사이에 걸쳐 작곡된 것으로 1악장(시골의 마음으로 되살아나는 기분), 2악장(시냇가에서), 그 이 후 3, 4, 5악장은 하나의 음악처럼 쭉 연결돼 나온다. 3악장에서는 평화로운 전원을 배경으로 농부들이 즐겁게 먹고 마시며 흥에 겨워 춤을 추는 소박한 춤곡이 펼쳐지다가 갑자기 천둥번개와 폭풍우가 몰아치는 4악장이 짧게 전개되고, 이어 5악장으로 접어들면서 하늘의 구름사이로 햇살이 살짝 내비치는 장면 묘사와 함께 속삭이는 듯한 아름다운 새들의 재잘거림을 표현하는 오보에, 플룻 소리와 함께 절정을 이룬다. 이 곡은 '칼 뵘'과 '브루노 발터' 등을 빼놓고선 논할 수 없다. 두 사람은 이 곡 해석에 있어서 세계 최고의 지휘자로 알려져 있다.

"무슨 생각을 하오?"

김우영은 창밖을 물끄러미 바라보고 있는 아내에게 자못 궁금한 표정으로 물었다. 차창 밖은 드넓은 평원으로만 이루어진 대자연이 계속 펼쳐지고 있었다. 나혜석은 그 장면을 보면서 인간이란 자연에 비하면 미물(微物)에 불과할지도 모른다는 생각을 했던 것이다.

"예? 아무것도 아니에요. 단지 대자연의 아름다움에 잠시 도취돼 있었어요."

"당신은 천성적으로 감성이 풍부해서 탈이요. 나에게는 그저 저런 장면이 단순 자연으로만 보일 뿐이오. 인간이 보다 좋은 환경에서 살게 하기 위한 터전쯤으로만……"

"너무했다!"

순간, 나혜석은 한 손을 머리에 올리고 천정을 쳐다보는 시늉을 했다. 남편의 그런 말에 돌아버리겠다는 뜻이다.

"어째서요?"

김우영은 오히려 이상하다는 듯 태연하게 물었다.

"어쩜 저하고 달라도 너무 달라요?"

"저 자연은 인간이나 동물이 살아갈 수 있는 생명의 근원 아니요? 그 외에 또 뭐가 있단 말이요?"

"저는 숲들과 평원을 보면서 햇살에 따라 찰나적으로 변하는 오색 창연한 색상을 감상하고 있었는데……게다가 베토벤의 전원 교향곡까지 흘러나오니깐 막 눈물이 쏟아져 나올 것만 같았어요."

"저 축음기에서 흘러나오는 음악이 베토벤 곡이요?"

"예! 정말 유명한 곡이죠"

"나에게는 소음으로 들리는데……"

"당신은 감성이 너무 메말라 있어요. 일본의 장점은 조선보다 서구 문명을 100년 먼저 적극 도입했기 때문에 문화적으로는 조선이 도저히 따라갈 수 없을 정도로 앞서 있어요. 이 기반이 향후 일본을 선진국으로 이끄는데 크게 기여할 것이라 믿고 있어요. 그래서 우리가 일본으로 음악이나 문학 및 미술을 배우러 유학가는 것이고요. 비록 서구보다는 미약하지만……"

"문화가 어떻게 해서 선진국으로 가는데 견인차 역할을 한다는 것이오?"

"법학을 하셨다는 분이, 그리고 변호사라는 분이 그걸 몰라서 물어요?"

"왜 그 얘기를 하면서 그 신성한 법학을 들먹거려요?"

김우영은 자존심이 상했다. 그는 평소 친구나 동료들 가운데에서도 엘리트 의식과 자존심이 세기로 유명했었다.

"잘은 몰라요. 법학도 크게 보면 철학, 사학 등과 더불어 인문과학일 수 있지만, 보다 광범위한 의미로는 문화에 속한다고 봐요. 그런 것이 체계가 안 잡혀 있다면 어떻게 한 국가가 선진국가로 진입할 수 있겠어요. 그 과정에서 사람들 의식의 깨임은 필연적이고요. 사람들을 고차원적 정신세계로 이끌어가는데 있어 예술만한 것이 없다고 봐요. 어떻게 보면 예술은 정말 위대한 것이죠. 그래서 아무나 못하는 것이고요. 하지만 법률이나 인문학 등은 창작보다는 분석 쪽에 가깝잖아요? 천재성 보다는 공부에 더 재능 있는 사람들……뭐 그런 거요"

나혜석은 남편에게 너무 무안 주는 것 같다는 생각이 들어 말을 하다 중단해 버렸다.

"그럼 당신은 예술을 하니깐, 천재성을 지니고 있네?"

남편은 자존심이 상할 대로 상해있었기 때문에, 그녀에게 빈정거렸다.

"꼭 그런 뜻은 아니고……말이 그렇다는 거죠"

나혜석은 그의 표정변화를 훔쳤다.

"나는 솔직히 창밖 대평원을 보면서 노자와 장자의 '도가사상'을 생각해 보았소. 법을 전공하기 위해서는 철학에 대해 완벽한 이해가 필수적이오. 그에 못지않게 동양의 심오한 철학가운데 하나인 '도가사상'을 이해하지 못하면 결코 법률 전문가로 일어설 수 없다는 생각을 해왔소. 우리는 동양인이지 서양인이 아니란 말이오. 그래서 내 시야에 펼쳐지는 신비스러운 자연을 음미하면서 노자와 장자의 사상을 재음미해 봤던 것이오."

도가사상은, 도가사상을 형성 발전시켜 온 노자와 장자의 사상을 말한다. 도가사상은 춘추 전국 시대 때 형성되어 유학과 더불어 지금까지 유지되어 오고 있고, 주변 국가와 역사 발전에 있어서도 커다란 영향을 주고 있다. 당시 노자와 장자는 몰락한 주나라의 제도가 지닌 허위성과 형식성을 비판하며 인위에 저항하는 형태로 등장하게 된다. 도가사상은 규범을 중시하고 예절을 강조하는 유교와는 달리 현실세계를 탈피하여, 신비주의적이고 형이상학적인 특성을 가진다. 도가사상은 이후에 종교로서의 면모를 갖추어가고 도교로 성장 발전하게 된다. 다른 종교 철학과의 융합력은 도가사상 특징의 하나이다. 도가사상은 다양한 민간 신앙·전통 신앙들과 결합하여, 그 시대나 사회의 신앙을 포함하게 되었다. 이후 도가사상과 도교는 동아시아 문화권을 형성한 동북아시아 지역으로 퍼져나가 일대 국가들에 많은 영향을 미치게 되었다. 중국의 유학(儒學)이 주변국에 도덕의 문제와 정치 체제에 영향을 미쳤다면, 도교는 보다 개인적이고 형이상학적인 부분에 관심을 드러내면서 신비적인 형태로 발전하며, 사회 저항 사상으로 발전하게 된다.

한편, 도가사상의 핵심은 무위자연이다. 무위자연이란 인위적인 가식과 위선에서 탈피하여 도의 흐름에 거스르지 않고, 본래 자기의 모습대로 살아가는 것을 강조한다. 즉 자연의 흐름에 내맡기는 삶을 살아가며, 도의 법칙에 어긋나지 않는 것을 말하는 것이다. '사람은 땅을 법칙삼아 어긋나지 않고, 땅은 하늘을 법칙삼아 어긋나지 않고, 하늘은 도를 법칙삼아 어긋나지 않고, 도는 자연을 법칙삼아 어긋나지 않는다.'라는 말은 세상 모든 물체의 근본인 도의 원리에 따라 생활할 것을 강조한 것이다. 또한 '대도가 없어지면 인의가 강조되고, 지혜가 발달하면 큰 거짓이 판을 치며, 육친(六親)이 화목치 않으면 효도와 사랑이 생겨나고, 나라가 혼란에 빠지면 충신이 나오게 된다.'는 말도 그 의미를 담고 있다. 여기서 육친은 가장 가까운 여섯 친족, 즉 부모(父母), 형제(兄弟), 처자(妻子)를 일컫는다.

무위자연은 인간이 의욕(意慾)하는 특정의 가치 및 욕구와 인위적인 절제보다는 현실에 존재하는 자연의 가치를 인정하고, 이를 중시여기는 삶의 자세를 강조하게 됨으로써 자연과 하나가 되는 과정을 강조한다. 즉 사람의 인위가 더해지지 않은 자연그대로의 상태가 가장 바람직하고, 여기에 따라 자연스레 살아가는 삶이야말로 가장 이상적인 삶이라고 보고 있는 것이다. 또한 노자와 장자는 지식에 관하여 회의적이고 상대적 입장을 가지고 있어서, 인위적 지식에 반대하고 현학적 지식을 가지는 것을 이상적인 것으로 주장했다. 사회 정치적 측면에 있어서도 군주의 인위적 통치를 강조하기 보다는 무치의 치를 중시 여김으로써 소국과민(小國寡民)의 이론을 내세우며 방임주의적 입장을 가지고 있다. 소국과민은 작은 나라에 적은 백성, 즉 문명의 발달 없는 무위(無爲)와 무욕(無慾)의 이상사회를 이르는 말이다.

"그랬었군요. 같은 자연을 바라보면서도 생각하는 세계가 다르니……당신과 나는 결코 융합될 수 없는 DNA가 서로 다른 게 분명해요. 여기에서 중요한 것은 서로의 개성을 인격적으로 존중해 주는 것이라고 생각해요. 저는 당신의 일에 일체 관여 안할 거예요. 그래서 제가 결혼조건으로 그림을 계속 그릴 수 있게 해달라고 요구한 것도 그 이유예요. 내 일에 파 묻히다보면 아무래도 당신에 대한 집착에서 멀어질 수가 있겠죠. 저는 유학시절 집착은 불행의 씨앗이라고 배웠어요. 지금도 그렇게 생각하고 있고요. 각자의 삶을 서로 존경하는……얼마나 멋있어요? 생각 만해도 가슴이 벅차올라요."

"그래서 한 남자로 만족하지 않고 바람피우겠다는 뜻이요? 나에게는 은근히 그렇게 들리는데……"

"어떻게 당신은? 잘 나가다가 왜 거기에서 삼천포로 빠져요? 제 말은 예술세계에 흠뻑 빠져들면서 당신의 생활을 편하게 해주겠다는 뜻으로 말한 것인데……"

나혜석은 황당함을 금치 못했다.

"그런 뜻이었소? 그렇다면 내가 사과하리다."

김우영은 즉각 사과는 했지만 내심 그녀의 반응에서 진의를 파악하고 싶은 마음만은 완전 떨쳐버리지 않았다.

"당신은 누구 말따나 너무 똑똑해서 탈이에요. 그런데 감성은 부족하고 지식만 들어있는……저는 솔직히 당신의 그런 모습에서 이따금 비애감이 들기도 했어요."

나혜석의 눈에서는 금세 눈물이 흘러내릴 것만 같았다. 그녀는 세상에서 가장 슬픈 일 가운데 하나가 상대방으로부터 불신을 받고 있다는 것이라고 생각해 왔다. 그래서 그녀는 남편의 의처증을 불행의 씨앗이라고 주장해오기도 했다.

나혜석은 시베리아 횡단 9일째 접어드는 날부터 설렘과 막연한 기대감은 어느새 사라지고 갈수록 피곤감만 느껴지기 시작했다. 어쩔 땐 무료하기도 했다 남편은 열차 안에서 만난 지인들과 이따금 식당 칸에서 늦게까지 술을 마시고 돌아오기 일쑤였다. 남편이 미안했는지, 12시가 다 돼서야 부스스 일어나 식당 칸에서 함께 점심이나 하자고 제안했다. 나혜석도 싫지는 않았다. 어쩌면 열차 여행기간 소외됐다고 생각한 여인의 심리였는지도 모른다.

"오늘은 무얼 먹고 싶소?"

"러시아 요리를 한번 먹어보고 싶어요."

"나도 그럴 생각이었소"

김우영은 웨이트리스에게 준비됐으니 와서 주문받으라는 신호를 보냈다.

"두 가지를 시켜가지고 당신과 반씩 나눠 먹읍시다."

"그렇게 해요"

나혜석은 웨이트리스를 힐끗 쳐다보다가 머뭇거리면서 말했다. 그녀는 털이 덥수룩한 그가 예술적으로 참 잘생겼다는 생각이 들었다.

"스푸는 고기 쏠랸까, 아내 것은 생선 쏠랸까, 양배추와 오이샐러드 각 하나, 그리고 메인은 스푸 보르쉬(borscht)와 팬케이크 블리니(blini)로 줘요."

웨이트리스는 메모지에 열심히 받아 적고 난 다음 와인이나 술은 뭐로 하겠느냐고 물었다.

"오늘은 술을 생략하는 대신, 음식 나올 때 비엔나 커피와 에스프레소를 진한 걸로 함께 가져다 줘요"

김우영은 어제 과음했기 때문에 술 생각이이 더 이상 나지 않았다. 쏠랸까는 러시아 전역에서 보편적으로 볼 수 있는 진하고 매운 스푸로, 조선 사람들의 입맛에도 잘 맞는 편이다. 쏠랸까의 주재료는 고기와 생선 및 버섯인데, 이 세 가지를 염수, 양배추, 소금에 절인 버섯과 스메타나(사워크림) 등을 버무려 만든다. 러시아 전통음식 문화는 슬라브 전통 음식문화에 서유럽과 몽골, 중앙아시아 등 지역의 영향을 받아 매우 복합적이고 다국적인 특징을 가지고 있다. 추운 날씨와 식물이 잘 자라지 않는 척박한 환경으로 인해 요리의 대부분이 고열량 음식이며, 육류를 이용한 음식이 많은 편이다.

"지루하지 않소?"

"빨리 파리에 도착했으면 좋겠어요."

"그래도 평생 한번 뿐이니 기억에 각인되도록 잘 봐두시오. 향후 창작할 그림 작품에도 잘 활용하고……"

"여행 스케줄이 어떻게 돼요?"

"일단 모스크바에 도착하면, 그곳에 5박6일 체류하면서 열차로 聖페테르부르크까지 가 그곳 국립미술관을 둘러본 후, 다시 모스크바로 돌아와 크렘린 궁 등을 돌아볼 생각이오. 이 모두가 짧은 스케줄임에도 불구하고 당신을 위해 그렇게 짜 놓은 것이오. 당신 미술공부에 도움이 됐으면 해서……"

러시아 국립미술관은 이탈리아 출신 건축가 로시(Carlo Rossi, 1775~1849)가 설계한 아름다운 건축물로 1898년 개관했다. 그 당시에는 미술 아카데미와 에르미타주 미술관으로부터 물려받은 러시아 회화가 주축이었으나, 볼셰비키 혁명 후에는 궁정, 또는 귀족들의 컬렉션을 대량으로 몰수해 독립된 러시아 미술관으로서의 위상을 완전히 갖추었다.

"그 다음은요?"

"파리에 도착해서는, 역에 친구가 배웅 나와 있을 것이오. 일단 그 친구의 얘기를 들어본 다음 자세한 계획을 말해주겠소. 나는 거기서 당신의 거처를 마련해준 후, 독일 베를린으로 가서 법률 공부를 보충하고 올 생각이오. 그 기간 동안 당신은 파리에서 미술관 등을 둘러보며 그림공부에 매진해 주었으면 하오. 더 원하는 것이 있소?"

김우영은 나혜석의 반응을 살피지 않을 수 없었다. 워낙 예측불허인 성격이기 때문에 미처 예기치 못한 측면이 또 있을지도 모른다는 생각에서였다.

"아니에요. 거기서 혼자 미술공부를 하게 해주겠다는데, 불만이 있을 수가 없죠. 그저 당신께 감사한 마음일 뿐이죠."

"내가 베를린에서 공부하는 동안, 거기 외교관으로 나가 있는 친구 '최린'이라는 사람에게 모든 편의를 봐달라고 당부해놓을 생각이오. 그러니 생각보다 이국생활의 불편함은 없을 것이오."

"기대가 많이 되요. 일본 유학생활에서의 미술공부는 한계성을 많이 느꼈어요. 그런데 이번에 그런 기회가 생겼으니 열심히 공부해서 당신 기대에 보답하도록 최선을 다할 게요."

"당신을 믿겠소."

"믿다니요?"

순간, 나혜석은 남편의 말에 불쾌하다는 생각을 했다.

"내 말뜻을 오해 마시오. 열심히 노력해서 훌륭한 화가가 될 것으로 굳게 믿겠다는 뜻이요."

"알았어요. 그렇게 할게요. 저의 숙원이기도 했어요."

"이게 다 주님의 은총이라 생각하오."

"가만히 보니깐, 당신은 모든 걸 하느님의 뜻으로만 돌리는 군요"

"나는 그렇게 생각하며 살고 있소. 사랑과 배려는 주님이 주신 가장 큰 은혜라고 굳게 믿고 있소. 지금까지 당신을 만나 함께 살게 해준 것도 주님의 은총이라 생각해 왔소. 그래서 되도록 당신에게 내 모든 것을 바쳐 최선을 다하려는 것이오."

"당신 말 무슨 의미인지 잘 알 것 같아요. 저와 함께 살게해준 것도 주님의 은총이라는데, 더 이상 할 말이 없네요. 저도 기독교를 이해하도록 노력할 게요"

"이해해주니 고맙소. 사랑은 위대한 힘이오. 무엇보다도 사람은 영혼이 맑아야 하오. 그런데 사람은 육신이 다치면 영혼도 다치게 돼 있소. 그래서 육신도 항상 청결해야 한다고 믿어 왔소."

"육신의 청결이라?"

나혜석은 그가 무얼 말하고자 하는지 감을 잡을 것도 같았으나 워낙 미묘하게 얘기하기 때문에 더 이상 이해할 수는 없었다.

"식사 왔습니다."

웨이트리스가 말했다. 가져 온 음식들에서 배어나오는 향들이

코를 그윽이 자극했다.

"맛이 어떻소?"

"스푸가 좀 맵네요. 그러나 먹을 만 해요. 우리 육개장 맛하고 비슷하네요."

"그렇다면 다행이오."

둘은 식사하면서 많은 대화를 나누었다. 열차는 계속 달려 드디어 모스크바 역에 도착했다. 하얼빈 역을 출발한지 14일 만이었다. 둘은 시내 호텔에서 여장을 푼 후, 그 다음날 10시경 호텔을 나와 성 페테르부르크부터 가서 국립미술관을 둘러봤다. 그 사이 김우영은 인근 역사박물관을 다녀왔다. 7일 후 둘은 다시 모스크바에서 파리 행 열차편에 올랐다. 모스크바에서도 이곳 일본대사관 직원이 나와 그들의 편의를 봐 주었다. 일본 본국 외무성에서 이들의 도착 일정을 미리 전보로 타전해 놓았던 것이다.

파리 북역(北驛)

파리는 국제도시답게 사람들로 붐볐다. 흑인, 중동인, 동양인 등등 마치 인간전시장을 방불케 했다. 모스크바 발 파리 행 특급열차가 기적소리와 함께 증기를 내뿜으며 역 안으로 서서히 들어오고 있었다.

"당신이 그렇게도 오매불망했던 파리 역에 드디어 도착 했네!"

"오다가 열차 안에서 보니깐, 다른 어느 도시하고는 확연히 다르네요. 왠지 막 가슴이 떨려요"

"열차 안에서 에펠탑도 봤잖소?"

"네! 봤어요. 정말 멋있고 웅장하더군요."

"여기에 체류하는 동안 시간 헛되이 보내지 말고 미술공부 열심히 해서 조선에 돌아가 최고의 여성화가가 한번 되어 봐요."

"그렇게 할게요. 얼마나 그리던 곳이었는데요!".

열차가 끼익~ 브레이크 소리와 함께 플랫폼에 완전 정차하자, 역 관계자들의 움직임이 부산해지기 시작했다. 한 철도 노무원은 큼직한 망치 하나를 들고 객차 바퀴마다 탕탕~ 두들겨 보며 소리로 이상 유무를 점검하기도 했다.

"열차가 정지했소. 자 내립시다. 그 큰 가방은 내게 주고……대신 당신은 이거 들고 나가요. 역에 친구가 배웅 나온다고 했으니, 거기서 호텔까지 그 친구 차타고 가면 돼"

김우영은 나혜석에게 손 가방 두 개를 들려 줘었다. 김우영은 열차에서 내려 짐꾼을 부른 후 나혜석이 가지고 있던 가방까지 모두 수레에 옮겨 실었다. 그런 다음 그는 계속 주변을 두리번거렸다. 그는 친구가 플랫폼 안까지 들어와 있을 것으로 확신하고 있었다.

"여기야!"

최린이 먼발치서 손을 흔들며 달려오고 있었다.

"친구야! 정말 오랜만이다."

둘은 외교관들답게 서로 얼싸안고 포옹하면서 반가움을 표했다.

"먼 길 오느라 정말 고생 많았다."

최린은 김우영의 등을 다독거렸다.

"여보! 인사해요. 내가 말하던 그 친구요. 여기 대사관에 외교관으로 나와 있소."

최린은 첫 눈에 누가 봐도 호남형이었다. 윤기 나는 포마드를 바른 2대8 머리를 하긴 했지만 키도 훤칠했다. 눈썹은 매우 짙었고 눈동자는 부리부리했다. 입술은 적당히 두터웠고, 콧날은 오뚝했다. 무엇보다도 전체적인 이미지에서 세련됨이 넘쳐흘렀다.

"안녕하세요!"

나혜석은 미소 지으면서 나긋하게 인사했다. 그녀는 첫눈에 그가 체격과 인상도 남편과는 비교가 안 될 정도로 썩 괜찮은 남자라는 생각을 했다. 벌써부터 그녀 가슴 한 구석에서는 병적인 미동이 일기 시작했다. 이렇게 해서 나혜석과 최린이 운명적인 만남이 이루어지게 된 것이다.

"고생하셨습니다. 듣던 것보다는 상당히 지적이고 미인이시네요! 김우영이가 그렇게 고생하더니 정말 복덩이를 구했구먼. 부럽다. 부러워."

"헛소리 말고, 밖으로 나가서 숙소로 가자"

김우영이 쑥스러운 표정으로 재촉했다.

"그래. 밖에 차 대기시켜 놨어"

일행은 밖으로 나가 최린의 차로 숙소까지 이동했다. 역에서

5km 정도 떨어진 이 호텔은 오성급 고급 호텔이었다.

"가서 여장 풀고 이내 내려와. 나는 로비에서 기다리고 있을게"

최린이 프론트에서 체크인 한 후 방문 열쇠를 김우영에게 전해 주었다.

"같이 들어가지"

"아니야. 나는 여기서 기다릴게. 올라갔다와. 저녁은 호텔 레스토랑에 미리 예약해 놓았어. 저녁 먹으면서 그 동안 못다한 얘기하면 되지 뭐"

"알았어"

김우영과 나혜석은 엘리베이터를 타고 7층 객실로 올라갔다. 짐은 호텔 웨이터가 별도로 가지고 올라갔다. 30분 후, 여장을 푼 김우영 부부는 다시 내려와 식당으로 향했다. 검은색 블라우스를 차려입은 나혜석은 최린을 의식했음인지, 결혼 때 예물로 받은 왕방울 목걸이도 걸고 나왔다. 샹들리에 불빛에 반사되어 그녀의 수려한 모습이 한층 빛나 보였다. 손님들이 식사하다 말고 힐끗 쳐다볼 정도였다. 그녀 손가락에는 3캐럿짜리 다이어 반지가 끼어 있었다. 식당 내 분위기는 로코코 형식으로 치장돼 있어 화려하기 그지 없었다. 미술을 전공한 여성답게 나혜석의 몸치장과도 어울렸다. 호텔 전속악단이 연주하고 있는 실내악 소리가 고혹하고 은은하게 울려 퍼지는 가운데, 셋은 웨이트리스가 안내하는 자리로 가 앉았다. 웨이트리스 대신에 최린이 잽싸게 나혜석의 앉을 자리를 배려

해주었다. 김우영도 힐끗 보았으나 대수롭지 않게 생각했다. 나혜석은 앉으면서도 호텔 장식에 눈이 휘둥그레져 여기저기 훔쳐보느라 정신이 없었다.

"앞으로 싫증나도록 볼 텐데, 벌써부터 정신이 팔려있으면 어떻게 해요? 친구 무안하게……"

"괜찮아. 일본에서 서양화를 전공하셨다면서요?"

최린이 무안해하려는 나혜석을 옹호하고 나섰다.

"네!"

나혜석은 머쓱해하는 표정으로 대답했다.

"이런 로코코 양식은 처음 보셨을 겁니다. 화려함의 극치를 발하지요."

로코코 양식은 17세기의 바로크 미술과 18세기 후반의 신고전주의 미술 사이에 유행했던 유럽의 미술양식으로, 이 양식의 최초 건축물은 베르사유 궁전 예배당이다. 로코코(Rococo)라는 말은 '조약돌'을 뜻하는 프랑스어 로카이유(rocaille)에서 유래되었다. 이 단어는 원래 루이 15세 치하 상류 사회의 취향을 지칭하는 미술사학자들의 은어이기도 하다. 처음엔 '조롱'의 뜻으로 자주 사용되었으나, 그 이후에는 미술사학자들에 의해 객관적인 의미에서 일정한 통일과 조화를 갖고 있는 예술적이고 장식적인 양식을 일컫는데 사용되고 있다. 직선을 싫어하고 휘어지거나 구부러진, 정교한 장식을 애호하는 점에서는 바로크와 공통되나, 힘찬 후자에 비해서

로코코는 오히려 우아, 경쾌하고, S자형의 곡선, 비대칭적인 장식, 이국적인 풍취와 중국적인 맛이 두드러진다.

 로코코는 바로크 미술이 즐겨 쓰던 유동적인 조형 요소를 계승하고 있기 때문에, 어떤 면에서는 바로크의 연장 또는 변형이라고 생각될 수도 있다. 다만 바로크가 지녔던 충만한 생동감이나 장중한 위압감 따위가 로코코에서는 세련미나 화려한 유희적 정조로 바뀌었을 뿐이다. 즉 바로크가 남성적, 의지적임에 반하여 로코코는 여성적, 감각적이라고 할 수 있겠다. 로코코의 실내장식은 실내에 있는 그림·조각·공예·거울, 그 밖의 모든 것을 하나의 기조 위에 통합, 조화하려는 것이었으므로 그 특색은 공예품에서도 그대로 적용되었다. 가구나 집기류는 모두 경쾌하고 우아한 형태와 무늬로 만들어지고, 자기(瓷器)에도 지나치게 도안화하지 않은 자연스러운 인간이나 식물의 형태와 무늬가 활용되었다. 1730~1735년 사이 로코코의 또 다른 국면이 시작된다. 훗날 회화적 장르(genre pittoresque)라 불리는 이 시기의 특징은 비대칭적인 장식의 사용이다. 대표적인 로코코 화가들로는 와토와 부셰(Fran çois Boucher, 1703~1770) 등을 들 수 있다.

 "수업시간에 몇 번 말만 들었는데, 실제 와서 보니깐 진짜 그러네요."

 "나중에 모시고 가겠지만, 베르사유 궁전 예배당은 이 보다 훨씬 더 화려합니다."

"그래요? 특히 여성들이 이런 장식들을 보는 순간, 넋을 잃을 것 같네요"

"미적 감각에서 남자와 여자를 구별하는 건 문제가 있다고 봅니다. 감성적인 면에서는 여성이 좀 더 우월할지는 몰라도……"

"원래 미술 하셨어요?"

"아닙니다. 서당 개 3년이면 풍월을 읊는다고……여기 와 살면서 알았습니다. 여기서 예술에 관심을 가지고 몇 년 살다보면 모두가 예술인이 되는 거 같습니다. 혜석 씨도 장차 그렇게 될 것입니다. 그러니 조급한 마음 갖지 마시고, 우선 식사부터 하십시다. 이 친구 배도 고플 텐데……"

"자기가 배고프면서, 왜 나를 끌어들여? 하하하~"

김우영은 머쓱하게 웃었다. 최린은 웨이트리스를 불러, 서툰 프랑스어로 개개인에게 일일이 기호를 물어가며 가급적 고급요리를 주문했다. 와인이 먼저 왔다. 그는 웨이트리스가 따라주는 와인을 시음한 후, 좋다면서 각자에게 따르도록 권했다. 프랑스요리는 귀족들의 식사에서 발달한 것으로, 숙련된 요리사들에 의해서 풍부한 육류, 생선, 채소 등을 이용하여 버터, 달걀, 양념, 향신료를 사용해 정교한 수법으로 요리한다. 소스에 특징이 있고, 요리에는 주류가 곁들여지는데, 요리에 걸 맞는 포도주를 마시면서 식사하는 게 관례다. 먹는 방법으로, 정찬(dinner)인 경우에는 오르되브르, 수프, 생선요리, 고기요리(수육과 닭고기), 채소요리, 디저트,

과일, 커피의 순서로 나온다. 가정요리나 일상식의 경우는 디너의 약식이 된다.

"스케줄이 어떻게 되나?"

"차차 얘기하겠지만, 나는 여기에 2주 정도 머문 후 베를린으로 가서 길게는 1년여 법학공부를 할 생각이야. 아내는 여기 남아서 미술공부를 할 계획이고……아내는 이곳 생활이 아무래도 익숙지 않을 것이기 때문에 상당히 낯설어 할 거야. 자네가 좀 도와줘야 할 거 같아. 부담 갖지 말고 친여동생처럼 잘 보살펴 주게나. 그러면 추후 그 고마움은 결코 잊지 않겠네."

"은근히 부담된다. 이런 미인을 나에게 맡기고 간다는 게"

최린은 갖은 표정으로 마음에도 없는 말을 했다.

"내가 자네를 한두 번 겪어보나?"

김우영은 그의 말을 별 의심 없이 받아들였다. 열차 여행 일정이 워낙 길었기 때문에 누적된 피로감과 함께 약간은 비몽사몽 상태이기도 했다. 그는 친구가 돌아가면 아무것도 안하고 한 이틀 동안 잠만 자야겠다는 생각도 했다.

"……"

최린은 즉답을 피했다. 나혜석은 그의 말과 태도를 진심으로 받아들인 나머지 우려감을 금치 못했다. 외교관은 말할 때 항상 복선을 가지고 있는 경향이다. 나혜석은 아직 외교관들의 그런 특성까지는 꿰뚫지 못하고 있었다. 문제는 그녀가 그를 보는 순간부터 자신도 모르게 그에게 깊이 빨려들어 가고 있었다는 점이다. 마치 강력한 공기청소기 흡입구처럼…… 김우영은 아직까지 그녀의 그런 속마음을 눈치 채지는 못하고 있었다. 며칠 후, 김우영은 나혜석과 함께 최린의 안내를 받아 루브르 박물관과 오르세 미술관, 에펠탑, 베르사유 궁전 등 주요 문화시설들을 두루 둘러보았다. 김우영은 베를린으로 떠나기 3일 전, 최린 및 나혜석과 함께 밀레가 머물며 그림 그렸던 곳으로 유명한 바르비종도 찾았다.

"어떤 기분이 드나?"

최린이 물었다

"이발소에서 본 그림 있잖아? 이삭줍기, 또는 만종 같은 그림말이야. 그 장면을 그대로 재현한 것 같아"

"혜석 씨는 어떤 느낌이 들어요?"

"학교에서 도록으로 본 기억이 있어요. 그런데 여기서 실제 보니깐, 왠지 흥분될 정도로 너무도 감동적이네요."

"당시 바르비종파의 대표적 화가는 누가 뭐래도 밀레(Jean Francois millet, 1814~1875)라고 할 수 있지요. 그는 특히 풍경을 많이 그린 동일 단체의 다른 화가들과는 달리 주로 농민생활과 그들의 애환을 집중 파고들었다고 그래요. 그래서 오늘날 이 바르비종을 세계적으로 유명한 관광지로 만드는데 기여한 일등 공신이 됐고요. 예술가 한 사람의 역할이 이렇게 크다고 봅니다."

"정말 그러네요!"

나혜석이 이삭줍기 현장을 쳐다보면서 고개를 끄덕였다.

"저는 이렇게 생각합니다. 그래서 혜석 씨의 파리 체류기간이 아주 중요하다고 봐요. 왜냐하면 이곳에서 미술을 익혀 귀국한 후 조선의 어느 현장을 예술적으로 집중 탐구해낼 경우, 그곳이 나중에 여기처럼 될 수도 있을지 모르니까요."

최린은 말을 하는 동안 그녀의 눈동자와 표정변화를 훔쳤다.

"이 사람에게 너무 부담주지 마. 밀레 등은 대가 반열에 오른 사람이고, 이 사람은 아직 걸음마 단계라고 할 수 있는데……"

김우영은 직감적으로 그가 말하는 의도를 알고 기분 나쁘지 않게 제동을 걸었다.

"말씀 감사해요. 열심히 노력해볼게요"

나혜석은 미소로 화답했다.

"여기서 남쪽으로 30km 정도 더 내려가면 셀리(Celly)라는 곳이 나오지. 그곳에는 오밀조밀한 샤토(고성)들이 아주 많아. 그런데 시간 관계상 거기까지 가기에는 무리일 거 같아."

"여기까지 소개시켜 준 것만 해도 우리에게는 영광이네. 돌아가다가 퐁텐브로(fontainebleau) 성 근처에 가서 숲을 잠시 둘러본 후, 거기서 멋진 식사나 하세나. 이틀 후면 자네한테 마누라 맡기고 혼자 베를린으로 가야하는데, 오늘 내가 한턱 톡톡히 쏘지"

레오나르도 다빈치의 〈모나리자〉도 루브르 박물관으로 이전되기 까지는 줄곧 이 성에 보관돼 있었다. 이 성은 베르사유 궁전이 생기기 이전, 중세 봉건시대부터 나폴레옹 3세에 이르기까지 왕족들의 사냥터이자 별궁으로 쓰였던 곳이다. 원래는 파리의 왕족들이 사냥을 할 때 묵었던 작은 집들이 있었으나, 프랑수아 1세부터 루이 16세에 이르는 왕들이 건물들을 증축해 지금의 모습에 이른 것이다.

"그게 좋겠네!"

최린도 김우영의 기분을 직감하고 흔쾌히 응했다.

남편이 베를린으로 떠난 후, 나혜석은 최린의 도움을 받아 파리에서 야수파의 대가 중 한 명인 '비시에르'에게 사사를 받게 된다. 비시에르는 당시 파리에서 미술연구소를 운영하고 있었다. 이 때 수료 받은 미술영향으로 인해 귀국한 후 그린 그녀의 그림에서 야수파와 입체파, 후기 인상파 등의 경향이 나타나고 있는 것이다.

인간은 천지개벽하지 않는 한 여간해서 천성을 버리지 못하는 법이다. 나혜석은 파리에서 그림을 배우는 동안 조선인 유학생 및 프랑스 사교계 인사들과의 자유로운 연애활동으로 소문이 자자했으나 가까스로 마음을 잡고 다시 그림공부에 열중하기도 했다. 그러나 작심 3일이었다. 그녀에 대한 비운의 씨앗이 그 때부터 싹트기 시작했다. 나혜석과 최린은 만나는 횟수가 잦아지면서 서로 깊은 관계로까지 빠져들고 말았다. 최린(崔麟, 1878년 1.25일~1958년 12.4일)은 3.1 운동에 참여한 민족대표 33인 가운데 한 사람으로 독립운동을 하다가 나중에 친일인사로 변절했다. 그는 어린 시절 한학을 배우다가 한성부로 상경하여 개화파 청년들과 교유하던 중, 일본 육사 출신 청년 장교들이 중심이 된 '일심회'조직사건 연류 때문에 일본으로 잠시 피신했다. 일심회는 대한제국시기 개화파 군인들이 조직한 단체를 일컫는다. 그는 1904년 10월 대한제국 황실유학생으로 선발되어 도쿄 부립 제1중학에 입학했다. 그는 1906년 메이지 대학에 입학해 1909년 어렵게 졸업한 후 귀국해서 일본 유학 중 같은 황실유학생이었던 천도교 교주 손병희를 만나 교류했고, 이들의 영향을 받아 귀국 후 1910년 10월 천도교에 입교했다. 손병희는 일본 체류기간동안 최남선, 이상헌이라는 가명을 썼었다.

  그는 천도교 부설 보성고등보통학교 교장을 지내면서 비밀결사 독립운동 단체 신민회에 가입해 활동하는 한편, 교육 분야에도 종사했다. 그는 1918년부터 손병희와 오세창, 권동진 등 천도교 인사들과 함께 독립 운동의 방안을 논의하다가 1919년 3.1 운동과 고종의 장례식 날을 구상했다. 최린은 불교계의 한용운, 기독교계의 이승훈을 통해 두 종교 대표를 참가시키고 기미독립선언서 기초자로 최남선을 추천하는 등 기획과정을 주도했다. 또한 그는 3.1 운동의 3원칙으로 대중화와 단일화, 비폭력을 제시하였다. 그는 독립선언서 낭독 모임 이후 곧바로 체포되어 징역 3년형을 선고받았으나, 1921년 12.22일 가출옥하였다. 그는 출옥 후 1922년 1월부터 3월까지 천도교 중앙교단에서 서무과, 교육과 주임으로 활동하면서 교단활동 등을 시작했다. 그러나 그해 5월 동지였던 손병희가 사망하자 천도교는 심각한 내분을 겪게 된다. 이때부터 그는 '민족개량주의' 경향으로 흘러가게 되어 일본의 승인을 통한 '자치론'을 내세우며 신파를 주도했다. 이 자치론은 '독립의 전단계로서의 자치와 실력 양성'을 뜻하였고, 이는 곧 독립을 위한다는 명분과 실력 양성이라는 실리를 만족하므로 최린을 비롯한 민족주의 계열 내 유산계층의 관심을 끌었다. 하지만, 이 자치론은 친일세력으로 전향시키려는 일제의 치밀한 정치모략이었다. 이후 조선총독부의 비호 아래 자치운동 조직 연정회의 부활을 기도하는 등의 활동을 하면서 신간회의 구파와는 날카로운 대립을 세웠다. 총독부와 밀착한 이러한 행보는 변절의 단초가 되어 프랑스 외교관 자리까지 오게 된 것이다.

당시 나혜석은 프랑스어를 전혀 몰랐다. 사실 최린도 특혜받고 왔기 때문에 프랑스어가 서툴렀다. 그래서 두 사람은 통역을 고용해 식당, 극장, 뱃놀이, 시외 구경 등을 팔짱끼고 돌아다니면서 쉽게 꺼질 수 없는 불이 붙어 버린 것이다. 어느 날 둘은 주말을 이용해 루브르 박물관을 다시 찾았다. 함께 루부르 박물관을 찾은 것은 이번이 5번째다. 나혜석은 거기에서 렘브란트 그림에 넋을 잃고 있었다.

"이 작품의 제목은, 〈도축된 소〉입니다. 아주 유명한 작품이지요. 렘브란트는 이와 유사한 작품을 몇 개 더 그렸다고 합니다."

Slaughtered Ox(도살된 소, 1655년, 렘브란트, 루브르)

이 그림은 소의 육신과 뼈 및 살을 마치 실물처럼 아주 박진감 넘치게 표현한 작품이다. 임파스토 기법으로 그려내 소가 지닌 물질감과 육질감이 마치 실물처럼 생생하게 살아나 있다. 임파스토 기법은 물감을 두텁게 바르는 방식이다.

"어떻게 하면 저렇게 그릴 수 있을까요? 탄복하지 않을 수 없네요."

"정물화는 물질에 대한 인간의 욕망을 가장 잘 반영하는 그림이지요. 특히 음식물 정물화는 인간의 식욕과 관련이 있다고 봐야지요. 그런 점에서 음식물 정물화를 감상하는 것은 우리의 욕망을 진지하게 들여다보는 행위라고도 할 수 있습니다."

"설명 듣고 보니 정말 그렇다는 생각이 드네요."

나혜석은 감탄사를 연발 쏟아내면서, 마치 넋 나간 사람처럼 입을 쫙 벌리고 있었다.

"전 세계 미술학도들이 이 그림을 복제하기 위해 아침부터 몰려든다고 합니다. 그 가운데 샤임 수틴이라는 화가는 여기서 이 그림만 100번 이상 복제했다고 합니다."

"100번 이상이나요?"

"예! 세계적인 작가 아무나 되는 게 아닌 것 같습니다. 그들에겐 공통점이 있어요. 천재성에다 타의 추종을 불허라는 불굴의 노력이 수반되어야 합니다."

"그런데, 저런 도살된 황소를 100번씩이나 복제해서 어디에다 쓰게요? 복제는 예술이 아니잖아요?"

"복제는 우선 자신의 묘사력 향상과 거장들의 색상 내는 법을 터득하는데 그 만큼 지름길이 없다고 봅니다. 그러는 와중에서 그 작품을 완벽하게 소화하게 되면 자신도 모르게 자신만의 예술성을 창조해 낼 수 있다고 합니다. 그래서 모든 미술학도들이 거장들의 작품 복제에 열을 올리고 있는 것입니다."

"그렇군요! 샤임 수틴이 그렇게 유명한가요?"

"렘브란트와 마찬가지로 자신만의 독특한 〈죽은 소〉를 10여 작품 남겨놓았습니다."

샤임 수틴은 파리 유학시절 렘브란트나 쿠르베 등 전형적인 유럽전통 미술에서 얻은 영감을 활용해 자기만의 독특한 스타일과 색채를 개발해 가며 표현주의 운동에도 적극 가담, 전통양식과 추상미술간에 중요한 가교역할을 한 화가로 평가받고 있다. 수틴은 1893년 벨라루스 민스크 인근 정통 유태인 마을인 스미라비키(Smilavichy)에서 11명의 자녀 중 10번째로 태어났다. 유년시절 수틴은 성직자의 모습을 스케치했다가 이 그림이 유태 율법을 어겼다는 죄로 해당 성직자한테 초죽음이 될 정도로 얻어맞은 적도 있다. 어렸을 적부터 미술에 관심이 많았던 수틴은 이러한 탈무드 미술표현 제한 조항들에 강한 불만을 가진 나머지 1910년 마을을 빠져나와 빌니우스 예술학교에 등록, 3년 동안 러시아 미술과 전위예술을 익혔다.

  수틴은 친구들인 크레메그네(Pinchus Kremegne, 1890~1981), 키코이네(Michel Kikoine, 1892~1968)와 함께 1913년 프랑스 파리로 유학을 가 École des Beaux-Arts에서 페르낭 코르몽(Fernand Cormon, 1845~1924)선생한테 지도를 받으면서부터 타고난 예술적인 재능을 유감없이 발휘하기 시작했다. 그는 학교에서 그림을 배우는 사이 수시로 루브르 박물관 등을 찾아가 푸케, 틴토레토, 엘 그레코, 라파엘, 고야, 앵그르, 쿠르베, 렘브란트 등 대가들의 그림 연구도 병행하면서 이론과 실기의 기초 실력을 다졌다. 1915년, 수틴은 모딜리아니(Amedeo Modigliani, 1884~1920)를 알게 된 이후 몽파르나세에서 방을 함께 쓰고 지낼 정도로 친해졌다. 모딜리아니는 이때부터 수틴의 초상화를 몇 작품 그리기 시작했는데, 그 가운데 1917년에 그린 초상화가 수틴의 용모와 거의 비슷하게 그려진 것으로 평가돼 가장 유명한 작품이 되었다.

모딜리아니는 수틴을 그릴 때마다 그에게서 가장 아름다운 고대 동상처럼, 그러나 볼 수 없는 화가 세잔느와 같은 이미지를 연상시키곤 했다 한다. 모딜리아니는 술을 너무 좋아했기 때문에 주량이 약한 수틴으로서는 매우 곤혹스러웠던 반면, 수틴은 모딜리아니 때문에 샤갈 등 많은 유태계 화가들을 소개 받았을 뿐만 아니라 종종 그로부터 자신의 작품에 대한 예리한 비평도 들을 수 있었다. 모딜리아니가 그린 수틴 초상화는 미술 중개상이었던 즈보로브스키(Léopold Zborowski, 1889~1932)의 아파트 출입문을 배경으로 해서 그린 것들인데, 즈보로브스키는 제1차 세계대전 기간 중 수틴이 독일군의 파리공습을 피해 니스로 가서 계속 그림을 그릴 수 있도록 후원해주기도 했다.

1919~1922년 기간 중, 즈보로브스키의 도움으로 수틴은 피레네 산맥의 세레(Ceret) 마을에서 3년간 체류하며 종말론적인 주제를 배경으로 한 풍경화만 200여 작품을 그려내면서 특히 렘브란트를 포함, 틴토레토, 엘 그레코, 쿠르베의 영향으로부터 벗어나 독자적인 그림의 세계를 창조하는 기틀을 마련했다. 그는 다시 파리로 돌아와 하인과 하녀 등을 대상으로 한 표현주의 스타일로 인물초상

을 그리기 시작했으나 1920년 절친했던 모딜리아니의 갑작스런 사망에 깊은 충격을 받았다. 그 이후 수틴은 갑자기 감정이 극렬해지다가 침소봉대하고, 그러기를 반복하다 종국에는 자살까지 시도한 적도 있었으며 어쩔 땐 자신의 창작품들을 파괴해버리기도 하는 등 그의 괴팍한 행위는 점차 이질감이 느껴지는 행동으로 변해갔다. 이러한 기벽이 날로 심해져 가는 가운데, 수틴은 화실에서 죽은 동물 시체를 모델로 그림을 그리다가 이웃 주민들을 공포에 떨게 한 적도 있었다. 소의 시체를 보고 놀란 이웃 주민이 즉각 경찰서

Le Boeuf Écorché(껍질 벗겨진 소), 1924년

에 신고해 버렸던 것이다. 이런 일은 수차에 걸쳐 반복되곤 했다.

이 후, 수틴은 소의 시체를 주제로 한 작품을 10점이나 그려 그의 대표적인 아이콘이 되어버렸다. 이 같은 그의 시체 그림은 루브르에서 위대한 예술가들을 연구하다 **렘브란트**가 그린 비슷한 주제의 정물에 깊은 감동을 받아 그리기 시작했던 것이다. 지난 2006년 2월 런던 크리스티 경매장에서 그의 껍질 벗겨진 소(Le Boeuf Écorché, 1924년) 작품이 무려 780만 파운드(1천3백80만 달러)에 팔려나갔는데, 이 작품은 당초 경매시작 전 4백80만 파운드 선에서 팔려나갈 것으로 예상되었다.

자신의 능력에 대해 계속 불만을 표출해 온 수틴은 어느 날 화실에서 그림을 그리다가 자신의 격렬한 감정 상태를 나타내는 강렬한 색상과 왜곡된 이미지의 자화상을 그렸는데, 그의 예술적 스타일은 유태인 기질과 포비즘(야수파, fauvisme, 1905년 이후), 큐비즘(입체파, Cubism, 1907~1908년경)적 형태가 혼합돼 있다고 봐야할 것 같다. 수틴의 작품을 놓고 보통 후기 인상주의에서 초기 표현주의로 부른다. 그의 진짜 사진은 존재하지 않지만, 그는 키가 크고 호리호리하고 미남형에 속했으나 항상 악취를 풍기고 다닐 정도로 지저분했을 것으로 추정된다. 한 가지 특이할만한 사실은 그에 대한 악평이 별로 없었다는 점이다. 이로 인해, 파리로 유학 온 이후 거의 매일 무일푼으로 굶주림에 허덕여야 했던 수틴은 그림판 거금을 손에 넣자마자 거리로 뛰쳐나가 큰 소리로 택시를 부르면서, 잡아타고 곧장 350km나 떨어진 지중해 인접 **니스**로 가자고 했다는 얘기는 그의 유명한 일화로 남아있다. 수틴의 주요 작품들은 1920~1929년 사이 거의 그려졌다고 할 수 있다. 그는 이 때 나이트클럽이나 호텔 등에서 일하는 사환들의 모습을 그리는 작업에 몰두했는데, 여기에 나오는 모델의 복장도 다양하지만 특히 사환의 경우 복장 색상은 거의 빨강색으로 그려졌다. 그러나 이런 작품들 속에서 두드러진 특이점을 찾아볼 수 있다고 한다면, 하나같이 사환들의 개성을 또렷하게 표현해내고자 했다는 점일 것이다. 예로서 팁을 받는 사환의 눈초리를 한번 자세히 관찰해 보면 모두가 건방진 시선으로 응시하고 있는 것을 느낄 수 있을 것이다. 그의 작품들에서 이러한 개성들이 확연히 드러나 있다고 할 수 있는데, 그래서 이 그림들이 남다른 매력을 발산하고 있는지도 모른다.

  1930~1935년에는 실내장식 디자이너였던 마델린 카스텡(Madeleine Castaing)과 그의 남편이 여름기간 중 레베(Lèves)에 있는 그들의 저택에 살도록 배려하는 한편, 그의 미국 전시회로서는 최초인 시카고 전(1935년)도 후원해주었다. 수틴에게 있어 가장 큰 전시회가 1937년 파리에서 열렸으나 불행하게도 이 전시회가 개최된 지 얼마 되지 않아 프랑스가 독일 나치 수중 하에 들어가 버렸다. 수틴은 유태인이었기 때문에 목숨이라도 부지하기 위해 투렝(Touraine)의 샹피니 쉬르벵드(Champigny survende)로 도피해 숨어살았다. 그는 도피기간 중 때로는 숲 속에서 끼니를 거르는 등 수시로 은신처

를 바꿔가면서 생활하다 얻은 급성 위장병 때문에 파리로 긴급 후송돼 수술 받은 지 얼마 되지 않은 1943년 8월 9일 악화된 천공성 궤양(perforated ulcer) 증세로 사망해 파리 몽파르나세 공동묘지에 안치됐는데, 당시 그의 나이 50세였다. 더더욱 애석했던 점은 수틴이 죽은 지 불과 2주 만에 프랑스가 독일군으로부터 해방되었다는 사실이다.

L'Homme au Foulard Rouge(붉은 스카프를 두른 남자), 1921년

그의 대표적 작품 가운데 하나인 위 그림의 붉은 스카프를 한 미상의 남자(L'Homme au Foulard Rouge, 1921년)는 2007년 2월 런던 소더비경매장에서 당초 예상을 뒤엎고 미화 1천7백20만 달러에 팔려나갔다. 지금 판매된 그의 유작 중 최고가를 기록한 셈이며, 이 그림을 구매한 사람이 누구인지에 대해선 아직까지 밝혀지지 않았다. 험난했던 샤임 수틴의 길지 않은 인생과정에서 그에 관해 정설로 굳어져 전해져오는 것이 있다면, 그가 한때 성가대에 있었고 요리를 배웠을 뿐만 아니라 사환 같은 일로 생활고를 이겨 나갔으며, 벽이나 기둥에 매달려 있는 가금(家禽), 또는 소의 시체 같은 것을 대상으로 한 그림들에서 어느 누구보다도 강력한 색상과 부패의 채광(luminosity of putrescence)을 잘 처리해냈다는 점일 것이다. 수틴은 파리 유학 시절 모딜리아니, 샤갈, 쟈크 리프쉬츠(Jacques Lipchitz) 등을 포함한 많은 유태인들과 친하게 지냈으나 항상 굶주림에 허덕여야 했다. 심지어 어떨 때는 카페 계산대 근처에서 누군가가 동정심에 빵 한 조각이라도 주거나 아니면 뭔가 먹을 걸 사주길 은근히 기대하면서 배회한 적도 한 두 번이 아니었다. 왜 그랬을까? 그는 자기 그림을 사간다는 확신이 서기 전에는 어느 누구에게도 그림 보여주는 걸 꺼려했기 때문인지도 모른다. 당시 그의 스타일은 그림수집가들이 선호하는 고전적인 것이 아니었던 반면, 종종 육류를 주제로 삼기도 하는 렘브란트 같은 사람의 그림 찬양자였을 뿐이다.

역설적으로, 그래서 그가 한 때 그림 그리는데 있어 돈을 충분히 절약하게 된 이유인지도 모르겠다. 그는 오로지 소의 시체(a car cass of an ox)라는 한 가지 주제만을 선택하고 그에 관한 재료만 구입해서 자기 화실에 썩은 냄새가 펄펄 나도록 걸어놓고 같은 주제를 총 10 작품이나 집요하게 그려냈던 것이다. 우리는 이 그림들에서 몇 가지 의문점을 발견할 수 있다. 고기 색깔이 변하거나 썩어 곰팡이가 생기기 시작했을 때 그가 어떤 조치를 취했을까? 그럴 때마다 그는 곧장 정육점 주인한테 달려가 피를 양동이에 듬뿍 담아와 썩어가는 시체가 금방 잡은 것처럼 싱싱해 보이도록 거기에다 뿌리거나 발랐던 것이다. 부식된 고기 냄새가 그에게는 전혀 신경 쓰이지 않았던 것처럼 보이기도 한다. 악취에 견디다 못한 이웃들이 보건 당국에 신고한 적도 여러 번 있었다. 그럴 때마다 보건당국이 출동해서 수틴에게 썩은 고기 처리를 요구했지만, 수틴은 위생 보다 예술이 더 중요하다는 등의 궤변을 늘어놓았다.

사실 예술가로서 천재성은 있었을지 모르나 성격은 그리 좋지 못했던 점은 분명한 것 같다. 그러나 표현주의 스타일은 그의 전형적인 초상화나 죽은 가금류, 소의시체 등을 모델로 한 정물화에서 유감없이 발휘됐다고 할 수 있다. 샤임 수틴을 가급적 상세히 설명하는 것은 나혜석의 자화상 등에서 그 유사성을 발견할 수 있기 때문이다.

"그렇게나 많이요?"

"불광불급(不狂不及)이라는 말을 들어 보셨나요?"

"아니요!"

"미치지 않으면 못 미친다 라는 뜻으로, 예술이든 공부든 어느 분야에서도 통용될 수 있다고 봅니다. 그 정도로 미친 열정이 없이는 최고가 될 수 없다는 뜻으로도 해석될 수 있을 것입니다. 샤임 수틴도 마찬가지이지만, 모딜리아니, 고흐 등이 그랬습니다. 그들이 자연스럽게 천재성으로 세계적 대가가 된 것 같지만, 사실은 그렇지 않습니다. 그 이면에는 피 튀기는 열정과 노력이 수반됐던 것입니다."

"그랬군요!"

"제가 왜 이 말씀을 드리느냐 하면, 혜석 씨가 파리에 온 목적도 훌륭한 화가가 되기 위한 것이 아닙니까? 대가들처럼 노력하지 않으면 결코 대가가 될 수 없다는 걸 명심하시기 바랍니다."

"이들의 작품들을 감상하다 보니 제 자신이 왠지 부끄러워요. 왜냐하면, 저는 그간 예술의 겉멋에만 도취돼 살아온 것 같아요. 대가가 아무나 될 수 없다는 건 진즉부터 알고는 있었지만, 이런 노력 없이는 불가능하다는 것을 오늘에서야 절실히 깨달았어요. 그래서 자꾸만 부끄러워져요."

"예술은 겉멋만으론 진정 접근할 수 없을 것입니다. 그 내면 세계를 완전 정복할 때만이 자기만의 향이 풍기는 독특한 예술세계를 창조해낼 수 있을 것입니다. 그리고 대가들에게서 찾아볼 수 있는 또 하나의 공통점은 성공 전까지 하나같이 가난했다는 것입니다. 안빈낙도라는 말이 문득 생각납니다. 예술도 그런 것 같아요."

둘은 루브르 미술관과 인근 오르세 미술관 등을 두루 불러보면서 많은 유익한 대화를 나누었다. 그러는 사이 나혜석은 최린에게 남편의 친구개념을 넘어 어느새 무한한 존경과 사랑하는 마음이 싹터 있었다.

비엔나에서

최린과 나혜석은 주말을 틈타 기차를 타고 비엔나에 도착했다. 그들은 쉰베르크 궁전 내 미술작품들을 감상하고 오페라극장 인근 슈테판 성당 안도 둘러본 후, 바로 앞 카페로 들어갔다. 그들은 거기에서 커피를 시켜놓고 하늘높이 치솟아 있는 성당건물을 바라보며 대화를 나눴다

"이 성당은 12세기 중반 건축을 시작해, 아직까지도 미완성입니다. 유럽에 와 살면서 절실히 느낀 것은 서양 사람들의 마인드에는 조급증이 전혀 안 보여요. 어떤 건축물을 하나 올려도 지극정성을 다해 예술적으로 짓는다는 것이죠."

"저는 저 성당의 탑을 올려다보면서 인간의 예술적 창조력의 한계가 어디까지인가를 한번 생각해봤어요. 정말 말로 표현할 수가 없네요."

"그렇지요? 예전에 왔을 때 저도 같은 생각을 했었습니다. 그래

서 만물의 영장인 인간이 위대하다고 하는지 모르겠습니다."

"이건 건물이 아니라, 한 마디로 압축해 표현하자면 최고의 조형예술이네요."

슈테판 성당은 오스트리아 최대의 고딕양식 건물로서, 1147년 로마네스크 양식으로 건설을 시작하였으나 그로부터 1백년이 지난 1258년 비엔나를 휩쓸었던 대화재로 전소되었다가 1263년 보헤미아 왕에 의해 재건되었다. 1359년에 합스부르크 왕가가 로마네스크 양식의 성당을 헐어버리고 고딕 양식으로 개축하였지만, 1683년에는 터키군에, 1945년에는 독일군에 의해 각각 파괴되었다. 종전 후 복구를 시작하여 대부분 옛 모습을 되찾아 오늘에 이른 것이다. 성당 이름은 그리스도교 역사상 최초의 순교자로 기록된 성인 슈테판에서 딴 것이다. 이 성당은 비엔나의 혼(魂)이라고 부를 정도로 현재 이 도시의 상징으로 되어있다. 이 성당에서 가장 이색적인 것은 높이 137m에 달하는 첨탑 및 25만 개의 청색과 금색 벽돌로 만든 화려한 모자이크 지붕이다. 성당 지하에는 1450년에 만든 지하유골 안치소 카타콤이 있는데, 페스트로 죽은 사람의 유골 약 2천구와 합스부르크 왕가 황제들의 유해 가운데 심장과 내장을 담은 항아리 및 백골이 쌓여 있다. 이 성당에서 모차르트의 결혼식과 장례식이 치러지기도 했다.

"그래서 우리가 이네들의 예술정신을 본받아야 하는 것입니다. 혜석 씨도 귀국하게 되면 온 힘을 다해 예술세계를 파고들어야 할 것입니다. 그래야 작품이 나온다고 봅니다. 제가 유럽의 예술작품들을 둘러보면서 제일 먼저 느낀 것이 바로 그 점입니다. 그리고 또 하나 느낀 것은 나 같은 사람은 절대로 예술가가 될 수 없다는 점이었습니다."

"선생님도 예술 감각이 풍부하시잖아요?"

나혜석은 의례적인 겸손으로만 받아 들였다.

"그 말은 나를 모욕하는 겁니다. 하하하~"

그러나 최린은 나혜석의 그런 표정에 웃음으로 화답했다.

"그렇게 말씀하시면, 저는 어떻겠어요?"

"혜석 씨에게는 예술성이 풍부해요. 그걸 다듬어서 예술작품으로 승화시키질 못해서 그러는 것 일뿐, 그러니 죽을 각오로 한번 열심히 노력해 보십시오. 김우영이 베를린으로 떠나기 전 부탁한 것도 있고 하여, 그래서 제가 시간 날 때마다 혜석 씨를 여기저기 데리고 다니는 것입니다."

"저도 그 점을 무지 고맙게 생각하고 있어요. 기대에 실망시키지 않도록 열심히 노력할 게요."

"남편을 봐서라도, 아니 조선의 서양미술 발전을 위해서라도 열심히 해보세요. 어찌 보면 혜석 씨는 조선 서양미술에 있어서 개척자일지도 모릅니다. 로마가 하루아침에 세워지지 않았듯이, 조선 미술이 그 열악한 환경에서 단시일 내 서양미술처럼 되겠습니까? 그래서 그걸 알면서도 그 길을 가고자 하는 혜석 씨의 정신과 용기에 찬사를 보내지 않을 수 없답니다."

"너무 부담주지 마세요. 더군다나 저는 조선 사회에서 많은 제약이 따르는 여자에요."

"그런 나약한 소리 하지 마십시오. 혜석 씨는 정말 선택받은 여자이기도 합니다. 조선의 어느 여자가 감히 유럽까지 서양미술을 배우러 올 수 있겠어요. 일본여인들도 극히 드물어요. 그러니 혜석 씨는 사명감을 가지고 그림공부에 매진해서 조선사회 미술발전에 거목으로 거듭 나셔야 합니다. 제 말 알아들었죠?"

"이럴 줄 알았으면 학교 다닐 때 동인지 등 문학 활동에 휩쓸리지 않고 오로지 미술공부에만 매진했어야 하는데, 유럽지역을 돌아보면서 그 점이 가장 후회가 되네요. 제 능력을 생각해볼 때 왠지 부담이 되기도 하고······"

"시작이 반이라는 말도 있잖아요. 혜석 씨는 충분히 해낼 수 있을 겁니다. 유럽에 체류하는 동안 저도 힘껏 도울게요. 그러니 힘들더라도 절대로 포기하지 마세요."

최린은 그녀의 손을 살포시 잡았다. 그녀로부터도 아무런 저항이 없었다. 그래서 그는 그녀의 손을 꽉 잡아 쥐었다. 둘은 근처에서 전통 비엔나 스니첼(Viener Schnizel)로 식사를 한 후, 역으로 가서 파리行 마지막 열차에 몸을 실었다. 이 음식은 아주 유명한 비엔나 전통 왕 돈가스로, 두께는 얇은 편이다. 둘은 돌아오는 동안에도 식당 칸에서 서로의 피곤을 잊은 채, 미술과 인생 등 여러 주제들을 가지고 얘기꽃을 피웠다. 이들이 파리를 빠져나와 비엔나에 간 사실은 남편 김우영에겐 사전 예고되지 않았다.

짜릿한 밤

1928년 11월 20일 저녁이었다. 두 사람은 오페라를 관람한 후 함께 나혜석의 숙소인 '셀렉트'호텔로 돌아왔다. 그날 밤 최린은 자기 숙소로 돌아가지 않은 것이다.

"오늘 오페라 어땠어요?"

둘은 도니제티의 오페라 〈람메르무어 루치아〉를 감상했었다. 이 오페라는 벨칸토 창법을 요구하기 때문에 난이도가 무척 높다고 할 수 있다.

"오늘 너무도 황홀한 저녁 이였어요. 일본에서 오페라를 몇 번 감상하긴 했는데, 여기서 보는 것 하고는 차원이 완전 다르더군요."

"저도 오페라의 묘미를 여기 와서 알았습니다."

"최 선생님은 행복하시겠어요? 부러워요!"

"부럽긴요. 저는 오히려 혜석 씨가 부럽습니다."

"어떤 면에서요?"

"타의 추종을 불허하는 미인에다, 남들이 알아주는 남편을 만나 이렇게 자유분방하게 사신다는 게요. 우리 외교관들은 겉으론 화려하지만, 하루가 긴장의 연속입니다. 그리고 저는 무엇보다도 가진 게 없는 사람입니다."

"외교관 아무나 될 수 있나요? 저도 외교관이 되어 최 선생님처럼 유럽에서 오래 오래 살았으면 좋겠어요."

"다 남의 떡이 커 보이는 것입니다. 그런데 3막의 '광란의 장면'에서 눈물을 흘리시던 것 같던데요?. 꼭 무슨 사연 있는 사람처럼······."

"어머! 그걸 보셨어요?"

나혜석은 당혹감을 금치 못했다. 그랬다. 그녀는 그 장면을 보면서 죽은 최승구를 떠 올리지 않을 수 없었던 것이다. 너무도 사랑해 그와의 결혼을 강력 추진했던 그녀가 어찌 그를 쉽사리 잊을 수 있겠는가! 그녀는 세월이 흘러 그를 가슴 속에 묻어두기는 했지만, 어떤 계기 때마다 그의 환영이 떠올라 잠 못 이룰 때가 한 두 번이 아니었다. 파리 생활을 혼자 하면서부터는 밤마다 꿈속에서 그가 찾아와 함께 열렬한 밤을 보내기도 했다. 〈광란의 장면〉은 람메르무어 루치아 오페라에 있어서 하이라이트다. 결혼식장에서 친오빠가 돈 때문에 강제로 결혼시키려 했던 그 사람을 칼로 찔러 죽인 후, 미친 상태에서 이리저리 헤매며 사랑하던 애인의 이름을 애절하게 불러대는 여주인공 루치아의 그 아리아······

'루치아(에드가르도가 부르는 소리)! 감미롭게 그이의 목소리가 들려왔어! 아! 그 목소리가 들려오고 있어! 에드가르도! 난 이제 당신께 돌아왔어요. 아! 나의 에드가르도! 그래요. 난 당신께 돌아왔어요. 이제 방금 당신의 적들로부터 도망쳤어요! 얼음같이 차가운 기운이 내 가슴에 번져오네…… 온몸이 떨리고 다리가 휘청거려……
(중략)'

"사실이군요!"

"……"

그녀의 눈에는 눈시울이 글썽거리고 있었다. 그녀는 원래 자신을 감추지 못하는 성격이었다.

"제가 공연히 물어본 거 같군요."

최린은 무안해 하는 그녀에게 미안한 마음이 들었다.

"포도주 한 잔 하시겠어요?"

나혜석은 화제를 돌리고 싶었다.

"밤이 늦었는데, 딱 한 잔만 주십시오."

최린은 그녀의 술 제의에 문득 야릇한 밤을 상상하면서 흔쾌히 응했다.

"제가 밤에 가끔씩 이 포도주를 마시곤 해요. 아주 비싼 거랍니다"

"그래요?"

"선생님이니깐 특별히 드리는 거예요"

"아껴뒀다가 이 담에 남편 오면 함께 드시지 그래요"

"오늘 오페라 감상시켜준데 대한 고마움의 표시에요"

"그렇다면 한 잔 마시지 않을 수 없네요."

"자! 건배요"

"건배"

둘의 와인 잔이 쨍그렁하고 맞부딪치는 소리가 크게 났다. 나혜석은 그를 마치 유혹하고 싶다는 요사스러운 눈초리로 바라보면서 단숨에 들이 마셔버렸다. 그러자 최린도 가슴 속 깊은 곳에서 미묘한 파장이 일기 시작했다.

"한 잔 더 하실래요?"

"그만 됐습니다. 저 이제 가봐야 합니다."

최린은 마음에도 없는 소리를 했다. 그러면서도 그는 술잔을 그녀에게 내밀었다.

"아직 12시도 안됐잖아요? 딱 한 잔만 더하고 가세요. 그 때는 가신다고 해도 붙잡지 않겠어요."

나혜석은 내심 최린이 자신을 어서 빨리 와락 끌어 안아주길 바랐다. 그녀의 뇌리에는 딱 벌어진 어깨와 대양과 같이 넓은 그의 품에 안겨 허우적대고 싶은 마음밖에 없었다.

"그럼 딱 한 잔만 더……"

최린도 그녀의 표정과 행동에서 그녀의 그런 마음을 빤히 읽고 있었다.

"내 생에 오늘 같은 밤만 계속됐으면 좋겠어요. 선생님은 안 그러세요?"

그녀의 눈은 반쯤 감겨 있었고, 유난히 긴 그녀의 눈썹에서는 미세한 떨림이 일고 있었다.

"이런 미인하고 오붓한 시간을 가지는 이 순간이야 말로, 이 세상에 부러울 것이 더 어디 있겠어요?"

그의 숨소리는 약간 거칠어지기 시작했다.

"저도 그래요. 이 밤이 영원했으면 좋겠어요."

그녀는 벌써 포도주를 4잔째 마시고 있었다. 그것도 단숨에······ 그녀의 말소리에서 취기로 혀 꼬부라지는 소리가 튀어나오기 시작했다. 그녀는 다시 최린에게 술 한 잔을 강요했다. 그러나 최린은 사양했다. 그래도 나혜석은 '딱 한잔만 더'라면서 그의 팔을 잡아당겼다. 그 순간, 최린은 더 이상 그녀에게서 풍겨오는 짙은 화장 냄새에 그동안 억눌러왔던 절제의 고삐가 풀려버리고 말았다. 그는 순간 그녀를 와락 껴안고 두툼한 입술에 자신의 입술을 포갠 다음 부드럽고 촉촉한 혀를 그녀 입속 깊숙이 집어넣었다. 그녀도 본능적으로 저항하지 않고 기다렸다는 듯이 오른 팔로 그의 목덜미를 꼭 감싸 안았다. 어쩌면 이 시간이 오기만을 그녀가 더 원했는지도 모른다. 나혜석은 최린과 만나는 첫 날부터 남편으로부터 찾아볼 수 없었던 묘한 야성미를 강하게 느껴왔던 것이다.

최린은 포옹한 채 풍만한 그녀의 육체를 침대위에 가볍게 뉘였다. 그녀로부터는 마치 학수고대했다는 듯이 갈수록 숨소리만 거칠어질 뿐, 아무런 저항도 없었다. 최린은 그녀에게 몸을 포개고 왼손을 그녀의 사타구니로 집어넣어 더듬으려는 순간, 내심 깜짝 놀랐다. 그녀의 팬티가 흥건이 젖어 있었던 것이었다. 그는 처음엔 그녀가 오줌을 싼 것이 아닌가 하고 오해했다. 그러나 그 오해는 금세 풀렸다. 최린은 그녀의 성감대가 아주 민감한 보기 드문 여성이란 걸 그 때 알게 되었다. 그는 털이 뽀송뽀송한 그녀의 두툼한 둔부를 꽉 움켜쥐면서 내심 쾌재를 불렀다. 그러자 그녀의 하체는 개구리가 기절할 때 쭉 뻗을 때처럼 근육질로 단단히 뭉쳐지기 시작했다. 그는 팬티만 남긴 채 자신의 옷부터 벗어 바닥에 내동댕이쳤다. 그는 눈썹이 자지라진 상태의 그녀 모습을 내려다보면서 무한한 황홀감에 빠져들지 않을 수 없었다. 그의 페니스가 발기해 팬티가 터질 정도로 삼각텐트를 치고 있었다. 그녀의 입술에서는 고혹하기 그지없는 립스틱 향기가 그의 코끝을 강하게 자극했다. 그러자 그의 가슴 속은 뜨거운 화염처럼 거세게 타오르기 시작했다. 그는 용암처럼 분출되고자 하는 욕정을 더 이상 억제할 수 없었다. 그는 거친 숨을 몰아쉬며 허겁지겁 자신의 팬티도 방바닥에 내 동댕이쳤다. 그의 빳빳한 페니스는 타워크레인처럼 하체와 완전 90도 각도를 이루고 있었다. 그는 그녀의 풍만한 엉덩이를 살짝 들어 올리면서 베지 색 팬티스타킹을 벗긴 후, 등을 좌로 비스듬히 돌려 원피스와 하얀 슈미즈도 어깨 위로 올려 차례로 순조롭게 제거했다. 희미한 스탠드 불빛에서도 그의 시선에 드디어 우유빛처럼 뽀얀 속살이 드러나기 시작했다. 팽팽한 그녀의 분홍색 팬티 속 둔덕은 봉분(封墳)처럼 유난히 돋아나 있었다. 그는 과거의 많은 경험들에서 여인의 봉분이 크면 클수록 성욕에 강하다고 믿어왔기 왔기 때문에 더더욱 흥분되지 않을 수 없었다. 그는 브래지어를 풀어 헤친 후, 또 다시 그녀의 풍만한 엉덩이를 들어 올리면서 팬티를 발아래까지 쓸어 내렸다. 그의 손은 파킨슨 환자처럼 미세하게 떨리고 있었다. 그녀의 둔덕 일대는 울창한 숲을 방불케 했다. 드디어 그녀의 농익은 여체가 꿈이 아닌 현실에서 그의 앞에 적나라하게 드러내고 만 것이다. 그는 이 날이 오기를 얼마나 기다렸던가 라고 중얼거리면서 묘한 성취감에 휩싸였다. 그는 그녀의 젖가슴에 자신의 몸을 살포시 포갠 다음, 그녀의 입술을 살짝 가르고 또 다시 혀를 부드럽게 밀어 넣기 시작했다. 그러자 그녀 역시 몽환적인 상태에서 그의 입술을 본능적으로 빨아들였다. 그는 그녀가 자신의 침액을 삼키고 있다고 확신했다. 그는 다시 시선을 둔부 쪽으로 돌렸다. 그는 두 다리를 살짝 벌린 후 그녀의 음부를 유심히 들여다보았다. 그녀의 황홀한 음부에서는 분비물이 샘솟듯 흘러나와 밤하늘의 은하수(銀河水)처럼 뿌연 빛을 발하고 있었다. 화끈거리고 있는 그의 길고 굵디굵은 페니스는 더욱 더 고조되면서 금세라도 총알처럼 앞으로 솟구쳐 나갈 기세였다. 그는 그녀의 나신(裸身)위에 무릎 꿇고 엎드려 탱탱한 양쪽 젖가슴 구릉사이에 자신의 혓바닥을 들이대면서 가볍게 애무한 다음, 배아래 쪽으로 혀를 쭉 뻗고 내려가다가 배꼽 밑에 까지 끈끈한 타액을 발라놓았다. 순간, 그녀의 말초신경을 자극했는지 허벅지가 요동을 쳤다. 그는 몸을 치켜세우고 그녀의 아름답기 그지없는 음부를 재차 지그시 응시했다. 어린아이의 피부처럼 백옥 같은 살결이었고, 말로다 이루 형용할 수 없는 황홀함 그 자체였다. 그는 음부에 살짝 혀를 갖다 댔다. 그는 약간 비린내가 베인 쌉쌀함을 느꼈지만, 오히려 그 맛이 그의 성욕을 더 자극 했다. 그는 그녀가 오줌 싼 후 씻지 않고 휴지로만 대충 닦아서 그랬을 거라고 생각했다. 그의 페니스는 금세 쌀 엿가락처럼 '탁'하고 두 동강 날것만 같았다. 그는 페니스로 까칠까칠한 음부주위를 상하로 부드럽게 문지르다가 둔덕사이를 가르고 드디어 꿈에 그리던 어두컴컴한 동굴 속을 탐험하기 시작했다. 그녀는 마치 기다렸다는 듯이 또 허벅지를 꿈틀거렸다. 그는 순간 멈칫하다가 다시 귀두를 인정사정 볼 것 없이 세차게 밀어 넣어버렸다. 그로서는 인내심의 한계를 느끼고 더 이상 지체할 수가 없었던 것이다. 그는 그녀의 좁디좁은 동굴 중간에서 귀두가 빡빡하게 조여 옴을 강하게 느꼈다. 소 곱창같이 미세한 마디가 있는 부드러운 주름 형 고무호수 속을 지날 때처럼 조여 오는 그런 짜릿한 맛이었다. 간간히 튀어나오는 그녀의 신음은 차라리 죽여 달라는 처절함 그 자체였다. 30여분간의 폭풍이 지나고 고요가 다시 찾아왔다. 그의 왼 손은 뭐가 아쉬웠는지 누르면 금세 터져버릴 것만 같은 탱탱한 그녀의 젖무덤을 계속 더듬고 있었다. 최린은 그녀에게 가볍게 키스하면서 나지막하게 물었다.

"좋았어?"

"너무도 황홀했어요. 당신의 것이 내 몸속에서 요동칠 때마다 미칠 것만 같았어요. 지금까지 여러 남자와 섹스를 해봤지만, 이런 기분 처음이에요."

둘 간의 사랑행위가 얼마나 격렬했던지 침대보가 반쯤 벗겨져 있었다.

"그렇다면 다행이고……"

남자는 정사 후 상대의 만족도를 확인하는 게 습관처럼 되어 있다. 여성은 그 과정에서 자신에 대한 사랑으로 생각하는 습관이 강하고……

"정말 꿈만 같았어요. 당신이 내 몸속을 헤매는 동안 멍한 상태에서 마냥 하늘을 나는 것만 같았어요."

"오늘은 어쩔 수 없이 이렇게 됐지만, 이런 일은 다신 없어야 돼요. '우영'이하고는 아주 친한 친구사이인데, 내가 정말 몹쓸 죄를 지었다는 생각이 드네."

최린은 표정까지 연출해가면서 마음에도 없는 소리를 했다.

"오늘 이후 당신을 사랑하지 않고는 못 배길 것 같아요. 그렇다고 염려하지 마세요. 남편하고는 이혼하지 않을 거니깐"

"역시 당신 같은 신여성이 할 수 있는 말이오. 나도 당신의 말에 만족 하오"

"당신은 여성 경험이 아주 많은 거 같아요. 나를 이렇게 미치게 하는 거 보면……어쩌죠? 오늘 밤 이후로 당신을 영원히 놔주지 못할 것 같아요."

"엄연히 남편이 있는 사람이 그런 소리 하면 되나? 그건 집착이오. 집착이 되면 그 결과가 어떻게 되는지 잘 알지 않소? 사정이 허락하는 한 이따금 서로의 황홀한 밤을 지속한다면 몰라도……"

"저를 버리진 않을 거죠?"

"왜 버려? 당신 같은 복 덩어리를……"

"복덩이라뇨?"

"당신을 가지면서 깜짝 놀란 게 하나 있소. 당신도 나를 미치게 만들어. 삽입하면 할수록 내 그것이 잘라질 만큼 꽉 조여와. 이럴 확률은 200만분의 1 확률이지"

"제가 그래요?"

"등잔 밑이 어둡다더니……그걸 여태 몰랐어?"

"당연 몰랐죠. 저 하고 가진 남자들이 미쳐가는 듯한 모습은 목격했지만, 저로 인해서 그러는 줄은 상상도 못했죠."

"당신을 한번 가지면, 아마 당신 곁에서 절대 못 떠날 거야. 맛있는 섹스라는 게 바로 이런 것인데……"

"일본 유학시절 우연히 춘화를 본 후 도서관에서 빌려 가지고 와 혼자 자위행위는 많이 했었어요. 성욕이 솟구칠 때 참을 수가 없었어요. 그것도 양에 안 차 심지어 시장에서 적정한 가지를 사다 그거 가지고 자위를 한 적도 있었어요."

"사람에 따라 다른데, 당신은 성욕이 상당히 강한 여자에 속해. 한 남자 가지고는 도저히 양에 차지 않을 거 같아. 그렇다고 그게 어디 죄인가? 타고난 팔자가 그런 것인데 뭐. 운명에 맡겨야지."

"몰라요. 저에게 무슨 일 생기면 당신이 책임져 줘야 해요"

나혜석은 그의 가슴에 머리를 푹 파묻고, 한 손으로는 털로 울창한 숲을 방불케 하는 가슴을 어루만지면서 여전히 행복감에 도취돼 있었다.

"책임은 질 수 없고, 언제든지 가져달라면 거부는 않을 게"

"무슨 말씀이 그래요?"

"그럴 수밖에 없잖아? 당신은 엄연히 남편이 있는 유부녀이고……김우영이도 당신이 가지고 있는 성적 매력을 충분히 느끼고 있을 걸? 그래서 당신에게 무한한 사랑을 베풀고 있는 것이고……"

"남편은 성적으로 당신만큼은 아니에요. 한번 이상은 못해요. 나는 그 때마다 아쉬워 죽겠는데……그래서 당신을 더더욱 원하고 있는지도 모르겠어요. 그렇다고 이게 천벌 받을 죄는 아니겠지요?"

나혜석의 말은 거짓말이었다. 최린을 더 유혹하고 싶은 마음에서 그런 말을 했을 뿐이었다.

"천벌은 무슨……타고난 체질이 그런 것인데 어쩌겠어?"

"저 정말 아까는 죽는 줄 알았어요. 그만큼 정신 못 차릴 정도로 황홀했다는 뜻이에요. 만주에 있을 때 지인의 소개로 잠시 마약에도 취해 보았는데, 그 보다 훨씬 좋았다고 생각해요. 역시 섹스만큼 인간을 행복하게 해줄 수 있는 것은 이 세상에 없는 거 같아요."

"가질 때 내 거시기를 만지던데, 왜 그랬어?"

"사랑하는 사람의 거시기가 내 몸 안으로 들어올 건데, 안 만져 보는 게 오히려 더 이상하지 않아요?"

"그런가? 남편하고 할 때도 만져?"

"남성의 힘이 유난히 강한 사내들이 있어요. 이들 허리에서 몰아치는 성적인 폭풍은 사납다 못해 마치 용광로처럼 활활 불타오르는 것 같아요. 거기에 천막과 같은 형상들이 있어서 남성의 힘이 기둥을 둘러싸고 견고히 해주죠. 탑 둘레에 보루를 쌓은 것처럼…… 마침내 씨가 떨어지면 여인이 되는 사랑의 목마름으로 그것을 힘껏 빨아들여 숨을 마시듯 온 몸에 머금게 되죠. 이렇게 해서 여인의 피와 사내의 씨는 하나가 되는 거예요. 그러니 거시기가 안 중요하겠어요?"

"말을 뻥뻥 돌려서 얘기하니깐 퍼뜩 이해가 안돼. 그러나 무슨 말을 하려는 건 알겠는데, 남편 것도 만지냐고?"

"안 만져요. 그러나 내 몸 속으로 들어오는 감은 느끼죠. 그런데 그걸 왜 물어봐요?"

"그냥……"

최린은 그녀의 대답에서 남편을 사랑하지 않고 있구나 라는 것을 직감할 수 있었다.

"남자들은 생리하는 여자들을 킁킁 거리며 따라 다닌다던데, 당신도 그래요"

"지저분하게 그걸 누가 따라 다녀? 색에 미친놈이나 그러는 것이지"

"다 그런 것은 아니구나?"

"근데, 그건 왜 물어?"

"아녜요. 일본에 있을 때 누가 한 말이 갑자기 생각나서요. 그 이후 그게 궁금했거든요."

"나도 한 가지 궁금한 게 있는데, 물어봐도 돼?"

"뭘요?"

나혜석은 소문나지 않은 자신의 흠결에 대한 질문을 하는 줄 알고 긴장하지 않을 수 없었다.

"1919년 만세사건으로 감옥살이 했다면서?"

"아하 그거요. 한 6개월 살다 나왔어요."

나혜석은 안도의 한 숨을 내쉬었다.

"6개월이면 작은 형량이 아닌데, 뭐하다가 그랬어?"

"만세사건 시위 준비에 가담했다가 그렇게 됐어요? 그런데 선생님도 처음에는 독립운동 과정에서 큰 역할을 하셨다는 소문을 들은 거 같은데……사실이에요?"

"그랬지. 그러나 지금은 일본의 앞잡이 노릇을 하고 있잖아"

"꼭 그렇게까지 표현할 필요가 있을까요?"

"3.1운동 당시에는 경술국치일이 된지 10년도 안됐기 때문에 언젠가 해방이 될 거라는 희망을 가지고 그랬었는데, 지금은 내 마음도 많이 변했어. 이제 해방은 물건너 갔다고 생각되기도 해. 지금 일본이 중국 전역 지배 야욕을 노골적으로 드러내고 있거든. 여기 와서도 느끼겠지만 세계 그 어느 누구도 일본의 존재를 무시 못해. 하지만 우리 조선을 아는 사람은 거의 없어. 그게 우리의 어쩔 수 없는 비극이기도 하지. 우리 모두가 지도자를 잘못만나 그렇게 된 걸 누굴 원망하겠어?"

"청산리나 상해 등에서 희망을 버리지 않고 독립운동을 하는 분들도 많잖아요?"

"그분들의 투쟁의지는 분명 존경받아야 해. 하지만 시간이 갈수록 그분들의 의욕도 많이 꺾일 거야. 무모하다는 걸 느끼게 될 것이니깐……"

"……"

"김우영이 하고 결혼은 어떻게 해서 한 거야? 소문은 들어서 대충 알고 있지만……"

"제가 서대문 감옥에 있을 때 남편이 제 변호를 담당했었어요. 그 전에도 오빠의 소개로 알고는 있었지만, 그 때 많이 가까워졌던 거 같아요. 그래서 결혼까지 하게 된 것이고요"

"그랬구나!"

"해방은 영원히 물 건너갔다고 생각하세요?"

"천지개벽하지 않는 한, 나는 그렇게 보고 싶어"

"만약에 말이에요. 그래도 해방이 된다면 우리는 어떻게 될까요?"

"어떻게 되긴? 해방세력에 잡혀가서 그에 상응하는 벌을 받겠지. 우리는 이제 누가 뭐래도 조국에 대한 변절자야. 아주 희박한 가능성인데, 중국에서 진행 중인 모택동에 의한 농민혁명이 소련의 지원을 받아 성공하게 되면 우리 조선에 미치는 영향도 아주 클 거야. 그렇게 된다면 해방 가능성이 전혀 없는 것도 아니지."

"은근히 떨리네요."

"왜?"

"우리 남편도 친일이잖아요? 골수까지는 아니더라도……"

"우리가 친일하고 싶어서 한 거야? 다 지도자를 잘 못 만나서 그렇게 된 것이지."

"독립군의 활동상을 생각하면, 선생님 말씀도 변명에 불과하다고 봐요."

"당신 말에 부정은 안 겠어. 우리가 여기 와서 호사를 누리는 것도 모두 친일 덕이니깐……"

"그 말 들으니, 광복군이나 상해임시정부 요인들에게 미안한 마음이 들기도 하네요. 한편으론 존경스런 마음도 들어요. 그네들은 목숨을 내놓고 악 조건에서 조선의 해방을 위해 싸우고 있는데, 우리는 선생님 말대로 여기서 호사를 누리고 있으니 말에요"

"에이 그 얘기 그만하자. 그런데, 오르세 미술관 갔을 때 본 피카소 그림들 어땠어?"

"좋았죠. 그 사람들에게는 천재라는 말 표현밖에 할 수 없을 거 같아요."

"피카소가 뭐라고 한 줄 알아?"

"뭐라고 했는데요?"

"훌륭한 예술가는 모방을 하고, 위대한 예술가는 훔친다. 라고 했어"

"정말요?"

"그래!"

"저도 그럼 모방을 해야겠네요. 위대한 예술가까지는 못 갈 것 같고……"

"모방도 모방 나름이지."

"그럼요. 모방도 아무나 하나요."

둘 사이에는 어느 새 서로를 부르는 호칭이 달라져 있었다. 그녀는 아쉬웠는지 그의 가슴에 계속 머리를 푹 파묻고 있었다. 그러자 최린은 기다렸듯이 그녀의 풍만한 엉덩이를 어루만지면서 다시 그녀위로 올라탔다. 젖가슴도 툭 건드리면 터질 것만 같을 정도로 탱탱했다. 위로 올려보는 그녀의 눈썹은 아무런 육체적 저항도 없이 행복감에 도취된 나머지 가늘게 떨고 있었다. 어서 빨리 가져달라는 떨림이었다. 최린 역시 마찬가지였다. 평생 이런 멋진 여인을 아무런 저항 없이 취하기는 쉽지 않은 일이었다. 이렇게 해서 둘은 잠 한숨 자지 않고 황홀한 밤을 보낼 수밖에 없었다. 최린은 그녀와 호텔에서 아침 식사를 함께 가볍게 한 후, 근무지로 곧장 향했다. 최린의 다리가 후들거리는 것 같았다. 이 후 둘은 서로 약속이나 한 듯 호텔에서 매일 함께 밤을 보냈다. 그것도 모자라 심지어 남편이 공부하고 있는 독일과 스위스 등에도 몰래 다녀왔다. 둘은 섹스 이전에도 스위스를 다녀온 적이 있었다. 나혜석은 최린과 함께 스위스 제네바를 방문하면서 본국의 친지에게 보낸 서신을 통해 '결혼 후 다른 남자나 여자가 서로 좋아해 지내게 되면 부도덕적이라기보다는 오히려 자기 남편과 더 잘 지낼 수 있는 활력을 얻을 수 있다'는 견해를 써 자신의 평소 자유분방한 연애관을 유감없이 드러내기도 했다. 나혜석은 이 기간 중 〈나부〉와 〈등을 돌린 남자〉 작품을 남겼다.

최린과 첫 밤을 보낸 후 4개월이 훌쩍 지나는 사이 둘 간의 섹스는 만사를 제치고 지속되었다. 서로가 적극 원했던 것이다. 그 결과, 이들 사이의 염문설은 교포사회에 쫙 퍼져나갔다. 발 없는 소문이 하룻밤사이 천리를 간다고 했다. 베를린에서 공부중인 남편 김우영에게도 이 소문이 흘러갔는지, 김우영이 예고도 없이 파리를 다시 찾았다.

"파리에 무슨 볼 일이 있어요?"
나혜석은 왠지 남편을 대하기가 불편했다.
"아니……"
남편 김우영도 그녀의 몸동작들에서 무언가를 읽어가고 있었다.
"그런데, 왜 예고도 없이?"

나혜석은 남편이 자신의 불륜 행각에 대한 소문을 듣고 온 것이 아닌가 하는 생각에 덜컥 겁이 났다.

"당신이 보고 싶어서 왔지"

김우영은 능청을 부렸다. 사실, 그는 최린과의 염문설을 접하자마자 파리로 잠입해, 외국인을 시켜 그들 뒤를 미행하기도 했다는 소문이 나돌았었다.

"평소 안하던 말씀을 하시네요?"

나혜석은 남편의 그러한 능청에 더더욱 불안감을 느끼지 않을 수 없었다. 모든 인간에게는 그 정도의 차이는 있지만, 직감이란 게 있기 마련이다. 그래서 죄 짓고는 못 산다는 말이 나온 것이기도 하다.

"타국에서 혼자 공부한다는 게 어디 그리 쉬운 일이야? 가끔가다 당신도 그립고, 그래서 겸사겸사해서 왔지"

"저는 혼자 있어도 미술공부만 잘 되던데……"

나혜석은 남편이 온 것을 그리 달갑지 않다는 투로 말했다. 그녀의 마음속엔 이미 남편은 떠나 있었다.

"생활비는 얼마나 남아 있나?"

"얼마 안 남았어요. 그렇잖아도 당신께 이 문제를 편지로 보내려 했어요. 아무래도 시가에 부족한 생활비 좀 보내달라고 해야 할 것 같아요."

"아니, 벌써 그 돈을 다 써버렸다는 거야? 귀국할 때까지 쓸 돈을 벌써 다 써버렸다면 앞으로 어떡하라고?"

"저도 아껴 썼어요. 생각보다 돈이 많이 들어가네요."

"당신이 공주라도 돼? 최상류층이 써도 그렇게는 쓰지 않겠다. 올 때 2만원을 가지고 왔는데, 벌써 그 돈을 거의 다 써버렸다니 누가 그걸 이해하겠어? 그렇잖아도 올 때 집에서 5천원은 빌려왔는데……"

김우영은 난감한 표정을 지었다. 김우영은 며칠을 고심하다 나혜석의 거처를 호텔에서 파리 근교의 '르베지네'지역으로 옮겼다. 그곳은 파리에서 서쪽으로 19km 떨어진 곳으로, 별장이 많이 들어 서 있어 한가로운 시골생활을 영위하기엔 딱 좋은 곳이었다. 무엇보다도 일단 고육지책으로 숙박비를 줄일 수밖에 없었다. 김우영이 이렇게 한데는 다른 저의도 있었다. 김우영이 베를린으로 돌아갈 때 최린에게 연락도 하지 않았다. 최린도 귀신같이 눈치를 채고 그 후 나혜석과의 만남이 뜸해졌다. 그러나 나혜석은 일주일이 멀다하고 전화해서 그를 불러냈다. 그녀로서는 두 사람에게 도리가 아닌 줄 알면서도 그렇게 하지 않고서는 도저히 못 버틸 것만 같았다.

김우영이 베를린으로 돌아 간지 4개월만인 1928년 12월 다시 나혜석과 합쳐 여행을 계속했다. 둘은 그 후 비용을 어떻게 마련했는지, 이탈리아, 영국, 스페인을 관광하고, 미국으로 건너가서 뉴욕, 필라델피아, 나이아가라 폭포, 시카고, 그랜드 캐니언, 로스

앤젤레스 등 미술관과 주요시설 등을 두루 둘러보았다. 그들은 샌프란시스코에서 배편으로 귀국 도중 하와이, 요코하마, 도쿄를 거쳐 1929년 3월, 21개월 만에 귀국했다. 당시로서는 왕실 자손도 감히 그렇게 할 수 없는 초호화 세계일주였다. 나혜석은 귀국 직후, 수원 불교 포교당에서 귀국 개인전을 개최하고 부산 동래군의 자택으로 되돌아갔다. 세계여행 후, 남편이 서울에 머물면서 일자리를 찾는 동안, 나혜석은 시어머니의 권유도 있고 하여 시가인 동래에서 마지못해 살아야 했다. 그 사이 남편은 서울의 여관에 머물고 있었다. 그런데 남편이 돈 많은 양장 기생과 아주 가깝게 지내고 있다는 소문이 들려오는 것도 모자라, 심지어 나혜석과의 이혼을 타진하고 다닌다는 얘기마저 나돌았다.

6장

이혼(離婚)

나혜석은 11년 간 유지되어 온 결혼생활 동안 시어머니와 시누이, 시삼촌, 시사촌의 등쌀에 한시도 마음 편할 날이 없었다. 외교관이었던 남편을 따라 5년의 만주 생활과 2년의 유럽, 미국, 러시아 여행을 하고 귀국할 때, 시어머니의 선물을 사오지 않은 것을 계기로 시가(媤家) 사람들의 히스테리는 극에 달했다. 그녀는 장기간의 여로에서 얻은 피곤함을 위로하지는 못할망정 선물을 사오지 않았다는 이유로 핍박하는 시가 사람들과 주변의 시선들을 보고 '인간은 참으로 이기적인 존재'라는 결론을 내리게 된다. 나혜석이 1929년 가진 별건곤(別乾坤)과의 인터뷰에서 최린 문제와 관련해 구체적으로 언급하지는 않았지만, '나도 퍽 흠선(欽羨)했다'고 피력함으로서, 둘 간의 의혹을 더욱 더 증폭시키고 남편과의 관계도 악화시켰다. 최린과 나혜석 간의 관계가 파리에서 이미 소문이 자자했기 때문에 남편이 이 사실을 모를 리가 없었다. 그런데 나혜석 자신이 최린과의 불륜을 자인하고 말아버린 셈이 되어 버린 것이다. 이 무렵은 일본 유학친구였던 '김일엽'이 결혼과 연애에 환멸을 느끼고 승려가 되려고 하던 시절이었다. 그녀는 경성에서 만났을 때, 속세를 접고 여승이 되겠다고 속내를 털어놓는 김일엽에게 '현실도피 방법으로 종교를 선택해서는 안된다'라고 질타한 적이 있었다. 나혜석은 1929년 수원에서 '구미 사생화 전람회'를 개최하였다. 귀국 직후 그녀는 '돈 없으면 이탈리아니 불란서니 하면서 어디어디를 다 어떻게 다녀왔겠느냐'라는 발언을 남기기도 했다.

  나혜석은 1930년 제9회 조선미술전람회에 〈화가촌〉, 〈어린이〉 등을 출품했으며, 그 다음해 제10회 조선미술전람회에 〈정원〉을 출품하여 특선을 차지했다. 이 작품은 일본의 제전에서도 입선함으로써 서양화가로의 입지를 확실히 굳히는 계기를 마련했다. 그녀는 1930년 6월 삼천리지에 투고한 글에서 '실험 결혼론'을 주장하기도 했다. 남자와 여자가 같이 실험적으로 함께 살다가 마음에 맞으면 결혼하고, 그렇지 않으면 헤어지자는 것이었다. 이는 당시 유럽 일부에서 유행하고는 있었다. 그러나 지금은 유럽에서 보편화되고 있는 추세다.

  귀국 후, 김우영은 외교관 생활을 그만 두고 변호사 개업을 준비했다. 그는 세계일주 여행을 하는 동안 거금을 쓴데다 당장에 벌이가 없으니 갑자기 형편이 궁해졌다. 그래서 김우영은 개업 준비 때문에 서울에서 머물고, 나혜석은 동래 시가에서 지내야 했다. 나혜석은 결혼 후 처음 겪는 경제적 어려움에다가 그토록 우려했던 시집살이까지 해야 하는 까닭에 정신적으로 몹시 고통스러웠고, 심신은 날이 갈수록 쇠약해져 갔다. 나혜석은 참다못해 최린에게 편지를 써 도움을 청했다. 하지만 그 사실이 김우영 귀에 들어가 버렸다. 이 서신 내용은 나중에 공개돼 나혜석에게는 더욱 더 불리한 상황이 되어 버렸다. 최린과 나혜석 둘만이 몰랐을 뿐이지, 그간 지인들의 입을 통해 김우영에게 전해졌고 일부는 둘 간의 밀애 장면이 사진으로 촬영돼서 김우영에게 건네지기도 했다. 하루는 김우영이 예고도 없이 동래에 들러 모친 생신 축하상을 차려드린 뒤, 나혜석과 함께 해운대 백사장을 걸었다. 그간 주변을 의식해 미루고 미루어 왔던 이혼 문제를 꺼내기 위해서였다. 밤하늘에는 구름 한 점 없이 별들만 영롱하게 총총 빛나고 있었다. 그 별들 뒤 아득한 곳에서는 뿌연 빛의 띠를 이루는 은하수도 희미한 빛을 발하고 있었다. 백사장 파도는 잔잔하고 주변은 한가롭기 그지없이 조용했다. 때론 적막감이 나돌기도 했다. 이따금 갈매기들이 무리를 지어 그들 주변을 곡예비행하고 있을 뿐이었다.

"요즈음 고부간의 갈등으로 고생을 많이 한다면서?"

"못 견딜 정도는 아니에요. 그런데 누가 그래요? 어머니가요? 아니면 올케들이?"

"꼭 누가 그래야만 아나? 나도 누구 말따나 눈치 백단이야"

"어머니 표정에서 그게 느껴져요?"

"아니, 당신 표정에서 더 느껴져. 무척 피곤해 보여. 그게 뭐겠어? 안 봐도 뻔하지……."

나혜석은 매사 자신의 속내를 숨기지 못하는 성격이었다. 평소 할 말은 하는 스타일이었고, 그녀의 모든 마음이 자신의 표정에서 그대로 드러나곤 했다.

"사실이지만, 어쩌겠어요. 당신 사정도 아는데……지금 서울로 올려 보내달라고 떼를 쓸 수도 없고, 참고 기다리는 수밖에……"

"한 가지 물어 봅시다"

김우영은 이제 본심을 꺼내야겠다고 작심했다.

"말 하세요"

나혜석은 그가 무슨 말을 할지 예상하지 못하고 담담하게 반응했다. 그녀는 심신이 지칠 대로 지쳐있었다. 그림이나 글이 손에 안 잡히는 등 매사가 귀찮고 짜증이 났다.

"파리에 있을 때 무슨 일 있었어?"

"아니요! 무슨 일?"

나혜석은 직감에 뜨끔했다. 그러나 애써 태연하지 않을 수 없었다.

"요 최근 나한테 자꾸만 안 좋은 소문이 들려와"

"어떤 소문이요?"

나혜석에게는 '이제 올 것이 왔다'라는 두려움이 엄습했다. 한편으로 그녀는 김우영을 만나 남들로부터 부러움을 사면서 호사롭게 살았음을 인정하지 않을 수 없었다. 이제 그 호사로움도 한 순간에 날아갈 위기에 봉착해 있었던 것이다. 그녀는 남편과 유럽 체류시절 당시 유럽을 여행 중이던 영친왕 '이은'부부와도 만나는 한편, 제네바 군축회의에 참석하고 있던 '사이토 마코토'가 영친왕 부부를 위해 주최한 만찬에도 참가하는 호사를 누렸었다. 이제 그러한 시절들을 아득한 추억의 뒤안길로 남겨놓아야 할 기로에 서 있었던 것이다.

"당신과 최린 사이에 무슨 일이 있었다는 등등……나는 지금까지 당신을 굳게 믿어왔고, 사실이 아니기를 바라지만……한두 번도 아니고 잊힐만하면 그런 소문을 들으니깐, 이제는 진짜처럼 들리기도 해. 그래서 당신에게 진위여부를 물어보는 거야"

김우영은 귀국 후 신광순이라는 여자와 거의 동거하다시피 하고 있었다. 반면, 나혜석은 남편의 질문에 일단 부인했다.

"부인해도 소용없어. 둘이 제네바 호텔에서도 함께 있었다는 제보가 있었고, 그에 관한 사진을 보내준 사람도 있어. 이렇게 된 마당에 당신이 사실대로 얘기해주길 바라"

"……"

나혜석은 컴컴하고 적막한 수평선을 바라보면서 어떻게 대답해야 할지를 몰라 잠시 생각에 잠겼다. 그렇다고 빤한 사실을 숨길 수도 없었다. 나혜석은 기질상 끝까지 부인하는 성격도 못 되었다.

"말이 없는 거 보니깐, 사실이구나?"

"예! 맞아요. 그러나 그를 사랑해서 함께 잤던 건 아니에요"

"사랑여부가 중요한 게 아니야. 둘이 함께 불륜을 저질렀느냐의 문제가 더 중요한 것이지"

"당신도 지금 어느 여인하고 동거하고 있다는 얘기가 들리던데, 사실이에요?"

"왜 묻는 말에 대답을 않고 화제를 딴 데로 돌리나?"

"당신은 바람 피워도 되고 나는 여자라고 해서 불륜을 저지르면 안 되는 거예요?"

나혜석은 일단 정면 돌파로 이 위기에서 벗어나야겠다고 생각했다. 그러나 허사였다. 김우영이 그녀의 계략에 호락호락 넘어갈 남자가 아니었다.

"내 질문에 인정하는 거로 받아 들여도 좋겠어?"

"……"

나혜석은 또 대답하지 않았다. 눈앞이 망막할 뿐이었다. 그녀가 이 세상에 태어 나 한 순간에 모든 것을 잃게 생겼을지도 모를 인생 최대 위기의 찰나였다.

"내가 결혼조건으로 당신만을 사랑해 달래서 흔쾌히 받아들였고, 그 약속을 지키기 위해 무던히도 노력해 왔는데……어떻게 그럴 수가 있어?"

"단순 실수였어요."

"실수라고 얼버무리면 안 돼. 나에게는 너무도 충격적인 얘기였어. 그 얘기를 들은 후 사실이 아니길 바라면서 그간 알게 모르게 방황도 많이 했어. 그런데 사진 몇 장을 받아보고 당신의 불륜을 사실로 받아들였지."

"사랑해서 그런 게 아니라⋯⋯단순 실수였다니까요."

"거짓말 하지 마! 한 번에 그쳤다면, 인간의 타고난 성적 속성 상 불가항력적인 실수로 봐 줄 수도 있지만 그와의 관계가 무려 수십 차례나 이뤄졌다는 소리를 듣곤 아연실색하지 않을 수 없었어. 당신 성격에 밤마다 한번 씩만 했겠어? 그걸 곱셈하면 그 회수를 셀 수도 없을 거야. 당신의 타고난 성적기질 상 한두 번으로 만족할 여자가 아니거든⋯⋯."

"한 번 하다 보니깐 그렇게 된 거에요. 전 지금 세 아이의 엄마에요. 애들을 봐서라도 그 허물 덮어주면 안돼요? 정조가 뭐 그렇게 대단한 것이라고? 마음이 중요한 것이지"

"이 세상 천지에 어느 남자가 다른 남자와 수십 번, 수백 번 성관계를 가진 자기 아내를 용서할 사람이 어디 있어? 알량한 당신 입에서 한참 불꽃 튀기는 가운데 몽롱한 상태로 얼마나 '사랑해!'라는 소리가 튀어 나왔을까 라는 생각을 하면 자책감에 죽고 싶은 생각밖에 없어. 당신은 이런 나의 심정을 조금이라도 이해하려고나 해봤어?"

"설혹 그런 소리를 했다고 해도 평상시 마음으로 한 게 아니잖아요? 성관계 행위 시 그런 소리는 무의식적으로 튀어 나오는 게 아니에요? 그런 소리 안 나오는게 오히려 이상한 거 아니에요? 그건 지극히 자연스러운 현상일 수도 있는데, 굳이 그런 거 가지고 자책감까지 가질 필요가 있나요? 평상시 당신답지 않은 소리네요. 최린 씨와의 성관계 부정하지는 않겠어요."

"우리 이혼하자"

김우영은 나혜석의 궤변에 아연실색할 수밖에 없었다.

"예? 다른 남자하고 잤다고 해서 이혼을 해요? 난 못해요."

나혜석도 완강했다.

"내가 결혼 전 당신이 고백한 최승구를 포함한 다른 몇 사람과의 염문관계를 이해하면서 당신이 제시한 조건들을 흔쾌히 받아들였 잖아. 그러나 그 이후에는 누가 뭐라 해도 엄연히 내 여자야. 법적으로 따져도 그렇고……그런 당신이 그것도 내 친구와 바람이 날 수가 있어? 당신이 일본으로 유학 가 대학까지 교육을 받은 사람 맞아? 소위 그게 당신이 주장하는 신여성 개념이야? 고학력자는 그에 걸 맞는 행동을 할 때만 대우를 받을 수 있다고 생각해온 사람이야."

"당신이 정히 그렇게 나온다면, 최린 씨한테 한번 물어 보겠어요. 그는 저를 열렬히 사랑한다고 했어요. 저 역시 성관계 속에서도 저에 대한 그의 진정한 사랑을 확인할 수 있었고요."

나혜석은 남편에게 버티는 전략에 한계가 있음을 느껴가기 시작했다.

"어리석긴······이불 속에서 한 남자의 말을 믿어? 당신이 그 정도도 판단하지 못하는 어리석은 여자였어?"

김우영은 하도 어이가 없다는 생각에, 그녀를 가소로운 눈초리로 쏘아 붙였다.

"저는 믿어요. 그의 진심을······"

최린에 대한 그녀의 확신은 조금도 흔들림이 없었다.

"당신의 미모나 육체에 탐내지 않을 남자는 이 세상 어디에도 없어. 그래서 나도 한 때 당신의 그런 조건에 미치고 환장했던 거고······그러나 지금 당신은 걸레에 불과할 뿐이야. 나는 그런 당신에게 언젠가부터 혐오감을 느껴왔어. 걸레는 빨아도 걸레일 뿐이야. 당신이 그 점을 망각하고 있는 거 같아. 한 때 당신을 진정으로 사랑했던 남편으로서, 솔직히 그 점을 매우 안타까워하고 있어. 당신이 생각하는 신여성 개념은 잘 못된 거야"

"걸레라니요? 당신 나를 그렇게 모욕해도 돼요?"

"생각해봐! 그간 당신을 거쳐 간 남자가 한두 명이야? 최린과도 모자라 파리 사교클럽에서의 염문설도 나돌던데······이제는 내 관심에서 완전 떠났어. 애들의 장래를 위해서도 우리 서로 이혼합시다."

"이혼 못해요!"

"그것만이 아니야. 당신이 우리 집에 들어 온 이후 집안이 하루도 편할 날이 없었어. 그 사이에서 샌드위치가 된 나의 입장을 단 한번이라고 생각해준 적이 있어? 당신도 평소 이혼에 부정적인 입장은 아니잖아?"

"한참 자라고 있는 애들을 생각해서라도 이혼만은 절대 못해요"

"애들을 생각해서라도 이혼은 꼭 해야지. 애들에게는 눈과 귀가 없어? 그 애들이 엄마의 부정적인 모습을 보고 더 괴로워하고 있어. 그 때문이라도 이혼은 꼭 해야 돼."

"일단 최린 씨한테 편지를 보내겠어요. 당신은 저의 몸뚱이를 보고 결혼했지만, 최린 씨는 저의 영혼을 사랑한다고 그랬어요. 그는 세속적인 당신과는 너무도 다른 사람이에요."

"남자의 속성을 몰라도 정말 모르네! 거듭 강조하지만, 당신의 유혹에 넘어가지 않을 남자는 이 세상 어디에도 없어. 그만큼 당신의 육체는 타의 추종을 불허할만한 상품이지. 하지만 영혼이 너무 타락했어. 어느 남자고 영혼이 타락한 여자를 좋아하지는 않아. 그 점을 당신이 모르고 있는 거야. 영혼이 타락한 여자는 아무리 잘 났어도 2류(secondariness)에 불과해. 여자는 어느 일정나이에 도달하면 거의 쓸모가 없어져. 그 점을 아무리 부정하려 해도 조물주가 그렇게 만들었어. 그래서 조물주는 그 대안으로 지성미라는 안전장치를 만들어 놓았지, 그런데 그것마저 망각하는 2류 여성들이 너무 많아요. 그 결과는 누가 봐도 자명하지. 파멸밖에 없어."

"말 다했어요?"

나혜석의 얼굴에는 억제할 수 없는 분노가 치밀어 올랐다.

"내 장담하지. 최린이가 당신을 아내로 맞아들인다면 난 당신과 질투심에라도 이혼 안 하겠어. 내 말뜻 알겠소?"

"이따 집에 돌아가서 당장 그에게 편지 보내겠어요. 지금 한 말 꼭 지켜야 돼요?"

"그러지. 하지만, 내 말이 맞을 경우에도 계속 이혼 거부 시 당신을 간통죄로 고소할 거야. 우리 집안에서도 당신을 당장 간통죄로 고소한다는 걸 내 개인은 물론, 집안 체면, 그리고 애들 장래도 있고 해서 간신히 만류한 상태야"

"아까 나에게 걸레라고 한 말 나에게는 평생 한이 될 거에요. 어떻게 아내한테 그런 말을 할 수가 있어요?"

"당신은 편의상 예술과 정조를 따로 구분 지으려 하는데, 냉정히 따져보면 동격일 수도 있어. 이따금 당신이 거기에서 혼돈하고 방임을 하는데, 그 점이 나에게 깊은 상처를 주고 있기도 하고…… 정신세계가 타락한 사람에게서 훌륭한 예술작품이 나온 사례가 있으면 한 번 얘기해봐. 정신세계가 순수하지 않으면 아무리 탁월한 작품이라고 해도 그걸 보는 사람들에게 감동을 줄 수가 없어. 왜냐하면, 일반 대중들에게 표현하지 못하는 직관력이라는 게 있거든…… 지금까지 오랜 기간 인류에게 회자되고 있는 고전 작품들은 승화된 삶의 결정체라고도 할 수 있어. 그런 작품들 생명력이 긴 이유가 바로 거기에 있는 것이고……그래서 아까 걸레라고 얘기했던 거야. 따지고 보면 그 말도 당신의 예술재능이 아까워서 한 말이었어. 그러니 내 말 오해하지 말아주었으면 해. 여하튼 이따

집에 돌아가서 당장 최린에게 편지 써"

"알았어요. 약속 꼭 지켜야 해요?"

나혜석은 그 때까지만 해도 그간 자신을 그 어느 누구보다도 사랑한다고 수없이 쏟아낸 최린의 말이 진심인 것으로 확신하고 있었다. 남자는 성 관계를 가질 때 희열 속에서 여성으로부터 비음섞인 신음소리와 함께 사랑한다는 말이 나오길 은근히 기대하지만, 남자는 속성상 육체를 탐하는데 더 관심을 가지고 있을 뿐이다. 그래서 끝난 다음에 남자가 만족했느냐고 묻는 이유도 거기에 있다. 나혜석이 그 당시까지도 그 점을 깨우치지 못하고 있을 뿐이었다.

남자건 여자건 우연히 어느 대상의 빼어난 외모나 출중한 조건 등에 매혹된 나머지 정신 못 차릴 정도로 첫눈에 혹 반해 버렸을 때, 인간의 타고난 기질 상 그런 이들에게 평상시와 같은 냉철한 이성적 판단을 요구한다는 그 자체가 어찌 보면 어리석은, 아니 애초부터 불가능한 일인지도 모른다. 그럼 사랑이란 게 과연 뭘까? 그 자체는 다양한 감정에 붙여진 하나의 허울 좋은 Rhetoric(수사)에 불과할 뿐이다. 우리는 꼭 정신적인 면에 국한시킨 숭고함만이 아니라 하다못해 신체가 거부하기 어려운 호르몬의 화학적 작용도 사랑으로 호칭하고 있다. 종족 보존을 위해 하등 동물들도 흔히 하는 그런 사랑 말이다. 사랑의 본질을 논하기 위해 일부러 거창하게 한없이 고고한 영역으로 까지 거슬러 올라갈 필요는 없겠지만, 그렇다고 하찮은 육욕으로 애써 비하시킬 필요도 없다. 왜냐면 지구상에 이런 사랑 없이 맺어질 수 있는 짝은 거의 존재하지 않기 때문이다.

나혜석이 더더욱 불행했던 것은 최린으로부터 그토록 믿었던 자신의 편지에 대한 답장이 없었다는 점이다. 남편의 예측이 정확히 맞았던 것이다. 나혜석은 어쩔 수 없이 1930년 가을 이혼에 동의, 그해 11월 경성법원에서 서로 도장을 찍고 김우영과 합의 이혼했다. 그녀가 받은 것은 '2년 후 재결합할 수도 있다'는 서약서와 고작 감정가가 500원인 전답 하나뿐이었다. 그러나 김우영은 이혼 4개월만인 1931년 3월 기다렸다는 듯이 '신정숙'이라는 이름의 여인과 재혼해 버린다. 결과적으론, 최린도 그녀 곁을 매몰차게 떠나 버렸기 때문에 나중에 나혜석의 정신적인 스트레스와 우울증을 악화시키는 요인이 되었다. 그는 남편인 김우영에게는 위자료를 청구하지 않고 재산분할만 요구했지만, 최린에게는 1만2천원이라는 거금을 위자료로 청구했기 때문에 그녀의 불행을 또 자초하고 말았다. 세상이 그녀를 몰라준 것이 아니고 그녀가 세상을 너무 모르고 자랐던 것이다.

7장

이혼고백서

나혜석은 이혼 후, 일련의 강연과 인터뷰들을 통해 '혼외정사는 진보된 사람들의 행동'이라면서 사랑할 자유를 역설해, 주변의 따가운 시선에 정면 돌파를 시도했다. 그녀는 그럴 때마다 '사랑은 누구에게나 주고받을 수 있다며, 그렇기 때문에 사랑은 나쁜 것이 아니며, 성적인 것만이 꼭 사랑은 아니다'라고 항변했다. 또한, 그녀는 불륜으로 이혼을 당한데 대한 용서를 빌기는커녕 오히려 '배우자를 잃지 않는 범위 내에서 혼외정사를 벌이는 것은 죄도, 실수도 아닌 가장 진보적인 사람들의 행동일 뿐이다'라고 강변했다. 그러자 당시 남성지식인들과 유학자(儒學者)들로부터 강한 반발을 일으켜, 그녀는 점차 조선사회에서 고립의 길로 빠져 들었다.

나혜석은 이혼 3년만인 1934년 8,9월호 〈삼천리〉에 당당하게 '이혼 고백서'를 발표함으로서, 그녀에 대한 사회비판이 최고조에 달한다. 이는 조선사회에서 이혼한 여자가 직접 쓴 사상 초유의 이혼 경위서이기도 했다. 그녀는 삼천리지를 통해 '조선 남성의 심사는 이상하외다. 자기는 정조 관념이 없으면서 처에게나 일반 여성에게 정조를 요구하고, 또 남의 정조를 빼앗으려고 합니다.'라고 주장했고, 그 다음해 2월호에서는 '정조는 도덕도 법률도 아무것도 아니요. 오직 취미다'라는 궤변을 늘어놓기도 했다. 이로 인해 당시 여성들이 생명처럼 여겨왔던 정조를 선택의 문제로 돌린 사건이었기 때문에 나혜석은 연일 전국에서 뜨거운 감자가 되었다. 이후에도 '여성이기에 앞서 평등한 사람이다'라는 그녀의 외침은 계속됐다. 그러나 당시로서는 그녀의 주장들이 메아리쳐 올리 만무했다. 그녀는 여기서도 부족했는지, 1918년에 썼던 소설 〈경희〉와 그림 작품들로 자신의 생각을 다시 널리 알리기 시작했다. 당시 나혜석에게 가장 비참했던 것은 '자신에게 주어져야 할 권리'에 익숙지 않은 여성들로부터 나온 의외의 반발들이었다. 그녀는 그래도 여성들만이라도 자신의 의견에 동조해줄 줄 알았는데, 불행하게도 그렇지 않았던 것이다. 나혜석의 대표적 단편소설 중 하나인 〈경희〉는 그녀가 친구들과 만든 동인지 〈여자계〉에 발표한 소설로, 우리나라 첫 페미니즘 문학으로 간주되고 있기는 하다.

〈경희소설 요지(要旨)〉
일본에서 유학 중인 주인공 '경희'가 집에 돌아왔다. 일하는데서 항상 기쁨을 느끼는 경희는 오랜만에 만난 올케 및 '시월'이와 일본에 있었던 일을 놓고 얘기꽃을 피운다. 이 때 경희 모친을 만나러 온 사돈 마님이 우연히 경희를 보고 그녀를 부른다.

"고된 공부 그만하고 때도 됐으니 시집가야 되지 않느냐면서, 공부는 그리 많이 해 무엇 하니? 사내니 골을 간단 말이냐? 군 주사라도 한단 말이냐? 지금 세상에 사내도 배워가지고 쓸 데가 없어서 쩔쩔매는데……."라고 사돈마님은 걱정을 늘어놓는다. 사돈마님은 평소 대체 계집애를 일본까지 보내어 공부를 시키는 사돈영감, 마님이며, 또 그렇게 배우면 대체 무엇을 하자는 것이냐는 등 구시렁거려 왔었다. 사돈마님은 사돈집 일이라 속으로만 늘 '저 계집애를 누가 데려가나' 욕을 하면서도, 애써 모른 체 해왔다가 오늘 우연한 좋은 기회에 그간 걱정해오던 것을 작심하고 털어놓은 것이었다. 아들의 설득에 넘어가 경희를 유학 보낸 모친 '김' 부인 역시 같은 걱정을 하면서도 경희가 배울수록 의사가 나는 것이 기특하고 과연 여자도 남자와 같이 가르쳐야 한다고 생각한다. 아버지 이철원 역시 반듯한 경희의 사고와 행실을 기특해 하나 과년한 나이에 좋은 혼처를 놓치기 싫어 이번에는 꼭 시집을 보내리라 결심한다. 아버지의 강권에 경희는 선택을 두고 깊은 회의에 빠진다. 부잣집 며느리로 탄탄대로를 밟을 것인가, 험하고 천대받는 어려운 길을 택할 것인가……제아무리 배웠다고 해봐야 아직 아무 것도 아닌데, 의지가 강고한 자가 아니고서는 아무 것도 할 수 없다. 다시 말해, 실력과 희생이 함께 따르는 길인 것이다.

"그리로 시집가면 좋은 옷에 생전 배불리 먹다 죽지 않겠니?" 라고 아버지가 물었다.

"먹고만 살다 죽으면 사람이 아니라 금수일 뿐, 보리밥이라도 제 노력으로 제 밥을 먹는 것이 사람이며, 조상이 벌어놓은 밥 그것을 그대로 받은 남편의 그 밥을 또 그대로 얻어먹는 것은 우리 집 개나 매일반이라 생각해요."

경희는 아버지로부터 불호령이 떨어질 줄 알면서도 고심 끝에 과감히 말한 자신의 답이 옳았음을 확신하면서 있는 힘을 다해 일하며 살겠다는 기도를 올린다. 당시 신문들에서는 어느 여학생이 학교 간다고 나가서 며칠 아니 들어와 수색을 해보니까 어느 사내에게 꼬임을 받아서 첩이 되었더란 말이며, 어느 집에는 며느리로 여학생을 얻어왔더니 버선 깁는데 올도 찾을 줄 몰라 모두 삐뚜로 대었더란 말, 밥을 하였는데 반은 태웠더란 말 등등 기사가 대부분이었다.

하지만, 경희는 부지런하고 못하는 일이 없었기 때문에 그런 시선들로부터 아랑곳하지 않았다. 오히려 타의 모범이 되는 행동들을 하곤 했다. 공부뿐 아니라 집안일부터 김치 담그기 등 못하는 게 없는 여성이었다. 그리고 왜 여자도 공부해야 하는지 모르는 사람들에게 자신이 그 해답을 주는 사람이 되고 싶어 한다. 경희는 언젠가 아버지에게 꼬박꼬박 정연한 논리로 대들었다가 혼쭐난 기억을 되살린다.

"먹고 입고만 하는 것이 사람이 아니라 배우고 알아야 사람이에요. 당신 댁처럼 영감 아들 간에 첩이 넷이나 있는 것도 배우지 못한 까닭이고, 그것으로 속을 썩이는 당신도 알지 못한 죄이에요. 그러니까 여편네가 시집가서 씨앗을 보지 않도록 하는 것도 가르쳐야 하고, 여편네 두고 첩을 얻지 못하게 하는 것도 가르쳐야만 해요."

"제가 가질 가정은 결코 그런 가정이 아니에요. 저뿐 아니라 제 자손, 제 친구, 제 문인들이 만들 가정도 결코 이렇게 불행하게 하지 않을 거예요. 무슨 일이 있어도 제가 꼭 해낼 거예요."

그러나 경희 아버지는 결혼할 것을 강요한다. 그로서는 놓치기 아까운 혼처인지라 하던 공부를 다 마치고 하겠다는 그녀의 말을 매몰차게 무시해버린다.

"계집애라는 것은 시집가서 되도록 아들 딸 많이 낳고 시부모 섬기고 남편을 공경하면 그만이니라."라고 아버지가 말하자,

"그것은 옛날 말이에요. 지금은 계집애도 사람이라 해요. 사람인 이상에는 못할 것이 없다고 해요. 사내와 같이 돈도 벌 수 있고 사내와 같이 벼슬도 할 수 있어요. 사내 하는 것은 무엇이든지 다 하는 세상이에요"

경희는 아버지에게 얻어터질 줄 빤히 알면서도 강변했다.

"뭐 어쩌고 어째, 네까짓 계집애가 하긴 무얼 해. 일본 가서 하

라는 공부는 아니 하고, 귀한 돈만 없애고 그까짓 엉뚱한 소리만 배워가지고 왔어? 그래서 내가 너를 일본 유학시킨 것이 아니다."

아버지는 눈을 부라리면서 곰방대를 휘저으며 노발대발 했다.

경희를 유학까지 보내 신교육을 시켰지만, 그의 부모 역시 경희의 생각을 나무랐다. 이게 당시 깨어 있다던 어른들의 실제 모습이었다. 이에 크게 실망한 경희는 깊은 고민에 빠져든다. 지금 경희 앞에는 두 갈래 길이 놓여 있다. 그 길은 희미하지 않고 또렷한 두 길이다. 한 길은 쌀이 곳간에 쌓이고 돈이 많고 귀염도 받고 사랑도 받고 밟기도 쉬울 황토요, 가기도 쉽고 찾기도 어렵지 않은 탄탄대로이다. 그러나 한 길에는 제 팔이 아프도록 보리방아를 찧어야 겨우 얻어먹게 되고 종일 땀을 흘리고 남의 일을 해주어야 겨우 몇 돈이라도 얻어 보게 된다. 이르는 곳마다 천대뿐이요, 사랑의 맛은 꿈에도 맛보지 못할 터이다. 발부리에서 피가 흐르도록 험한 돌을 밟아야 한다. 그 길은 뚝 떨어지는 절벽도 있고 날카로운 산정도 있다. 물도 건너야 하고 언덕도 넘어야 하고 수없이 꼬부라진 길이요, 갈수록 험하고 찾기 어려운 길이다. 경희 앞에 있는 이 두 길 중에 하나를 오늘 택해야만 하는 기로에 서 있는 것이다.(중략)

나혜석은 그토록 믿었던 최린으로부터 자신의 편지에 대한 답이 없자, 너무도 분개한 나머지 변호사 '소완규'를 통해 최린을 고소하면서 정조 유린에 대한 위자료로 거금을 청구했다. 그녀는 이 소장

에서 '최린이 파리에서 강제로 자신의 정조를 빼앗았으며, 불륜이
들 통 나 김우영과 이혼하게 되면 그에 대한 모든 생활비를 대주겠
다는 당초의 약속을 이행하지 않았다'고 주장했다.

  최린은 그녀에게 즉각 고소 취하를 요구했고, 나혜석은 소송자체
가 처신 잘못이라는 사회의 따가운 비난과 눈초리가 계속되었지만
개의치 않고 밀어 붙였다. 그러자 최린도 어쩔 수 없이 소송취하 조
건으로 거듭된 협상 끝에 수천 원을 합의금으로 주었다. 당시 수천
원을 지금의 화폐가치로 따진다면 어마어마한 돈이다. 그러나 이
해프닝들은 엄청난 역풍을 불러왔다. 그 다음해 10월 충무로 조선
관에서 개최된 나혜석 소품전이 완전 실패로 끝나버렸다. 이후에도
그녀는 계속 한국 남자들이 자신의 아내, 누이, 어머니는 깨끗하고
순결한 여성이기를 바라면서도, 남의 여자에게는 성욕을 품고 희롱
하거나 성관계를 맺는 것은 이중적이라고 강하게 비판하였다.

  그러나 세상 사람들은 나혜석의 이혼고백서를 읽고 이해해주기
는커녕 오히려 그녀를 더 강하게 비난하고 나섰다. 항일시인 최승
구와의 연애와 사랑에 당당해하는 모습, 김우영과 결혼 뒤 간 신혼
여행 중에서도 애인의 무덤에 비석을 세우는 등의 내용이 담겨있
었기 때문이었다. 하지만 나혜석은 이 같은 비판들과 관련, '나는
그대들의 노리개를 거부하오. 내 몸이 불꽃으로 타올라 한 줌의 재
가 될지언정, 언젠가 먼 훗날 나의 피와 외침이 이 땅에 뿌려져 우
리 후손 여성들은 좀 더 인간다운 삶을 살면서 내 이름을 기억할

것이라.'라면서, '개인적인 결혼사가 개인에게만 한정된 것이 아니라 조선여성의 현실이라는 자각 때문에 썼던 것'이라고 항변했다.

경제적 궁핍과 사회적 비난에 맞닥뜨렸음에도 불구하고, 나혜석은 이후에도 칼럼과 각지의 강연 등을 통해 여성에게만 일방적으로 정조관념을 지키라고 하는 사회 관습을 비판하기도 했다.

이혼 후 첫 작품 전시회

나혜석은 1935년 초 경성부에서 小출품전을 가졌다. 그녀는 그 해 '신생활에 들면서'를 삼천리에 발표한 글을 통해, 구습과 인습에 얽매인 정조 개념의 해체를 다시 주장하고 나섰다. 그녀 글의 핵심은 '자신이 정조를 지키지 않는다면 다른 사람에게도 정조를 요구해서는 안 된다는 것'이었다. 그러자 일부 유교와 기독교계 인사들은 '그녀가 불순한 뜻을 품고 사회 분란을 조장한다.'며 비밀리에 조선총독부 경무국에 신고, 총독부 경찰들의 내사를 당하기도 했다. 그래서 이혼과 사회의 냉대에 지친 몸을 추스르기 위해 고향 수원으로 와 집과 가까운 화령전과 서호, 화성 등을 찾아다니며 그림을 많이 그렸다. 당시의 작품 가운데 대표작이 〈화령전 작약, 1935년〉이다.

나혜석은 1935년 10월 24일 충무로 조선관 전시장에서 또 가진 소품전을 통해, 초상, 풍경등의 유화, 판화 등 200여점을 전시했으나 전혀 관심을 끌지 못했다. 그러나 미국과 프랑스, 영국의 미술 애호가들이 그녀의 작품을 관람하러 조선에 입국했고, 중국에

(화령전 작약, 1935년, 호암 미술관 소장)

서도 조선에 새로운 화가가 나타났다며 그의 작품을 보러 오기도 했다. 이 때 나혜석의 장남 '김선'이 폐렴으로 병원에 입원했다가, 열 두 살의 나이로 요절하고 만다. 하지만 나혜석은 아들이 입원했던 병원도 찾을 수 없었고, 남편 김우영의 거부로 아들 김선의 임종을 지켜보지도 못했다.

당시, 조선총독부 중추원 참의로 승진한 김우영은 다른 자녀들을 만나려는 그녀의 시도를 경찰에게 시켜 막았을 정도로 권력이 막강했었다. 이에 대한 분노와 심신의 고달픔이 겹친 그녀는 김우영이 믿던 기독교를 과감히 버리고 불교에 심취하기도 했다. 이혼 직후 그녀는 한동안 우울증과 불면증으로 고생했지만 극적으로 질병을 딛고 다시 작품 활동에 전념했다. 현모양처가 여성의 모범으로 굳어버린 시대에 이혼 경력과 모성애, 가부장제에 대한 비판 등 사회 관습에 도전한 나혜석이 개최했던 전람회에 대한 조선사회의 반응은 너무도 차가웠다. 사회의 냉대 속에 경제적으로 궁핍하고 쓸쓸한 생활을 해가면서, 나혜석의 심신은 서서히 병들어 갔다. 그로인해 1930년대 말 무렵부터는 방랑생활에 빠져들 수밖에 없었다.

그럼에도 불구하고, 나혜석은 그림 공부 외에 학원 등에 출강하는 한편, 전국에 순회 강연활동을 다니면서 여성 해방의 이유를 계속 설파했다. 이 당시 그녀가 행한 강연의 요지는 '남녀가 평등해야 하고, 여성이 스스로 자립해야 되고, 여성 역시 남성 못지않게 중노동을 할 수 있다'였다. 또한 그녀는 고아원과 양로원 등을 찾아다니면서 자원봉사를 하는 한편, 어렵고 소외된 사람들을 돌보기도 했다.

오빠 나경석이 너무도 안타까운 마음이 든 나머지 심신이 지친 그녀에게 '당분간 자숙한 후, 멋진 그림 작품으로 다시 세상에 나오자'고 제안했다. 그러나 나혜석은 '그렇게는 묻혀 지내지 못 하겠다'면서 일언지하에 거절하고, '나는 잘못이 없다. 나는 멈추지 않

을 것이다.'고 항변했다. 이때 그녀를 지지하는 인사는 친일 반민
족주의자들인 박인덕, 김활란, 윤치호 외 김일엽 등 극소수였다.
이 가운데 윤치호는 신약성서의 죄 없는 자는 돌을 던지라는 구절
을 인용하며, '이혼은 죄악이 아니며 이혼으로 비판받을 이유가 없
다'며 나혜석을 적극 옹호했다.

건강악화 조짐

지칠 줄 모르게 사회적 금기 발언들을 쏟아낸 까닭에, 나혜석은
사회로부터 점차 고립되어 갔다. 이 때 가족과 친구 주변인들 모두
가 떠났다고 해도 과언이 아니다. 그럼에도 불구하고 그녀는 끝내
말하기를 멈추지 않는다. 나혜석은 그 뒤로도 가정에서만 폭군으
로 돌변하는 권위적인 남자상, 여성을 남성의 부속물로 인식하는
남자들, 남자에게 경제적으로 의존하고 자립하지 못하는 여자들을
지적하며, 이 남자들이야 말로 남녀평등을 가로막는 장애물이라고
비판하였다. 그녀는 '육체의 신비를 모르는 것은 연애가 아니다'라
는 주장들도 거침없이 쏟아내곤 했다. 또한, 그녀는 여성도 사회
활동에 참여해야 한다며, 여성들 역시 취직을 하고 일터에 나올 것
을 촉구했다.

한편, 나혜석의 발언들로 사회적 파문이 일어난 이후에도 정작
최린과 김우영의 사회적 위상에는 조금도 변화가 없었다. 최린은
중추원 참의, 매일신보 사장, 조선임전보국단 단장 등으로 친일에

앞장서 부귀영화를 누렸고, 김우영은 도청사무관, 중추원 참의 등으로 영전을 거듭했다. 부정한 여자라는 낙인만 더 깊게 찍힌 나혜석만 재기불능의 상태로 내몰렸던 것이다. 일부 유교인사들은 서구에서 들어온 꼬리 잘린 여우 전설을 언급하며, 그녀를 꼬리 잘린 여우에 비유해 비난하기도 했다.

파리행 시도 좌절

나혜석의 발언들은 연일 보수적인 유학자들과 편견을 가진 시민들로부터 인륜과 사문, 사회를 어지럽힌 발언이라는 비판을 받았다. 조선총독부 역시 그녀의 발언이 불령선인(不逞鮮人)들의 행동을 미화할 우려가 있다며, 친일 어용인사들을 시켜 그녀를 비판했다. 이 말은 '일제 강점기에 불온하고 불량한 조선 사람이라는 뜻으로, 일본 제국주의자들이 자기네 말을 따르지 않는 한국 사람을 이른다.' 이에 환멸감을 느낀 그녀는 1937년까지 강연 활동과 미술 지도 등으로 비용을 마련해 파리로 건너가려 하였다. 그러나 건강도 좋지 않았고, 총독부 산하 외무부에서 허가를 해주지 않아 파리행의 꿈도 끝내 좌절되고 만다.

1937년, 시어머니가 사망했다는 소식을 듣고 나혜석은 부랴부랴 부산 동래로 달려갔지만, 김우영의 저지로 상청에서 끌려나는 수모를 당해야 했다. 나혜석은 이에 심한 충격을 받고 김일엽이 출가한 수덕사 견성암으로 찾아갔다. 나혜석은 1937년 12월 극도의 정신

쇠약으로 착란증세를 보이기도 했으나, 삼천리에 자유로운 연애관을 피력한 '영이냐, 육이냐, 영육이냐'라는 글을 기고했다. 그녀는 1938년 해인사를 다녀온 뒤 발표한 기행문을 통해, 조선총독부가 문화재 복사하는 것까지도 일일이 검열한다며 분통을 터트렸다. 그녀는 해인사 방문 당시 홍도 여관에 묵은 기념으로, 주인에게 〈해인사 석탑〉을 그려 선물하기도 했다. 당시 심신이 지칠 대로 지친 나혜석은 비구니가 되어 평안을 되찾으면 예전처럼 또 활발하게 그림을 그릴 수 있으리란 실낱같은 희망을 가졌을지도 모른다. 그 단서를 '애써 튀는 걸 자제한 것처럼 보이는 그림 색상에서 찾아볼 수

〈해인사 석탑, 1938년경〉

있을 것' 같다. 게다가 해인사 대적광전(大寂光殿)은 화려한 단청을 자랑하는 건물이지만, 그림에서는 청회색 계열의 색깔로 수수하게 칠하고 단순화해서 본 모습을 감추어 버렸다. 아마도 자신의 본 모습을 그렇게 감추고 싶었을 것이다. 그래서 석탑 그림은 평원을 염원하는 자신의 마음상태를 표현한 것으로 보인다. 하지만, 당시 그녀가 이 그림이 생애 마지막 작품이 될 줄은 꿈에도 몰랐을 것이다. 그녀의 인생무상을 느낄 수 있는 한 단면이기도 하다.

8장

수덕사(修德寺)

나혜석은 1935년 10월 개최한 소품 전시회 실패와 아들 '김선'이 폐렴으로 죽은 후, 충격을 받고 방황하다가 남편 김우영이 믿던 기독교에서 벗어나 불교에 본격 빠져들기 시작한다. 그래서 나혜석은 1937년 말 속세를 떠나 불자의 길에 들어서기로 작심하고, 충남 예산 덕숭산 자락의 수덕사(修德寺)를 찾았다. 그녀가 이곳을 찾기는 이번이 3번째이나 이 전에는 짧게 머물다 갔었다. 이번에 작심하고 찾은 이유는 거기에 나이도 동갑이고 한 때 잡지 〈폐허〉와 〈삼천리〉에서 동인으로 활동하던 친구 김일엽이 있었기 때문이었다. 당시 김일엽은 파란만장한 32년간 속세의 삶을 접고 수덕사에서 여승으로 수도생활을 하고 있었다. 몸과 마음이 지칠 대로 지쳐 있던 나혜석은 수덕사로 직행하지 않고, 일단 일주문 바로 옆에 있는 수덕여관에 여장을 풀었다. 나혜석이 수덕여관에 와 있다는 전

갈을 받은 김일엽이 암자에서 내려와 두 사람은 반갑게 회포를 풀었지만, 한 사람은 여성을 옥죄는 사회제도가 한없이 원망스러운 이혼녀이고, 또 한 사람은 그것을 초월한 여승이었으므로 두 사람의 대화는 평행선을 달릴 뿐이었다.

김일엽은 1930년대 초부터 수덕사에서 불자로 생활하다 1933년 가을 금강산 서봉암에 가서 비구니 이성혜(李性惠)의 상좌로 삭발, 출가하여 정식으로 여승이 되었다. 이 때 나혜석과 여성운동가 허정숙 등이 여러 번 그녀를 설득하며 만류하였으나 삭발을 단행했다. 특히, 나혜석은 그녀가 현실의 고통을 의연하게 감내하지 못하고 법당으로 도피한다며 여러 번 만류했었다. 친구이자 한때의 연인이었던 춘원 이광수도 처음에는 반대, 여러 번 설득하였으나 결국 고집불통인 그녀를 설득하지는 못했다. 그런 나혜석 자신이 아이러니하게도 불자가 되겠다는 작심을 하고 수덕사를 몸소 찾은 것이다.

김일엽은 이 때 본명인 '원주'에서 자신의 필명인 '일엽'을 법명으로 쓰게 된 것이다. 승려가 되기 직전 그녀는 남동생인 '김진범'과 편지를 주고받았는데, 계모와의 관계가 원만하지 못함을 듣고는 통곡, 잠시 승려 되는 것을 주저하기도 했었다. 그녀는 금강산에서 내려와 김천 직지사에 잠시 머무르다가 1935년 경성부 안국동 불교여자선학원에서 수학한 후, 수덕사로 완전 되돌아 온 것이었다.

"아니! 네가 여길 다시 웬일로? 해가 서쪽에서 뜰 일이다. 다시는 안 올 것처럼 떠나더니만……"

"다른 뜻 없어. 문득 네가 보고 싶어서 찾아왔을 뿐이야"

나혜석은 그녀를 보자마자 자존심상 자신의 속내를 털어놓을 수는 없었다.

"네 몰골이 뭐니?"

김일엽은 그녀의 모습을 보는 순간, 놀라기 보다는 눈물이 핑 돌았다. 그간 나혜석에게서 트레이드 마크였던 수려한 모습은 눈비비고 찾아봤지만 그 어디에도 없었다. 김일엽은 1896년 6.9일 평안북도 룡강군 삼화면 덕동리에서 기독교 목사인 아버지 김용겸(金用兼)과 어머니 이말대(李馬大) 사이에서 5남매 중 장녀로 태어났다. 그녀의 본명은 '김원주'다. 5대 독자였던 아버지 김용겸이 결혼 후 6년 만에 간신히 얻은 자식이 바로 김일엽이었다. 친모는 17세 때 집안의 강요로 초혼에 상처한 22세 홀아비 김용겸과 억지 결혼을 하였지만 두 사람은 곧 사이좋은 부부가 되었다. 그녀가 태어난 뒤로도 동생이 4명이 태어났으나 모두 요절하였다.

아버지 김용겸은 개신교 목회자였다. 아버지는 원래 향교의 향장을 지낸 성리학자였으나 뒤에 기독교로 개종하고 목사가 되었다. 개화인사인 아버지 덕에, 그녀는 어려서 서당에 다니며 남자아이들과 함께 한학을 배웠다. 그 후 당시 상당히 깨었던 모친 덕분에 9세 때 기독교계인 구세소학교(救世小學校)에 입학하였다. 그녀는 어려서부터 총명하여 아들 못지않은 기대 속에 자랐다. 1906년

소학교를 졸업하고 삼숭 보통여학교에 입학, 재학 중 사의찬미(死의讚美)로 유명한 윤심덕 등을 만나 오래 친구로 지냈다. 김일엽은 그 뒤 1913년 이화학당에 입학해 1918년 이화학당을 졸업한 후 일본으로 유학, 도쿄의 일본 닛신여학교(日新女學敎)를 졸업했다. 김일엽의 회고에 의하면, 모친이 딸도 집과 땅을 다 팔아서라도 대학에 보내고자 하였다고 한다. 모친은 김일엽을 남의 집 열 아들 부럽지 않게 세상에서 가장 뛰어난 인물을 만들고자 했던 것이다. 소녀기 무렵 찾아온 집안의 가난과 고독은 그녀를 괴롭혔고, 가난한 살림 탓에 모친은 생업을 위해 일을 나가야했고, 그녀는 학업을 마친 뒤 갓 난 동생들을 돌보아야 했다. 그 만큼 집안 살림살이가 넉넉지 못했다는 뜻이다. 그러다가 1900년 결핵을 앓던 어머니가 남동생 출산 후 바로 사망했고, 그 남동생도 출산 3일 만에 죽었다. 그 후 아버지는 안악군에 살던 과부 한은총(韓恩寵)과 재혼했다. 한은총은 의병장 정원모의 아들인 정기찬(鄭基贊)의 아내였으나 남편과 시아버지가 연이어 죽자, 그녀의 아버지인 김용겸과 재혼한 것이다. 이때 계모 한은총은 본남편과의 사이에서 아들 정일형과 정신형을 낳았었는데, 큰아들인 정일형은 시가에 맡기고 차남 정신형만 데리고 왔던 것이다. 1907년 12세 때에는 어린 동생이 죽고, 연이어 나머지 동생도 모두 죽었다. 그 해 그녀는 한글로 된 〈동생의 죽음〉이라는 자작시를 발표해서 큰 호응을 얻었다. 1913년 아버지마저 죽는 바람에 김일엽은 외가로 보내져서 외할머니의 보살

핌을 받으며 자랐다. 그녀는 원래 성격이 화통하고 밝고 명랑하게
생활했지만, 어머니의 이른 죽음은 그녀에게 큰 상처가 되었다.
신여자지 창간호에 실은 〈어머니의 무덤〉에서 그녀의 어린 시절을
엿볼 수 있을 것 같다.

나의 처녀시대

'(중략)그러나 불행히 불공평한 운명의 손에 번롱을 받아 파란
많고 곡절 많은 생활에 슬픔과 눈물로 지내든 처녀시대를 면하고
새 가정을 지내게 된 지 어느 듯 새 겨울을 맞게 되었나이다. 파란
많던 처녀시대에 비하여 지금의 새 생활은 실로 안온하고 따뜻한
것이외다. 그러나 꽃 웃는 아침, 달 돋는 저녁에 마루 위에 고요히
앉아 불귀의 객 되신 양친을 애모하는 회포로 기꺼운 현재를 깨뜨
리는 때가 얼마나 많았는지를 알 수 없나이다.(중략) 그래도 아버지
는 평양성 내 공동묘지에 모시었으니까 물론 교육들의 돌봄이 있
을 것이고 더구나 전 조선인의 대표적 독신자로 모든 신자의 선앙
과 존경을 받으셨으니까 염려가 적지만, 어머니는 외딴 우리 본촌
에 벌판을 내려 보는 한적한 산위에 외로이 묻히셨나이다.'

"내 얼굴이 어때서?"
나혜석은 아무 일이 없었다는 듯, 애써 태연한 모습을 보였다.
하물며 최근에 잃어버린 미소도 잊지 않았다. 그러나 김일엽의 눈

에는 그러한 그녀의 행동에서 어딘가 모르게 어색함이 돋보였을 뿐이다.

"며칠 굶은 사람 갔구나!"

김일엽은 너무도 측은지심이 드는 마음에 그녀의 손을 살포시 잡아주었다.

"나 잘 먹고 잘사는데……"

나혜석은 애써 표정관리 했다.

"빈말하고 있다는 걸 누가 모르니?"

김일엽은 나혜석과는 달리 조실부모하고 유년시절을 갖은 고생하며 꿋꿋하게 살아 온 여인이었다. 나혜석이 아무리 표정을 감춘다고 해도, 그녀는 나혜석의 일거수일투족을 빤히 읽고 있었다.

"계집애! 빈말 아니야"

그래도 나혜석은 알량한 자존심 때문에 쉽게 실토할 수는 없었다.

"틈틈이 잡지사에서 보내주는 너의 글이나 신문 등을 읽으며 너의 근황을 내가 누구보다도 잘 파악하고 있지"

김일엽은 그녀의 자존심이 상하지 않는 범위 내에서 에둘러 표현했을 뿐이다. 그녀도 몇 번에 걸친 이혼의 아픈 경력을 지니고 있었다. 일본 유학 시절 일본인 명문가의 자제였던 오오타 세이죠(太田淸藏)와 사귀던 중 뜻하지 않은 임신을 하게 되었다. 오오타는 도쿄은행장의 아들이었다. 그의 선조는 임진왜란 당시 조선에 출정한 일본군 장수의 후손이었다. 그에 비하면 김일엽의 아버지는 일개 기독교 목사였기 때문에 조선총독부와 일본인의 입장에서 보면 출신성분이 좋지 않은 인물로 여겨졌을 것이다. 그러나 오오타 세이죠는 출신성분에 개의치 않고 김일엽에게 친절을 베풀었고, 곧 가까워지게 되었다. 그 뒤 김일엽은 임신하였고 오오타의 집안에서는 난리를 치며 그녀를 반대했다. 김일엽은 어쩔 수 없이 아들을 낳은 후, 일본에서 살자는 오오타의 청을 매정히 뿌리치고 조선으로 돌아갈 수밖에 없었다. 이때 일본에서 만난 임노월과 다시 연애를 하게 된다.

김일엽은 귀국해서 얼마 안 있다 사랑에 빠진 임노월과의 동거에 들어갔다. 당시 그녀는 임노월의 개인주의 지향형 예술관인 '신개인주의적 예술지상주의'가 자신을 구제해줄 것으로 확신하고 있었다. 그러나 그녀는 나중에 임노월이 일찍 결혼해 본처가 있다는 사실을 알고 그와도 헤어졌다. 1923년 9월 충남 예산의 수덕사에 갔다가 우연히 승려 만공의 법문을 듣고 불교에 관심을 갖게 된다. 김일엽은 이 기간 중 '개인의 연애와 애정이 다른 사람들에게 피해를 주지 않는데, 왜 남들이 나의 연애 문제에 개입하려 드느냐'며 항변하기도 했었다. 그녀는 자신의 자유로운 연애가 유학자들 본인에게 직접 피해를 준 적이 있느냐고 반문하면서, 이젠 '그런 소리도 너무 많이 들어 더 이상 듣기도 싫다'고 반박한 적도 있었다. 또한, 그녀는 〈부녀지광〉 창간호에 게재된 '우리의 이상'이란 논설에서 기혼남성이 원래의 혼인관계를 청산, 이혼함을 전제로 한다면 미혼여성과 기혼남성과의 관계는 지극히 당연한 것으로 규정한 후, 세인의 이목을 끌기도 했다.

　김일엽은 그 후, 독일 부르크스부르크 대학에서 수학한 철학자이자 불교학자인 백성욱과의 동거에 들어갔다. 그는 당시 철학박사였다. 김일엽의 자서전인 〈청춘을 불사르고〉에 의하면, 그녀는 백성욱을 그가 불교신문사 사장으로 취임할 무렵에 만나 친하게 되었으며, 서로 약속한 듯 곧 연인으로 발전했다. 그로부터 그들의 사랑은 7~8개월간 지속된다. 그러나 백성욱은 어느 날 '두 사람 사이의 인연이 다하였다'는 편지를 남기고 훌쩍 잠적해버린다. 백성욱은 불교에 귀의해서 영적인 지도자가 되기로 결심하여 결국 편지 한통만을 남기고 떠난 것이었다. 그는 오랫동안 방황, 고민하다가 1930년 금강산에 입산하여 승려가 되었다. 깊이 사랑했던 백성욱이 갑자기 떠나버리자, 김일엽은 극심한 심적 충격을 받았다. 그녀는 1928년에 쓴 실화소설 〈희생〉을 통해 백성욱에 대한 눈물과 그리움을 표현하기도 했다. 그녀는 이 충격으로 1928년 4월 표훈사 신림암 하안거(夏安居)에서 3개월간 수행한 후, 그 해 경성 선학원에서 만공스님으로부터 수계를 받았다. 그렇다고 그녀의 사랑행진은 여기서 그치지 않았다. 그 뒤 그녀는 재가승(대처승)인 '하윤실'을 만나 또 사랑에 빠져버렸다. 그녀는 그 다음해인 1929년 8.2일 대구에서 하윤실과 재혼해 1933년까지 성북동 양옥집에서 살았다. 그 후 김일엽은 남편인 하윤실 스님 외에도 여러 스님들을 만나며 불교 공부에 몰두하면서 시내 사찰들 찾는 것을 낙으로 삼았다. 그러나 하윤실은 승려이기는 했지만, 그녀의 생각이나 기대와 달리 세속적인 사람이었다. 이에 실망한 김일엽은 금강산에 입산해 서봉암의 비구니 승려 '이성혜'를 찾아갔으나, 끝내 속세를 못 잊어 결국 다시 남편 하윤실에게 돌아오게 된다. 그러나 김일엽은 그와 곧 이혼하고 승려의 길로 본격 들어서게 된 것이다.

"절에서 수도는 안 닦고 속세에 관심을 가지고 사는 모양이구나? 그래가지고도 어떻게 중이 됐니?"

"그럼, 수도승이라고 잡지나 신문까지 읽지 말란 법이 있니?"

"나는 수도승하면, 매일 암자에서 속세를 잊고 기도나 하는 줄 알았지"

"불공은 기본이고……"

"불공 힘드니?"

"처음에는 그렇지만, 어느 정도 익숙해지면 예전엔 미처 몰랐던 또 하나의 행복이 샘처럼 솟구치기도 하지"

"사실 말이지. 작심하고 중이 될까 해서 너를 찾아왔는데 가능할까?"

"중은 뭐 개나 소 등 아무나 할 수 있는 거로 아는 모양이지?"

김일엽의 말에는 가시가 배어 있었다.

"너도 됐잖아?"

"그렇게도 잘났다던 천하의 나혜석! 미의 화신으로 남자들의 환영에 둘러 쌓였던 나혜석이 드디어 중이 되겠다고 나를 찾아온 거 보면 심신이 무척 힘든가 보구나!"

"꼭 힘들어서가 아니라……"

나혜석은 말 꼬리를 흐릴 수밖에 없었다.

"너와 나 사이에 뭘 감출 게 있니. 솔직하게 얘기해봐"

"그래. 네 말대로 요즈음 견디기 어려울 정도로 힘들어. 많은 날을 생각해봤는데, 이 꼴 저 꼴 안 보고 속세를 떠나 중이 되어야겠다는 생각으로 널 찾아온 거야"

"……"

"왜 말이 없어?"

"내가 누구보다도 널 잘 아는데, 중은 아무나 쉽게 되는 게 아니야. 무엇보다도 속세와 모질게 단절할 수 있어야 하는데 너의 정신세계는 그걸 받아들이기가 죽기보다 어려울 거야"

"나 정말 이제 속세와 미련 없어. 그러니 비구니가 될 수 있도록 도와주라. 너와 난 둘도 없는 친구잖니?"

"네가 예전에 나한테 한 말 기억하니?"

"무슨 말?"

"1930년대 초인가? 이혼 당한 후 괴로워하는 너에게 차라리 중이 되라고 했던 나의 말……"

"생각 나. 그 말에 내가 '조선에서 잘 난 두 여인 모두가 중이 될 수는 없다'고 했었지?"

"그런 네가 이제 와서 중이 되려고 나를 찾아왔다? 세상 참 많이 변했구나. 천하의 나혜석이 중이 되겠다니 말이야"

"일엽아! 지금은 그 때와 상황이 많이 달라졌어. 내 꼴이 이 모양이 될 줄 예전엔 정말 미처 몰랐어. 요즘에 인생무상을 많이 느끼고 있어. 내가 모진 마음으로 비구니가 될 수 있도록 좀 도와줘!"

"그리고 내가 중이 되려고 할 때 너를 포함 다른 친구들이 극구 말렸었지. 그러던 네가 이제 와서 중이 되겠다고 나를 찾아왔으니 격세지감을 느끼지 않을 수 없다."

"그 때는 내가 너무 철이 없었나봐"

"지금 이 모습……참 초라해 보인다. 예전에 당당했던 너의 모습은 찾아볼 수가 없구나!"

"정말 그렇게 보이니?"

"그래. 나도 참 독한여자 편에 속하는데, 이상하게도 지금 막 눈물이 쏟아지려고 그런다"

"여자란 건 어쩔 수 없나봐. 남자에게 버림받은 여자는 나처럼 이렇게 초라해지게 돼있는 가봐"

"그래도 그렇지. 너의 남편 정말 야속하다"

"남자들은 몰라. 여자의 이런 아픔을……이젠 누구도 원망하고 싶지 않아. 여기서 수도승 생활하며 새아침을 맞이하고 싶어. 실날 같은 그 희망으로 망설이고 망설이다 널 찾아온 것이야. 그러니 불쌍한 중생하나 구제한다 생각하고 나를 불자의 길로 인도해주라

흑흑흑~"

 나혜석은 끝내 울음보를 터뜨리고 말았다.

 "다른 사람은 몰라도 너는 안 돼."

 그러나 김일엽은 모질게 거부했다.

 "왜 나는 안 된다는 거야?"

 나혜석은 네가 진정 나의 친구가 맞아? 라는 의구심이 들 정도로 김일엽이 너무도 야속하다는 생각이 들었다.

 "너는 죽었다 깨어나도 속세와는 인연을 못 끊을 거야"

 김일엽은 그녀가 정이 넘치고 때에 따라 우유부단한 면도 소지하고 있다는 점을 우려하지 않을 수 없었다. 김일엽은 또한 그녀가 자신과는 달리, 젊었을 적 수많은 사내들로부터 적극적 구애를 받아오는 사이 무의식적으로 커져버린 도도함이 극에 달했었다는 점도 생생하게 기억하고 있었다.

 "할 수 있어. 그래서 많은 생각을 한 끝에 너를 찾아온 거야"

 "내가 너를 하루 이틀 겪어봤니? 지금은 의욕이 앞서지만, 종국에 너는 비구니가 못돼. 비구니는 사내들로부터 버림받고 오갈 데 없는 나같이 불쌍하고 못 생긴 애들이나 하는 거야. 너는 속세로 돌아가서 정신 차리면 언젠가는 또 좋은 남자를 만날 수 있을 거야. 천하의 나혜석이 왜 이래? 그러니 얼른 돌아 가"

 "단언하지 말고……"

 "너 상선약수라고 들어 봤어?"

"처음 들어보는데……"

상선약수(上善若水)는 중국 초나라 노자의 주장에 있는 말로 으뜸 되는 선(善)은 물과 같다는 의미다. 상선(上善)이란 이상적인 생활의 식을 제시해 준다. 가장 이상적인 생활을 살아가려면 물의 형태로 살아가라는 것이다. 물은 모든 만물에 생명을 생성하고, 성장케 하며, 아주 낮은 곳에 이르기 까지 한다. 물은 네모난 그릇에 담으면 네모의 모양이 되고, 둥근 그릇에 담으면 모양이 둥글게 된다. 물은 자신의 모습을 고정시키지 않고 항상 변화를 가능하게 함으로써 상대방을 거스르는 일이 없으며, 그 어떤 모양으로도 바뀌는 유연성을 가진다.

"내 생각에는 너에게 딱 어울리는 말일지도 몰라"

"어째서?"

"너는 항상 너 자신을 낮추려는 것보단, 상대방을 이기려 하거나 그것도 모자라 기존 틀을 깨부수려고만 하잖아?"

"그거하고 무슨 상관이야?"

"우선 자기 자신을 낮추면서 상대방을 거스르는 일 없이 살아가라는 깊은 철학이 담겨있다고 볼 수 있지"

또한, 물은 항상 위에서 낮은 곳으로 흘러간다. 물은 위에서 흘러내려 아래로 흐르면서 아주 낮은 곳에까지 이르게 되는데, 이것은 물의 존재처럼 겸손함을 보여주는 것이다. 또 물은 부드러움을 가지고 있는 한편으로 강함을 지니고 있다. 물은 홍수를 지어 세상을 집어 삼키고, 세상의 모습을 변하게 만든다. 이처럼 세상에 물처럼 약하고 부드럽고 유연한 것이 없고, 또 한편으로 물만큼 굳세고 강한 것도 없으며, 또 그렇게 겸손한 것이 없다. 모든 것이 자연스레 흐르면서 여러 가지 덕을 지니는 물처럼 살아가는 것이 도가사상에서의 이상적 삶의 과정으로 여기는 이유이다.

"네가 무슨 말을 하려는지, 이제야 알 것 같다"

"상선약수와 같은 마음의 상태가 되지 않는다면, 불자가 되는 것도 어려울 거야. 모든 것은 내 마음이 먼저 맑아져야 가능한데, 너의 경우는 매사 내 잘못이 아니라 남이나 사회제도 탓으로 돌리는 경향이 많잖아?"

"그럼 너는 여성의 권한이 극히 제한돼 있는 조선사회가 정상으로 보이니?"

"나도 너의 생각과 단 1%도 다르지 않아. 그러나 때가 있는 법이야. 우선 너의 영향력을 키워놓고 때가 되었을 때 강력한 드라이브를 걸면서 자신의 생각을 끈질기게 관철시켜 나가야 하는데, 너에게는 너무 성급한 면이 있어"

"그러다간, 우리 살아생전 우리가 원하는 삶이 절대 이뤄질 수 없어. 나는 그저 선각자가 되고 싶었을 뿐이야."

"예를 하나 들자"

"뭘?"

"네가 이혼한 후, 발표한 이혼고백서는 정말 신중치 못했다고 봐"

"어째서?"

"너는 어떻게 보면 죄인이야. 무엇보다도 죄인에게는 항변보다는 자숙의 기간이 필요했어. 그 사이 내공도 기르면서 때가 됐을 때 합리적인 명분을 찾아가며 변명도 할 줄 아는 지혜가 필요한데, 너는 너무 성급했어."

"내가 왜 죄인이지? 불륜을 저질렀다고 해서? 그럼 남자들은 더 죄인이겠네? 그건 사회적 모순에서 생긴 일종의 부조리야"

"불륜……내 생각에는 분명 죄지. 동물의 세계가 무질서할 것 같지만, 거기에도 보이지 않는 질서가 있어. 하물며 인간의 세계에서 당연이 오래전부터 내려오는 관습과 법 테두리 내에서 최소한 지켜져야 할 규율이 있는 거야. 결혼도 하나의 약속이자 신뢰이기도 해. 그런데 너는 그걸 위반한 거야. 그 원칙은 일본이나 서구에도 똑 같아. 단지 너의 눈에 그게 자유롭게 보였을 뿐이지. 그런데 너는 저지른 죄를 뉘우치기는커녕 궤변을 늘어놓으며 항변만 했어. 그러니 누가 그런 너의 말에 동조를 해주겠어. 의식의 낙후 여부는 차후 문제야. 심지어 대부분의 여자들도 너의 주장에 동조를 안 해주잖아?"

김일엽에게는 염문설이 몇 개 더 있다. 소설가이자 언론인, 문학평론가인 노월 임장화(林長和)와 동거하였으나 그는 유부남이었고, 임장화의 본처와 자녀가 그들이 살던 집에까지 찾아와서 문제를 야기 시켰다. 이에 임장화가 자살을 시도하자 결국 헤어졌다.

그 후 그녀는 친구 유덕의 애인이었던 방인근(方仁根)과 삼각관계에 빠져 스캔들을 일으키다 동아일보 정치부 기자 국기열(鞠錡烈)과 동거하게 되나 얼마못가 그와도 헤어졌다. 또 있다. 춘원 이광수와도 사랑에 빠졌으나 이광수는 아내를 절대 버릴 수 없다며 그녀를 끝내 거절했다.

"알아! 나도 배운 사람이야. 내가 왜 그걸 모르겠어. 그렇지만, 나 하나 희생해서 그렇게라도 하지 않으면 언제 이 고리타분한 관습과 제도가 허물어지겠어? 그래서 무모하지만 이 사회에 계속 도전장을 낸 것뿐이야"

"내가 보기엔 너의 주장엔 명분이 약했어. 지금부터라도 상선약수가 뜻하는 것처럼 속세의 모든 것을 잊고 자신을 최대한 낮추는 가운데 불자의 정신력을 갖도록 노력해봐"

김일엽은 앞서 '순결과 정조론'에 대해 나혜석과는 좀 다른 견해를 내놓았었다. 그녀는 '순결과 정조는 정답이 아니며 사회적으로 강요된 것'이라고 주장하면서 '재래의 모든 제도와 전통의 관념에서 멀리 떠나 생명에 대한 청신한 의미를 환기시키고자 하는 우리에게는 무엇보다도 먼저 우리들의 인격과 개성을 무시하는 재래의 성도덕에 대하여 열렬히 반항하지 않을 수 없다'고 강조했다. 그녀는 또, '정조는 결코 도덕이 아니라, 유동하는 관념으로 항상 새롭다'는 봉건적 여성 정절 이데올로기에 대해서도 신랄한 공격을 퍼부어 많은 주목을 받았다. 한편, 그녀는 생물학적 순결론에 반대하면서, '정조는 그 사람과의 연애 혹은 결혼할 동안 다른 이성과의 외도나 성관계를 하지 않는 것이 정조'라고 강조하였다. 그녀의 이 같은 발언들은 정조 취미론을 주장한 나혜석이나 순결 무용론, 연애와 성관계의 무관론을 외친 허정숙과는 달리 정조의 필요성을 일단 인정한 셈이다.

"……"

나혜석은 김일엽의 조목조목한 지적에 더 이상 할 말을 잃어버렸다. 김일엽은 그런 그녀의 모습을 보고 측은지심에 눈시울이 글썽거리지 않을 수 없었다. 그녀에게 그 당당하던 예전의 모습이 사라져버렸기 때문이기도 했다. 한참 팽팽해야 할 30대의 나이인데도 불구하고, 나혜석의 얼굴에서는 예전에 없던 기미가 깨소금처럼 끼어 있었다. 피부 탄력도 50대 말을 연상시키고도 남았다.

"네가 정히 원한다면, 일단 나하고 암자에 올라가서 함께 생활해보자. 거듭 얘기하지만, 수도승 되는 게 말처럼 그리 쉬운 게 아니야"

"주지 스님은 언제 만나게 해줄 거야?"

"너의 마음이 어느 정도 평상심을 되찾았다고 생각됐을 때, 고려해 볼 게. 그러나 지금은 때가 아니야"

"알았어!"

그렇게 해서 둘은 암자에서 한 동안 함께 생활을 했다. 그러나 김일엽은 옆에서 그녀를 쭉 지켜보다가 작심하고 그녀에게 모진 말을 꺼냈다.

"아무래도 너는 안 되겠어. 그냥 다시 속세로 나가는 게 좋겠어."

"좀 더 지켜봐. 나도 정말 인내를 가지고 노력중이야"

"노력만 가지고는 안되는 게 비구니 생활이야"

"이 세상에 노력가지고 안되는 게 어디 있어?"

"너의 말대로 라면, 모든 사람이 비구니가 됐겠다. 비구니가 되려면 모진 마음을 먹고 일단 속세와의 인연을 끊어야 하는데. 너는 그렇지가 못해. 사흘이 멀다 하고 애들한테 메아리 없는 편지를 쓰지 않나……그래 가지고 어떻게 속세와 인연을 끊을 수 있니?"

"너 참 모질구나! 그래도 좀 지켜봐줘!"

"안된다면 안 돼. 짐 싸가지고 내일까지 내려 가"

"일엽아! 친구가 어쩌면 그렇게도 매정하니? 그러지 말고 이왕 이렇게 수도승 생활을 시작했으니, 만공스님을 만나 뵐 수 있도록 해주라"

"만공스님은 나보다 몇 배 더 도를 쌓으신 분이야. 파란만장한 인생도 겪을 만큼 겪으신 분이고……그런 분이 너의 정신세계를 초면에 몰라보겠니? 그건 헛수고야. 고집피우지 말고 내일까지 내려가"

"죽은 사람 소원도 들어준다는데, 친구로서 나의 간청 한번 못 들어주니?"

"왜 내가 안 들어주겠니? 도저히 들어줄만하지 못하니깐 이러는 거지. 친구를 매몰차게 외면해야 하는 나 역시 가슴이 찢어지는 심정이다. 내 마음도 좀 이해해줘야지. 넌 정말 이기적이다. 예전에 비해 하나도 안 변했어."

"그럼, 일단 내려가 수덕여관에서 머무를 터이니, 마음이 변하면 연락 줘"

"그냥 집으로 돌아가라니깐, 몇 번이나 말해야 알아듣겠니?"

"못 가! 나는 꼭 비구니가 되고 싶어. 솔직히 이제 속세로 나가서 더 이상 살아 갈 용기도 없어. 너무도 지쳤어"

나혜석은 절박했다. 예전의 화려했던 그녀가 전혀 아니었다.

"……"

김일엽은 너무도 완강한 나혜석의 태도에 어찌할 바를 모르고 잠시 생각에 잠겼다.

"부탁이다. 제발"

나혜석은 그녀의 그런 모습을 쳐다보면서 처절한 심정으로 간청했다.

"일단 수덕 여관에서 숙식하고 있어. 내가 기회를 봐 만공스님에게 한번 의사를 타진해 볼 게"

일엽은 나혜석에게 더 이상 모질수가 없었다.

"고맙다. 역시 친구라고는 너 밖에 없어"

나혜석은 꾹 참았던 눈물이 복받치면서 흐느끼기 시작했다.

"너무 기대하지 마. 만공스님도 내 생각과 똑 같으실 거야"

"여하튼 만나게만 해 줘. 내가 어떻게 해서든 그 분을 설득해 볼 게"
"알았어! 오늘 저녁 여기서 함께 마지막 불공이나 드리자구나"
"그래!"

그 후, 나혜석은 수덕여관에서 체류했다. 5개월의 세월이 흘러도 만공스님과의 면담은 이뤄지지 않았다. 김일엽이 갖은 핑계를 대며 차일피일 미룬 것이다. 아니 그 보다는 김일엽의 생각에서 과연 나혜석이 속세를 떠날 마음의 준비가 되어 있는지 여부를 살펴보는 시간이었다고 하는 것이 더 맞을 것이다. 나혜석은 그 사이 서울에 세번 다녀왔다. 딸과 아들을 보기 위해서였다. 그러나 김일엽에게는 그녀의 이러한 행동에서 마음의 준비가 되어 있지 않다는 점을 냉정히 판단하고 있었다.

수덕여관 생활 8개월이 지날 무렵이었다. 김일엽이 나혜석을 불쑥 찾아왔다. 암자에서 내려 온 이후 둘 간의 만남은 2주에 한번 정도 이뤄지곤 했으나 깊은 얘기를 해본 적이 없었다. 나혜석은 최린으로부터 받은 위자료와 파리로 유학하기 위해 모아두었던 돈으로 여관비를 충당하고 있었다. 아직까지는 그녀에게 자금이 궁색해 보이지는 않았다.

"점심은 했니?"

김일엽은 평상시와는 달리, 환하게 웃으며 물었다.

"이제 막 먹으려던 참이야"

"만공스님께서 갑자기 너를 찾으신다. 만나 보겠어?"

"정말?"

나혜석은 날아갈 듯이 기뻤다. 정말 모처럼만에 환하게 웃는 모습이기도 했다. 그녀에게서 웃음을 떠난 지가 까마득한 일이 되어 버렸다.

"그래! 내가 너한테 언제 거짓말 했니?"

"뭘 차려입고 가야지?"

"이 계집애가 아직도 정신 못 차렸네. 옷은 가급적 허름하게 입고 가"

"왜?"

"여기 패션쇼 하러 왔니? 만공스님도 불자이기에 앞서 사람인데, 측은지심이 들도록 해야 할 거 아니야?"

"허긴, 그렇다"

나혜석은 너무도 들뜬 마음에 미처 거기까지는 생각하지 못했다.

"스님 앞에서 네가 그동안 주구장창 주창해 온 얘기들은 하지 마. 그리고 스님 말씀 중간에 툭툭 끊지 말고……"

"노력할 게"

"네가 하도 유명하니깐, 스님도 속세를 떠나 사시지만, 너에 대해 알만큼은 다 알고 계셔"

"바람 펴서 이혼 한 것도?"

"그걸 말이라고 묻니? 네 주장대로 죄가 아니라며? 불자가 되려면 무엇보다도 몸과 마음이 청결해야 돼."

"스님이 나에게 무얼 보시고 싶으실까?"

"아마도 너의 현 마음 상태를 알아보려 하실 거야."

"무슨 마음 상태?"

"과연 네가 모든 인연을 끊고 속세를 떠날 준비가 단단히 되어 있느냐 여부를 중점 파고드실 거야"

"나 이제 속세에 미련 없어"

"미련이 없긴?"

"3주 전에도 딸에게 다녀왔잖아?"

"내 배 속에서 난 자식들인데, 어미가 애들 보러간 게 뭐가 문제야?"

"너 아직도 정신 못 차렸니?"

"왜?"

"여기서는 그런 사소한 정까지 무 자르듯 모두 끊어버려야 돼. 비구니가 되기 위해 출가한 사람이 너처럼 그러는 거 봤어?"

"……"

나혜석은 돌연 비구니가 되기 위한 자신감을 잃어 버렸다.

"자신 없어?"

김일엽은 그런 그녀의 모습을 빤히 쳐다보면서 물었다.

"알았어! 스님이 물어보시면 그렇게 대답할 게"

"그간 내가 스님에게 틈틈이 너에 대해 좋은 쪽으로 많은 얘기를 해놨어. 스님께서 처음에는 너의 선입관 때문에 부정적인 견해를 가지고 계셨는데, 네가 돌아가지 않고 여기서 계속 머무르고 있는 점을 가상히 여기시고, 한편으로는 안타까운 마음도 드셨나봐"

"어떤 면에서?"

"한 때 화려했던 네가 진짜 불자가 되려고 단단히 마음먹었다는 쪽으로……그러니 이번에 스님에게 확실히 확신을 시켜드려"

"명심할 게"

김일엽은 절 안으로 들어가 나혜석을 만공스님에게 안내했다. 나혜석은 바싹 긴장하고 있었다.

"스님! 나혜석 씨 데려 왔습니다."

"들라 하시게"

만공스님의 목소리는 굵고 근엄했다.

"들어 가."

김일엽은 초조해하고 있는 그녀의 등을 살짝 떠밀었다.

"너는?"

나혜석의 표정은 마치 도살장에 끌려가는 소를 연상시키고도 남았다.

"나는 대웅전(大雄殿)에서 기다리고 있을 게. 잘되도록 너를 기도하면서……"

"자꾸 떨린다."

"그럴 필요 없어. 스님도 인간이야. 평소 불자가 되기 위해 생각했던 것을 솔직하게 말씀드려. 절대 너 자신을 속이지는 마"

"알았어!"

나혜석은 합장하고 스님 방에 들어가 허리를 90도로 숙여 공손히 인사했다. 그러자 스님은 잠시 그녀의 모습을 뚫어지게 쳐다보다가 의자를 내 주면서 앉으라고 권했다. 스님은 자리를 권하기에 앞서 그녀의 건강과 표정 변화부터 살폈던 것이다. 스님도 성자이기에 앞서 남자인지라 소문대로 나혜석이 '진흙 속에 핀 꽃'이고, 뭇 남성들이 그냥 놔두지 않을 상이라는 것을 금세 알아보았다. 그녀의 얼굴은 초초함에 약간 상기된 채 스님의 얼굴을 똑바로 바라보지를 못했다.

"집으로 돌아가지 않고 수덕여관에서 계속 체류하고 있다는 얘기를 들었소. 사실이요?"

"예! 스님!"

"불자가 되고 싶은 특별한 이유라도 있소?"

"어느 날부터 갑자기 속세를 떠나고 싶은 충동이 강하게 들었어요. 그 후 지난날을 되돌아보면서 타고난 내 운명이 그렇다면 그 길로 가야겠다는 결심을 내린 후, 용기를 내어 스님을 찾아뵙게 된 것이에요."

"김일엽 스님하고는 어떤 사이요?"

"일본 유학시절 알게 된 인연을 계기로 같이 문단활동도 함께하며 아주 친하게 지내왔어요. 둘이 서로 생각과 마음이 맞아 친구가 될 수 있었어요."

"그런가요?"

"예! 그 친구는 비록 여자이기는 하지만 저와는 달리 아량도 남달리 넓은 친구에요. 어쩔 때는 사내기질도 보이는 아주 좋은 인성을 가진 여성이지요."

"한 때 열렬이 사랑하는 사람이 있었다지요?"

"김일엽 스님이 그러던가요?"

"아니 보도들을 통해서 봤소."

"사실이에요."

"지금도 사랑하는 사람이 있나요?"

"지금은 없어요."

"앞으로도 그런 기회가 있으면 어떻게 할 겁니까?"

"닥쳐보지 않아서 모르겠습니다만, 인간에게 있어 사랑은 기본이 아닌가요?"

"그렇기는 합니다만, 불가에서는 되도록 남녀 간의 사랑을 금기시 하고 있소. 그 이유는 떨어지면 그립고, 못 만나면 괴롭고 하여 불자의 길로 초연히 걸어가는데 방해가 되기 때문이지요."

"이젠 두 번 다시 저에게 사랑 따위는 없을 거예요."

"여기 와서 자식들이 그리워 세 번 서울에 갔었다지요?"

"굳이 보고 싶다고 하기보다는, 이혼으로 인해 자식들에게 어미로서 할 일을 다 못한 것 같은 죄책감 때문에 간 것뿐이에요. 물론 자식들이 안 보고 싶었다면 거짓말이겠지요."

"속세를 떠난다는 것은 그런 사소한 정까지 모두 끊으라는 뜻입니다. 내가 보기엔 임자는 속세로 다시 돌아가시는 게 좋을 듯합니다. 김일엽 스님과는 달리 임자에게는 모진 면이 없는 거 같아 보입니다."

"무슨 말씀을 하시는지 알겠어요. 그러나 저에게도 독한 면이 있어요. 불자로 받아만 주신다면 절대 실망시키지 않겠어요. 스님!"

"우주자연 앞에 인간은 뭐라고 생각합니까?"

"예전에 남편 따라 유럽으로 가는 기차를 타고가다 대자연을 본 적이 있었어요. 그 때 인간은 정말 보잘 것 없는 미물에 불과하다는 생각이 불현듯 들었었어요."

"그래요?"

"예! 스님!"

"노장 철학을 접한 적이 있습니까?"

"없습니다. 스님!"

"임자의 취향으로 보아 당연 없었겠지요. 그럼에도 불구하고 내가 왜 물어봤느냐 하면, '자연이 곧 도의 나타남이고 자연의 이치가 곧 도'이기 때문입니다. 내가 왜 이 질문을 하는지 이해할 수 있겠소?"

"감은 잡히나 소생으로서는 학문이 짧아 정확히 이해하지 못하고 있어요. 스님!"

"자연에 있어서의 도는 상반상성이며, 극직반입니다. 다시 말해 상반상성의 경우 모든 사물이 대립자로 되어 있다는 뜻이며, 극직반의 경우 사물이 극한에 가면 되돌아온다는 것을 의미하오. 임자의 삶이 꼭 그랬던 거 같아 노장사상을 예로 들어 물어본 것뿐이오. 이해할 수 있겠소?"

"조금 전에도 말씀드렸듯이, 무슨 말씀하시려는 것인지 막연하게 감은 잡히나, 정확히 헤아리지 못하고 있어요."

"노자는 삶의 지혜로 무위자연을 제시하면서 유약겸하(柔弱謙下)를 덕으로 강조했었소. 여기서 무위는 행위 하지 않는 것이 아니라, 사회적으로 강요함이 없고, 개인적 집착이 없고, 자연의 이치를 어기지 않는 것을 의미하는 것이오."

"……"

나혜석은 무어라고 말해야 할지 몰라, 침묵을 지키기는 것이 더 좋겠다는 판단 하에 스님을 비스듬히 쳐다보고만 있었다. 스님도 그런 그녀의 시선에서 눈을 떼지 않았다.

"일단 돌아가셔서 좀 더 수양을 쌓고 오시기 바랍니다. 그러나 지금은 때가 아닙니다."

"스님! 이렇게 간청하옵니다. 저를 불자로 받아 주세요."

그제야 나혜석은 급한 마음에 두 손을 빌었다.

"거듭 말씀 드리지만, 불자의 길은 속세에서 상처받은 사람들의 휴식처가 아닙니다. 수많은 고행 길을 걸어가면서 깨달음을 얻는 과정이 불자의 길입니다. 이만 돌아가시기 바랍니다."

"스님! 한번만 더 헤아려 주십시오. 가르침대로 해낼 자신이 있어요."

"나중에 인연이 있으면 다시 뵐 날이 있겠지요. 나는 다른 일이 있어서 이만 나가보겠습니다."

"스님!"

만공스님은 나혜석의 간절한 부름에도 애써 못들은 채 하면서 자신의 방을 나가버렸다. 먼발치서 스님의 모습을 지켜보던 김일엽은 안타까움을 금치 못했다. 나혜석에게도 오기는 있었다. 그녀는 서울로 돌아가지 않고 수덕여관에서 계속 머물며 만공스님을 다시 면담할 기회만 노리고 있었다. 그 사이 나혜석은 답답한 마음에 합천 해인사에도 다녀왔다. 이 때 전국에서 그녀에게 그림을 배워 화가가 되고자 하는 젊은이들이 수덕여관으로 몰려들기 시작했다. 이 가운데는 고암 '이응로'도 있었다. 따지고 보면 그는 나혜석이 이 시기 길러낸 제자들 가운데 한 명이다. 훗날 이응로가 본부인을 버리고 21살 연하의 연인과 함께 파리로 훌쩍 떠났던 것도 나혜석의 영향을 일부 받아서였다. 이응로는 나혜석이 떠난 뒤인 1944년 아예 이 건물을 매입한 후, 한국전쟁 당시 그의 피난처로 사용하면서 수덕사 일대의 수려한 풍경을 화폭으로 옮기기도 했다. 그는 1959년 프랑스로 건너가기 전까지 그곳에서 작품 활동을 계속하다가 동생 흥노에게 운영권을 넘겨주었다. 수덕여관으로 개명되기 전에는 비구니가 되기 위해 전국에서 몰려든 예비신자 임시 숙소로 활용되기도 했었다. 그렇다고 수덕사가 비구니들만이 수도를 닦는 사찰은 아니다. 한 때, 다른 사찰에 비해 유독 비구니가 많은 편이어서 일반 사람들에게 그런 인식이 들었을 뿐이다. 이 여관은 2008년 새롭게 단장된 이후 예산의 관광코스가 됐고, 현재 소유권은 수덕사로 이전되었다.

　불교도가 아닌 학생들을 내치지 않은 만공의 배려로 나혜석은 사찰 근처에서 학생들에게 유화와 조각 등을 본격 가르치기 시작했다. 나혜석은 당시 언젠가는 만공스님의 마음을 꼭 되돌릴 수 있을 것이라 확신하면서, 미술학도들에게 심혈을 기울여 그림을 가르쳤다. 수덕여관에서 생활한지도 어언 3년이라는 세월이 흘렀다. 나혜석은 며칠 전부터 일본말을 하는 14살 된 앳된 소년이 묵고 있다는 사실을 알았다. 이 남자 아이는 김일엽이 일본 유학시절 명문가 출신 '오다 세이죠'와의 사이에서 태어 난 사생아 '김태신'이였다. 아들은 엄마가 보고 싶어 현해탄까지 건너왔지만, 김일엽의 매몰찬 거절로 만나줄 때까지 수덕여관에 머물고 있었던 것이다. 이 때 나혜석은 김일엽이 아들에게 '나를 어머니로 부르지 말고 스님이라고 불러라'면서 매몰차게 뿌리치는 장면을 목격했다. 나혜석은 김일엽에게 '어쩜 저렇게도 천륜을 거역할 수 있을까'라면서 모정에 굶주린 그 아이에게 잘 때 팔베개 해주고, 심지어 자신의 젖무덤까지 만지게 해주었다. 이 당시 나혜석 역시 모성에 굶주려 있는 세 아이의 엄마이기도 했다. 이 과정을 지켜본 김일엽은 나혜석이 죽어도 중노릇을 못할 것이라는 생각을 했을지 모른다. 나혜석은 수덕여관에 머무르는 동안 그에게 모성애를 베풀며 계속 그림을 가르쳤다. 그러나 김일엽에게는 곤혹이었다. 김일엽은 비록 한 때 불장난으로 낳은 자식이기는 하지만 만공스님의 눈치를 보지 않을 수 없었다. 그 사이에도 나혜석과 만공스님 간의 면담은 두 차례 더 있었으나 그 때마다 매몰차게 거절당했다. 수덕여관 체류 5년이 되어가는 1943년 초였다. 그녀는 김일엽을 통해 간청한 끝에 만공스님을 어렵게 다시 만날 수 있었다.

"임자는 중노릇을 할 사람이 아니라고 몇 번이고 말했는데, 왜 또 나를 보자고 한 것이오?"

"스님! 저에게 정말 지은 죄가 커 보이십니까?"

"죄의 여부를 떠나, 임자는 천성적으로 중노릇을 할 사람이 못되오. 그러니 여기서 시간낭비 하지 마시고 돌아가시어 새로운 길을 찾아보길 바라오."

"시키는 대로 다 하겠어요. 그저 불자로 받아주시기만 해주셨으면 해요. 죽으라면 죽는 시늉까지 하겠어요. 스님!"

"매몰차게 거절하는 내 마음도 좀 헤아려 주시오."

"……"

나혜석은 자기 마음도 헤아려달라는 만공스님의 언급에 할 말을 잃어버렸다.

"내 지난번에 얘기했던 노장사상 그 얘기만 더 구체적으로 설명하리다. 노장사상을 처세술 면에서 보면, 무위자연과 유약겸하(柔

弱謙下) 두 가지로 특징지을 수 있소. 무위자연이란 적극적인 움직임이 없는 정(靜)의 경지를 뜻하는 것이오. 얼핏 고요히 정원석이나 바라보는 고담한 경지를 연상케 하지만, 이것은 어디까지나 일면에 지나지 않는 것이오. 일견 정(靜)인 듯하지만, 그 고요함 속에 동(動), 그것도 더없이 강력한 권모술수가 감추어져 있는 것이오. 그러나 겉으로 드러날 때는 어디까지나 무위 상태요. 이것이 바로 노장에서 말하는 무위자연입니다. 유약겸하에 관해서도 같은 말을 할 수 있소. 한 발짝 두 발짝 물러서 약자의 입장에 몸을 두면서 사실은 그 속에 엄청난 재능을 감추고 있는 것, 그리고 유능하나 그것을 드러내지 않고 무능한 약자로 가장하는 것, 이것이 바로 유약겸하의 속뜻이오. 즉 노장사상이란, 고담한 경지를 지향하기는커녕 아무리 깨지고 터지고 밟혀도 죽지 않고 살아나가는 길을 보여주는 비장한 인생철학이란 말이오. 내가 이 철학을 새삼 강조하는 이유를 알아듣겠소?"

"……, 비구니가 되기 위해 이곳에 오기 전 저의 잘못된 처신을 꾸짖은 것 같은 말씀이신 것으로 이해했어요. 그러나 아직도 스님의 생각을 정확히 헤아리지는 못하겠어요.

"임자는 불교에서 중시하는 업보를 어떻게 생각하시오?"

"사람은 죄를 짓고 살수밖에 없다고 생각해요. 그러나 최대한 선을 베풀면서 살려고 노력해야 하겠지요."

"그럼 임자는 지금까지 살아오면서 죄를 얼마나 지었다고 생각하시오?"

"그렇게 많은 죄는 짓지 않았다고 자부해요. 저는 원래 정(情)이 많은 여인네에요. 저에게 가진 게 있으면 조금이라도 이웃에게 나눠주려고 노력하며 살아왔어요."

"남의 눈에 피눈물을 흘리게 한 적은 없소?"

"제 기억에는 없는 거 같아요. 그리고 인간 삶의 궤적을 어떻게 합리적으로 설명할 수 있겠어요? 사람이 태어나는 생년.월.일.시를 사주팔자라고 할 수 있는데, 그것을 기반으로 하여 어떤 사람은 좋은 팔자를 타고 태어나고 어떤 사람은 나쁜 팔자를 타고 태어난다고 들었어요. 그 차이가 바로 전생의 업보에서 비롯된다고 하는데, 저는 그 이상은 자세히 모르겠어요. 스님!"

"최승구라는 사람과 한 때 사랑에 빠진 적이 있지요?"

"예!"

"그 사람에게 본처가 있었다지요? 그리고 최승구와 함께 그 사람 본처 이혼을 강요하기 위해 숙부 집에도 찾아 갔었다지요?"

"예! 스님!"

"그런 행위가 그 본처에게는 피눈물을 흘리게 하는 것입니다. 남편과 함께 유럽에 가서 체류하는 동안 다른 남자와 불륜을 저질렀다지요?"

"예!"

"그로 인해 이혼했다지요?"

"예!"

"임자 남편은 그걸 알고 얼마나 괴로워했을까요? 그리고 그로 인해 이혼까지 해, 아이들이 받는 상처는 얼마나 클까요? 그 점을 한번 진지하게 고민하고 반성해봤나요?"

"그렇지만, 그건 어쩔 수 없는 실수였어요."

"변명하지 마세요. 현생의 그 업보만 해도 임자는 되 돌이킬 수 없는 죄를 지은 것입니다. 그 죄를 가볍게 여기는 임자의 생각에는 많은 문제가 있다고 생각합니다."

"남편도 이혼 후 재혼했어요. 그건 아이들에게 상처가 되지 않나요?"

"그 문제 하고는 차원이 다릅니다. 남편의 문제는 차치합시다. 그러나 아이들에게는 불가항력적인 경우를 제외하고는 어미로서의 역할을 다해야 합니다. 꼭 몸보신용으로 살생하고 그런 것만이 업보인 것은 아닙니다."

"그래서 이따금 미안한 마음에 아이들을 보러가는 게 아닙니까요? 남편이 가로 막아서 그렇지"

"임자는 남편 탓 하지 말기 바랍니다. 모든 게 내 탓입니다. 그래야 속죄를 할 수 있습니다. 임자는 불자에 임하는 마음의 자세가 아직 되어 있지 않아 보입니다."

"스님! 부족한 저를 어여삐 여기시고 가르침을 주십시오. 어떤 고난이라도 이겨 나가겠어요."

"임자는 말은 그렇게 하지만, 아직 준비가 돼 있지 않습니다. 그리고 저번에도 말했지만, 절이 죄지은 사람에 대한 안식처가 아닙니다. 임자는 너무 많은 죄를 졌습니다. 일단 속세로 돌아가 그 대가를 치르십시오."

"스님! 그렇게 매정하게 말씀하지 마시고……이 불쌍한 중생을 거두어주시길 간절히 바라옵나이다."

"여기 와서 벌써 5년의 세월이 흘렀소. 세월이 약이라고, 그간 상처받은 마음도 어느 정도 추스렸을 것이라 생각되오. 나는 임자를 볼 때부터 듣던 추문과는 달리 능력이 참 아깝다는 생각을 해왔소. 그러니 속세로 돌아가 모진 마음으로 다시 자신을 일으켜 세워보는 것이 불자의 길로 걷는 거 보다는 나은 선택일 것이오. 내가 임자를 결코 미워해서가 아니요. 그 사이 수시로 아이들이나 속세의 사소한 정 때문에 서울에 다녀왔다는 걸 들었소. 심지어 그 사이 해인사에도 다녀오는 등 여러 가지로 종합 판단해봤을 때, 임자는 절대 중노릇을 할 수 없는 사람이라는 결론을 내렸소. 그리고 김일엽의 사생아에게 보여준 모성애에서도 그 점을 느꼈소. 임자는 김일엽과 사람 자체가 다르오. 그러니 조속히 이곳을 떠나주길 바라오."

"……"

나혜석은 가만히 스님을 말을 듣고만 있었다. 순간 하늘이 무너지는 것만 같았다. 그녀는 '5년의 세월을 공들여 지킨 이곳 생활이 허무하게 끝나버린다'는 생각에 앞이 캄캄했다. 그녀는 수덕사 생활 중 조선총독부 학무국에서 사람을 보내 내선일체에 협력하면 진료비와 집 그리고 화실을 제공하겠다는 회유를 해왔지만 일언지하에 거절해 버렸다. 사실, 이것도 남편이 뒤에서 영향력을 행사해 그런 회유가 하달됐던 것이다. 당시 그녀에겐 파킨슨병과 중풍 등의 병세가 심해지면서 거동이 불편해지기 시작하던 시기였다. 만공(滿空) 스님은 이 때 그녀에게 고근(古根)이라는 불명을 지어 주었다. 그녀는 어쩔 수 없이 1943년 봄 수덕사를 떠났다. 그간 잘 보살펴 주었던 김일엽의 사생아 김태신은 이당 '김은호'선생에게 맡겨져 사사했다. 그 후 나혜석에게는 불행한 일들만 닥친다. 뜻하지 않은 화재로 그림을 다량 태워먹는다. 게다가 나혜석은 남편의 저지 때문에 아이들을 보지 못하게 된 충격으로 신경쇠약과 반신불수의 몸이 되고 만다. 그녀는 자신의 거처를 마련하지 못한 채, 서울 소재 절집들을 떠돌아다니다가 마침내 인왕산의 한 사찰에 정착하게 되었다.

9장

인왕산 산사(山寺)에서

1944년

수덕사에서 돌아 온 직후, 나혜석은 수원의 집에 임시 머물면서 전 남편 김우영이 충청남도 도청 참여관 겸 산업국장으로 있다는 것을 알고 마침내 대전市 공무원 관사로 찾아갔다. 당시 아버지를 따라 임지를 전전했던 그의 자녀들은 대전 관사에서 생활하며 학교를 다니고 있었다. 나혜석은 이혼 후 줄곧 아이들을 그리워했다. 집 앞에서 아이들을 기다리기도 했고 큰 딸 나열을 만나러 개성까지 갔다 그냥 돌아오기도 했었다. '김진'전 서울대학 교수는 어느 날 불쑥 나타난 생모 나혜석과 조우하게 된다. 중학교 2학년이던 열네 살, 2교시를 마친 쉬는 시간, 학교 복도 끝에서였다. 네 살 때 어머니가 집을 나가야 했던 까닭에 아들은 중학생이 돼서야 생모를 처음 만났다. 교실 밖 복도에 서 있는 남루한 여인이 바로 어머니였다. 후일 김진은 당시를 '화장기 없이 푸석하고 주름진 얼굴에 여러 가닥 흘러내린 머리카락, 구겨지고 구질구질한 회색빛 블라우스'였다고 회고하였다. 둘째 아들 '김진'은 재혼한 아버지는 생모 이야기를 입 밖에 내지 않았고 그는 대학 2학년 때 여섯 살 많은 누나로부터 부모의 잦은 다툼과 이혼에 대해서만 들었다 했다.

누군가 밖에 나를 찾아왔다고 해서 나갔더니 한 여인이 서 있었어요. 얼핏 보기에 혼자 서 있기도 힘들어 보였어요.

"진이야, 내가 누군지 알겠니?"

나혜석은 오른 손을 들어 김진에게 좀 더 가까이 다가오라고 손짓했다. 그녀의 손은 부들부들 떨고 있었고, 금방 그 자리에 주저앉을 것만 같았다.

"아주머니는 누구신데요?"

김진은 그녀가 누구인지 전혀 감을 잡을 수 없었다.

"네 아버지를 쏙 빼 닮았구나"

나혜석은 다가가 때묻은 손으로 김진의 얼굴을 어루만지려 했다. 그러자 김진은 당황하면서 한 발짝 뒤로 뺐다.

"아주머니는 누구세요?"

"내가 네 어미다"

순간 나혜석의 눈에서는 눈물이 글썽거리고 있었다. 김진은 모르는 아주머니가 "네 애미"라고 하는 통에 너무도 놀랍고 혼이 달아나 아무 얘기도 들리지 않았다. 이 때 수업종이 울려서 김진은 꿈꾼 듯 멍하게 교실로 돌아가 버렸다. 그의 뒤에서는 떨리는 목소리로 계속 "진이야!"라고 부르는 소리가 희미하게 들려왔다. 시간이 지난 뒤에도 김진의 뇌리에는 창백한 안색, 흘러내린 머리, 남루한 옷차림 밖에 떠오르지 않았다. 그 후로 김진은 생모를 만나지 못했다. 시간이 한참 흐른 뒤, 이를 안 김우영은 잔뜩 역정을 내며 "다음에 찾아오거든 만나지 말거라"며 신신당부했다. 이후 조선총독부는 사람을 보내 그녀의 방랑생활까지 감시하였다. 가끔씩 경성부내에 있는 병원에 통원 진료 차 방문할 때에도 감시의 손길이 따라붙을 정도였다.

투병 생활

나혜석은 1944년 10월 22일 오빠 나경석에 의해 최고근(崔古根)이라는 불명으로 인왕산 근처 청운 양로원에 맡겨졌다. 당시 청운 양로원의 원장은 오빠 나경석의 친구였고, 양로원으로 데리고 간 것은 그의 올케이자 나경석의 부인이었던 '배숙경'이었다. 올케 배숙경은 나혜석이 심한 병으로 거동도 어려웠고, 많이 늙은 것 때문에 환갑이 넘은 노파라고 주위 사람을 속였다. 파킨슨병과 관절염, 중풍 등은 더 악화되었고 정상적인 대화가 불가능해지자 사람들은 그녀를 정신이상으로 몰고 갔다. 그러나 아이들이 보고 싶어 몰래 청운양로원을 빠져나오기도 했지만 김우영이 경찰까지 동원하여 아이들을 만나지 못하게 한 까닭에 만날 수가 없었다. 1945

년 정신이상이 심하고 건강이 안 좋다는 이유로 양로원에서 퇴소하고, 해관(海觀) 오긍선(吳兢善)이 운영하는 경기도 시흥군의 안양 경성 기독보육원의 농장으로 옮겨진다. 그러나 아이들이 보고 싶어서 다시 경성보육원 농장을 탈출하여 서울에 갔지만, 남편 김우영의 방해와 경찰 신고로 또 자녀들을 만나지 못했다.

비참한 최후

1945년 9월 광복 직후에도 나혜석은 파킨슨병 병세의 악화와 주변의 외면으로 실의의 나날을 보냈다. 그러는 가운데, 그녀의 친구였던 '박인덕'은 곧 미국으로 떠났고, 윤치호, 송진우 등은 사망했다. 사회의 냉대와 경제적 어려움으로 방랑생활이 계속되다가 1946년 행인에 의해 발견되어 서울시립남부병원에 입원되었다. 그 뒤 나혜석은 병원에서 나와 1948년 공주 마곡사(麻谷寺)에 갔으나 병세가 악화되자 그해 11월 용산에 있는 서울시립 자제원(慈濟院)으로 옮겨졌다. 한 달이 조금 지난 1948년 12.10일 오후 8시30분, 나혜석은 그곳 무연고자 병동에서 52세로 비참한 최후를 맞이했다. 당시 나혜석은 소지품 하나 없이 병사한 것으로 기록되었다. 죽기 직전 여러 질병으로 대화가 어려웠던 그녀는 행려병자, 무연고자로 처리되고 만 것이다. 대표작으로 국립현대미술관 소장 중인 파리에서 그린 작품〈무희〉와〈스페인해수욕장〉,〈중국인촌〉, 그밖에〈나부〉,〈등을 돌린 나부〉,〈해인사 석탑〉,〈선죽교〉

등이 유명했다.

사후(死後)

나혜석의 죽음은 〈관보〉에 무연고자 시신을 찾아가라는 광고가 실린 후에야 알려졌다. 1949년 3월 14일의 관보에는 무연고자 시신 공고라 하여 본적도 주소도 알려지지 않은 여자의 죽음이 발표되었는데 그 여자가 바로 나혜석이었다. 시중에는 행방불명으로 알려졌고 실종처리 되었으며, 아무도 그녀가 나혜석이었음을 알아보지 못했다. 나중에 확인된 결과, 1948년 12월 10일 서울 용산구 원효로의 시립자제원에서 사망하여 보존이나 공고 없이 무연고 시신으로 처리된 것이 뒤늦게 알려졌다. 신원미상, 무연고자… 사망원인 영양실조, 실어증, 중풍… 추정연령 65~66세.

그녀의 생가터도 현재는 집터만 남아 있으며, 남아 있는 작품들도 십여 편에 불과하다. 사후에도 미풍양속을 해치고 개인주의를 조장한다는 이유로 이승만 정권과 박정희 정권에 의해 그의 이름이 언급되는 것조차 탄압, 금기시되었다. 현재 그녀의 묘소는 어디 있는지 오리무중이다. 2000년대 들어 그녀의 묘소가 경기도 화성군 봉담면의 어느 야산에 있다고 알려졌으나, 정확한 위치는 아직까지 확인되지 않고 있다.

나혜석이 생전에 만든 미술 작품은 800여점 이상이었다. 그러나 대부분 한국 전쟁으로 유실되었고, 그녀를 부정적으로 보던 시각과 언급이 기피, 금기시되는 사회 분위기 때문에 보존되지 못하였다. 현재 그녀의 작품 중 10분의 1 정도가 보존되어 있다. 조카 나영균에 의하면 '신교동 집에는 나혜석의 원고가 50 cm 넘게 쌓여 있었고, 그림도 여러 점 있었다. 〈나부〉라는 제목의 누드는 어머니가 벽에 걸면 창피하다고 다락에 숨겨뒀다. 그러나 6·25 때 피난에서 돌아오니 모든 것이 완전히 사라지고 없었다.'고 한다. 작가 염상섭, 박종화 등은 그녀가 제대로 된 평가를 받지 못하였다며 아쉬워했다. 미술평론가 이구열은 '나혜석이 한 시대의 두드러진

(나혜석 생가터 표징비, 옛집에서 100여 미터 떨어진 수원시 신풍동 신풍초등 후문, 화령전 옆 소재)

존재였기 때문에 많이 다뤄졌지만 충분한 사료가 없어 자유주의 여성이었다는 점이나 최린과의 파격적인 스캔들 등만 부각됐다'며 안타까워하였다. 동지이자 친구인 김일엽은 '진흙 속에 핀 꽃 나혜석을 말한다'는 글을 남겨 그녀를 추모하기도 했다.

10장

나혜석 생가(生家)

　박정인과 이경심은 서양미술사학과 동기 2명과 함께 사전 약속을 해 나혜석의 생가 터가 있는 수원 행궁동 골목과 그 주변 벽화들을 둘러본 후, 인근 커피숍에 들어 왔다. 이곳은 수원 화성 일대의 장안동, 신풍동, 북수동, 남창동, 매향동, 남수동, 지수동 등 12개 법정동을 일컫는 이름이다. 220여 년 전 화성이 축성될 당시부터 불과 수십 년 전까지 행궁동은 수원에서 가장 번화한 곳이었다. 그러나 1997년 수원화성이 유네스코 세계유산으로 지정되면서 엄격한 개발 규제로 시간이 멈춘 듯 쇠락했다.

　이런 행궁동에 주민, 시민 단체, 예술가들이 뜻을 모아 벽화를 그리면서 골목이 다시 생기를 되찾아가기 시작해 사람들이 많이 찾는 관광 명소로 부상했다. 이곳 골목 일대에는 벽화마을과 공방 거리, 수원통닭거리, 지동시장 등 특색에 따라 먹거리, 볼거리들이 다양하다. 조각가로 활동하던 〈대안공간 눈〉의 이윤숙 대표가 2005년 자신이 거주하던 곳을 비영리 전시공간으로 만든 후, 다른 예술가들과 함께 마을 재건 사업을 본격 개시했다. 그렇게 해서 2010년 벽화마을이 만들어지게 된 것이다. 이곳에서는 매년 나혜석 추모전도 열리고 있다.

"어땠어?"

박정인이 물었다.

"못내 아쉬움이 많이 남아. 그러나 나혜석에게서 그림에 대한 그녀의 무한한 열정만은 강하게 느껴져"

이동준이 덤덤하게 말했다. 그는 평상시 자신의 의견을 피력하는데 있어 가식적인 것을 싫어하는 성격이다.

"왜?"

박정인은 그로부터 무한한 찬사가 쏟아질 것으로 예상했으나 의외라는 반응이었다.

"그녀의 그림이 인상파니, 야수파니 뭐니 하는데 딱히 뭐라고 꼬집어서 정의할 수는 없을 거 같아. 정말 한 가지 아쉬운 게 있다면, 그녀의 그림 열정에 비해 작품 대부분에서 미완성에 가깝다는 생각을 떨쳐버릴 수가 없다는 점이야."

"그 점에 대해선 나도 동감이야. 처음엔 나도 그녀의 예술세계를 본격 접하기 시작한 후 많은 혼란을 겪었어. 그 이유는 그간 너무도 그녀에 대한 찬양 일변도 기사와 글들만 보아왔기 때문이었어.

그래도 가만히 들여다보면, 불모지나 다름없는 한국 서양미술사에 타의 추종을 불허할 정도로 개척자적인 정신을 남겼다는 점에 높은 점수를 주지 않을 수 없어. 그녀의 그런 정신이 있었기에 오늘날 우리의 서양미술이 있는 것이기도 하고…… 얼핏 보기에 그게 쉬운 거 같지만, 실질적으로는 그렇지가 않아. 고희동이 서양미술을 포기한 것에서도 알 수 있듯이, 당시 서양미술을 계속 할 수 있는 여건이 전혀 조성되지 않았었는데, 그래서 내 개인적으로는 나혜석을 위대한 여성으로 보고 싶어."

"내 생각에는 무엇보다도 그녀의 모든 작품들에서 기초실력 미흡현상이 엿보이기는 하지만, 그래도 그녀의 다분한 예술적인 기질과 천재성만은 간파할 수 있어. 냉정히 관찰해 이 점은 어느 누구도 부인 못해."

이동준이 말했다.

"미술대학을 졸업했다고 해서 다들 전문가는 아니잖아? 졸업 후에도 오랜 기간 중단 없는 노력이 계속 수반되어야 하는데, 당시 조선사회 분위기에서 특히 많은 제약을 받았던 그녀가 짧은 시간에 전문적인 화가로 성장하기에는 한계가 있을 수밖에 없었어. 한 사례로 그녀는 유럽으로 유학을 가 미술공부를 계속하고 싶었지만 집에서는 반 강제적으로 시집을 보내버린 것이잖아. 서구도 마찬가지이겠지만, 더구나 조선사회에서 여자가 시집가서 전공을 계속 살려간다는 게 하늘의 별 따기라고 봐야지. 게다가 결혼 후 10년 사이 애를 3명이나 임신, 출산해서 육아 양육과정까지를 고려하면 그림그릴 시간이 거의 없었다고 해도 과언이 아니야. 그럼에도 불구하고 그런 그림 열정을 보였다는 것은 실로 대단한 것이지. 여하튼 누가 뭐라도 예술을 향한 나혜석의 집념 하나만은 높이 사줘야 돼"

박병숙이 말했다. 그녀는 미술대학에서 서양화를 전공한 후, 서양미술사학과에 입학했다. 그녀는 현재 칼 융의 심리학이 잭슨플록의 액션페인팅 자동기술 부분에 미친 영향을 중점 연구하다 너무 어렵다고 생각한 나머지 논문 주제를 인상파로 바꿔가고 있는 중이다.

"나도 그렇게 생각해. 대학은 미술을 전문적으로 배워가는 하나의 코스일 뿐이야. 그 후 원숙미는 나이와 함께 돋보여 가는 것이고, 그런데 거기서 반드시 수반되어야 할 게 타의 추종을 불허할만한 열정과 노력이지. 그렇지 않으면 진정한 예술로서 거듭나지를 못해. 어찌 보면 그게 예술의 속성이기도 해. 박병숙 씨 말대로 대학은 전문 미술가로 가는 하나의 코스일 뿐이야."

이동준은 원론적 입장에서 강조하며 완곡하게나마 박병숙의 의견에 공감을 표했다.

"서구처럼, 우리나라가 객관적이고 엄격한 미술평가 시스템이 안 되어 있기 때문에 어떤 한 사람의 글에 따라 개인의 평가가 춤을 추는 경우가 있어. 나혜석의 평가가 그 대표적인 거 같아. 이는 올바른 미술사 확립을 위해서도 바람직하지는 않아. 지금부터라도 단순 감성이 아니라 그녀에 대한 객관적인 평가가 이뤄져야 할 것 같다는 느낌이 들었어. 그래야 나혜석이 일부 부정적인 평가에서 자유로워질 수가 있을 것 같다는 생각이 들어"

박정인이 말했다.

"나도 형의 말에 공감해. 건전한 한국미술과 문학발전을 위해서라도 그 과정은 꼭 거쳐야 돼. 이렇게 주먹구구식으로 평가가 이뤄지다간 어느 시점에 가서는 걷잡을 수 없을 정도로 왜곡될 가능성이 농후해. 나혜석 거리나 행궁동 골목도 어느 정치가나 이해관계가 있는 사람들에 의해서 졸속으로 이뤄졌다는 생각이 들기도 해. 우리나라가 해방 후 과감한 친일청산이 이뤄지지 않았기 때문에 지금에 와서 이념으로 고초를 겪듯이, 어떤 일이든 출발이 매우 중요하다고 봐. 나혜석에 대한 정확한 평가도 이미 그 시기를 놓쳐버린 것 같아. 이는 우리의 향후 건강한 미술발전을 위해서도 결코 바람직스러운 분위기는 아닌 것 같아."

"그렇다고 꼭 부정적으로만 볼 수도 없어. 그녀와 관련해, 위대한 예술가 문제 여부는 뒤로 하고 싶어."

이동준이 말했다.

"어째서?"

박병숙이 물었다.

"루마니아 중부 트란실바니아에 브란 성(Bran Castle)있어. 이 성은 흡혈귀 백작으로 아주 유명한 드라큘라 성(Dracula Castle)으로도 불리지."

'드라큘라'는 아일랜드 작가 브람 스토커(Bram Stocker)가 1897년 루마니아의 중세 실존인물 드라큘라 백작을 모델로 하여 쓴 소설로 유명해졌다. 이 소설에서는 드라큘라 백작이 브란 성을 주 무대로 하여 활동한 것으로 나와 있는데, 영화로도 몇 차례 제작됐었다. 그 후 소설 내용의 사실여부를 떠나 브란 성은 세계적인 관광지가 되어 버렸다. 사실, 드라큘라가 실제 살면서 활동했던 곳은 브란 성으로부터 150km 떨어진 포에나리 성(Poienari Castle)이었다.

"드라큘라하고 나혜석 거리 문화제하고 무슨 연관성이 있는데?"

박병숙은 고개를 갸우뚱 거렸다.

"내 말은 그 대상들에 대한 진위여부를 떠나 관광에는 어쩔 땐 그럴듯한 '노이즈 마케팅'이 일반인들에게는 더 먹혀든다는 거야. 그 대표적인 예가 바로 드라큘라가 살았다던 브란 성을 들 수 있을 거 같아"

이동준은 나혜석에 대한 평가를 풍자적으로 이야기하고 싶은 취지에서 드라큘라 백작 얘기를 꺼내든 것뿐이다.

"나도 그 얘기 들었어. 드라큘라는 원래 헝가리 사람이래. 그런데 루마니아가 그 소설을 근거로 선수를 치고 나온 거지. 브란 성을 둘러 싼 주변이 너무도 아름다워서 그 성이 관광지로 급부상한 면도 있었지만, 불문곡직하고 일단 유명해져야 해. 그래서 나혜석에 대한 노이즈 마케팅도 일부 성공한 측면이 있다고 봐"

박정인이 이동준을 거들었다.

"동준 씨 얘기는 나혜석을 일단 그런 측면으로 이해하면서 들어가자는 얘기 아니야?"

이경심이 반문했다.

"딱히 그런 것은 아니고……"

이동준은 이경심의 표정을 보는 순간, 말꼬리를 흐려 버렸다.

"그녀의 작품들에서 전반적으로 색상 표현의 완벽성이나 데포르마시옹이 부족한 것은 사실이야. 그렇지만, 어느 작품에서건 예술을 향한 그녀의 집념만은 강하게 느껴져. 그래서 나는 지금의 시각으로 그녀의 작품들을 보지 말았으면 해. 당시의 관점에서 보도록 노력하자는 거야"

박정인이 셋 사이에 보이지 않는 중재를 시도했다.

데포르마시옹(Deformation)은 변형·왜곡·기형 등을 의미하는 프랑스어다. 자연 대상을 묘사할 때 사실 그대로 그리는 것이 아니라 의식적으로 변형시키는 회화 기법으로. 특히 예술가의 주관을 강조하는 근대 미술에 있어 현저한 기법이다. 특히 근대미술에서는 예술가의 주관을 강조하고, 보는 자에게 강하게 호소하기 위하여 형이나 프로포션(Proportion), 공간질서를 의식적으로 변형해 독자적인 조형적 질서를 만드는 것이 성행하였다. 세잔과 피카소, 살바도르 달리, 모딜리아니 등 큐비즘, 초현실주의, 표현주의에서 두드러지게 나타난다. 그러나 그 이전에도 엘 그레코 등의 마니에리즘 회화, 도나텔로와 미켈란젤로의 조각, 로마네스크 시대의 주두(柱頭), 2차원성을 강조한 동방적 조형(고대 이집트 미술, 동양회화) 등에 넓게 구사되었다.

(Infanta Catalina Michaela, 1591년)

"위 그림은 르네상스 후기 여성화가인 소포니스바 안귀소라(Sofonisba Anguissola(1532~1625)가 그린 〈카탈리나 미카엘라 공주〉그림이야. 이탈리아 크레모나 지방의 가난한 귀족집안에서 태어난 이 여성화가로 미술교육을 정통으로 받았지. 이 외에도 월등한 실력을 발휘한 여성 화가들은 무수히 많아"

이동준이 가지고 온 자료들을 가방에서 꺼내 보여주었다.

"이 그림을 왜 보여주는 거야?"

박정인이 물었다.

"내 얘기는 그녀의 예술적인 면보다는 자꾸 한국 최초의 여류 서양화가라는데 더 방점을 두고 있는 것 같던데…… 물론 최초라는 의미가 그 나라의 역사적 관점에서 볼 때 매우 중요하게 다루어질 때도 있기는 하지만, 때에 따라 걸출한 작품이냐 그렇지 않느냐 여부에 더 초점을 맞출 필요도 있어"

"최초의 여류화가 언급까지는 좋게 봐줄 수 있어. 그러나 그 점에 너무 역점을 두다보면, 본질에서 벗어날 수도 있다는 점을 우려하기 때문이야. 다시 말해 아픈 곳은 적절히 건드려 가면서 나혜석의 유작들이 진정 한국미술에 미친 영향이 무엇인지에 대해 우리 모두 진지하게 연구해보자는 취지로 말하는 것뿐이야."

박병숙은 행궁동 거리를 둘러볼 때부터 이 문제를 가지고 못내 아쉬워 했었다.

"누구 말따나 나혜석도 일본으로 유학 가 대학에서 정통으로 미술교육을 받은 사람이야. 더구나 한국 여성 최초로 프랑스에 가 8개월 동안 체류하며 인상파와 야수파 등의 미술 견문을 넓히면서 당시 대가로부터 일정기간 관련 교육도 받은 사람이고……그뿐이야? 유럽과 미국 등지의 박물관과 미술관 등도 두루 둘러보면서 견문도 넓혔잖아?"

이동준은 다른 자료들도 펼쳐 보였다. 그는 학부에서 역사와 철학을 복수 전공했었다. 그는 무언가에 한번 꽂히면 집요하게 파고드는 성격을 가지고 있다.

"너의 말은 그 정도로 공부한 사람의 작품이 고작 이 정도야 라는 걸 꼬집고 싶은 거지?"

박정인이 물었다.

"꼭 그 말이라고 하기 보다는, 나혜석이 그 좋은 기회를 가졌음에도 불구하고, 예술가로서 진정으로 노력했던 과정이 별로 안 보여서 많이 아쉽다는 것이지. 그러나 불모지인 조선에서, 더구나 연약한 여성의 입장으로 서양화를 보급하려 한 불굴의 의지만은 정말 높이 사주고 싶어. 다시 말해 그녀의 개척자적인 정신……나는 차라리 근거도 없는 그녀의 작품성 평가보다는 이런데서 그녀의 모험적인 정신을 찾는데 더 몰입했으면 좋겠어. 그래야 그녀를 찬양하기 위한 정당성도 더 찾을 수 있고…… 내 말뜻 오해 없이 이해하겠어?"

이동준은 곤혹스러운 표정으로 답변했다.

"일본은 우리 보다 거의 100년 앞서 서양문물을 받아들인 나라야. 나혜석이 일본으로 유학 갔을 때는 그곳의 서양미술도 어느 정도 정착단계였다고 봐야지. 그 당시에는 이미 유럽의 인상주의 미술가들이 일본 민화에도 많은 관심을 기울였을 때고……"

"냉정히 얘기하면, 일본 유학생활 중 미술에 전념하지도 않은 거 같아. 미술적 이론 기반 역시 그렇고……자신만의 예술적 기반을 확립하려면 한 가지에만 전념해도 될까 말까 하는데, 문학이다 연애다 뭐다 하면서 졸업한 후에도 너무 겉멋에만 치중한 경향도 있어. 그녀의 타고난 능력에 비해 이 점이 좀 아쉬워."

"일리 있는 얘기야. 나혜석을 결코 폄훼하고 싶은 생각은 없어. 귀국해서 사망 전까지의 그림을 보면 거의 달라진 게 없어. 동준씨 얘기는 미술대학 졸업 후 최소 10년 정도 지나 작품에서 자기의 색깔과 원숙미가 물씬 풍겨야 하는데, 우리의 기대에 미치지 못하고 있다는 점을 지적하고 있는 거 같아. 안 그래?"

"바로 그 말이야"

이동준이 고개를 끄덕였다.

"당시 유럽이나 미국 대학들에 다니는 대부분의 여성들 생각들도 그랬다고 보고 싶어."

이경심이 말했다

"어떤 근거에서?"

이동준이 물었다.

"다른 책에서도 봤지만, 예전에 어느 영화에서 보수성이 강한 미국 동부 女大안의 생활과 사고방식을 그려내면서 그런 방향을 암시한 것을 봤어. 불과 70~80년 전 상황을 배경으로 한 것이었어. 지금이야 인식이 많이 변했지만, 나혜석이 다닐 땐 여학생 대부분이 좋은데 시집가려고 공부를 한 것이지, 무슨 전문가가 되려고 한 것은 아니라고 봐. 그럼에도 불구하고 나혜석이 불굴의 정신으로 조선사회에서 서양화 개척자 역할을 했다는 점에 대해선 누가 뭐래도 높이 평가해줘야 해."

"나도 공감해. 최초의 서양화가로 평가되는 고희동의 사례에서도 알 수 있듯이, 나혜석은 여자임에도 불구하고 서양화의 길로 일관되게 걸어갔잖아. 그 때는 물감 하나만 사려고 해도 일본에 주문해야할 사정이었어. 1980년대 까지만 해도 대부분의 미술학도들이 일본물감을 사용했을 정도야. 그런 악조건 속에서도 나혜석이 서양화가의 꿈을 포기하지 않은 것 자체만 해도 정말 대단하다고 생각해"

박병숙이 이경심을 쳐다보면서 그녀의 말에 힘을 실어줬다.

"다시 물어볼 게. 보통 유명 화가들에게서는 그림공부 10년이면 원숙미와 자기 색깔이 분명히 나와야 하는데, 나혜석에게서는 실험적 모방 비슷한 거 외에 이렇다 할 자신만의 예술작품이 잘 안보인다는 뜻으로 받아들여도 되겠지?"

박정인이 정리를 했다. 참석자들 모두 고개를 끄덕였다.

"피카소의 경우, 젊은 시절의 청색시대, 거인시대, 큐비즘 등의 과정 등을 거치면서 자신만의 독특한 예술세계를 열어가게 되지.

그렇다고 그가 데생력이 부족하냐 하면, 천만의 말씀……그의 크로키나 소묘들을 보면 혀를 내두르지 않을 수 없어. 이게 뭘 의미하느냐 하면, 부단한 열정과 노력의 결과를 반증하는 것이지. 그래서 오늘 날 세계최고의 작가 중 한 사람이 됐던 것이고……"

이동준이 미묘한 뉘앙스로 이견을 피력했다.

"그렇지만, 나혜석은 한국여성이잖아. 조선 최초의 여류서양화가라는 점에서 의의를 찾아도 무방할 거 같은데……"

박정인이 이같이 말한 것은 외국 유명작가들과 비교해가면서 너무 나가지 말자는 취지였다.

"나도 나혜석에게 꼬리표처럼 따라다니는 '조선최초의 여류화가'를 '개척정신' 의미로 중시하고 싶어. 그렇지만 그녀의 작품까지 과대평가하지 말자는 거야. 왜냐하면, 작가가 아무리 말로 설명해도 필요 없어. 그간 이루어놓은 작품들이 거짓 없이 말해주는 것이거든. 작품에서만큼은 미대졸업과 그 이후의 작품들을 냉정히 평가해놓아야 한다는 것이야. 그런데 그녀의 미모와 호화로운 삶 조건 등에 묻혀서 모든 게 두루 뭉실 도매금으로 넘어가고 있는 것 같아 못내 아쉽다는 것이지. 그러니 내 말에 추호도 오해 없기를 바라"

이동준이 말했다.

"누가 오해하니? 동준이 같은 사람들만 많아도 오늘 날 우리 미술계가 이처럼 개판되지는 않았을 텐데……그 대표적인 예가 작품성과는 무관한 영혼도 없는 평론들이잖아?"

"그 얘기하니깐 생각난다. 내 친구 중에 글 잘 쓰는 애가 하나 있는데, 그 친구는 벌써 인사동 등에서 열리는 전시회 팸플릿에 온갖 미사어귀 집어넣어 그럴 듯하게 써주고 30~50만원 씩 받으며 생활할 정도야. 어쩔 때는 그림하곤 전혀 상관없는 글도 있어. 난 그 이후부터 팸플릿 주례 평은 아예 쳐다보지도 않아"

이경심이 말했다.

"나혜석이 그림공부 할 당시 프랑스 말고 유럽의 후기 인상파 미술대가들 그림을 한번 보여줄게. 적어도 이 정도는 되어야 화가라고 자부할 수 있는 거 아니야?"

이동준은 대학원에 입학 후, 방학 때 마다 유럽 전역의 박물관과 미술관 등을 돌아다니면서 자료를 모아왔다. 벌써 그의 작은 방에는 여백이 없을 만큼 자료들과 책들로 빼곡히 차 있었다.

(소녀의 옆모습, 1878년, N. Grigorescu, 루마니아 국립미술관)

"이 여인의 모습은 루마니아의 후기 인상파였던 니콜라에 그리고레스쿠(Nicolae Grigorescu, 1838~1907)가 그린 것이야. 한번 면밀히 감상해봐, 묘사력이나 색감 및 예술적 원숙미가 넘쳐흐르잖아? 나혜석이 이 보다는 못 해도 어느 정도 그려냈으면 그녀의 예술적 우수성을 인정하겠는데, 나는 그녀의 작품을 아무리 곱게 봐주려 해도 미완성 작품으로 밖에 인정 못하겠어. 내가 왜 그런 소리 하느냐 하면 나중에 그 이유를 소상히 설명해줄게. 그리고 아래 또 하나의 그림을 봐줘"

(숄을 두른 소녀, 이온 안드레스쿠, 루마니아 국립미술관)

"이 여인 모델 역시 루마니아의 후기인상파에 속하는 이온 안드레스쿠(Ion Andreescu 1850~1882)작품이야. 내가 이 그림을 소개하는 이유는 작품성도 있지만, 그 나라에서 이 화가들에 대한 예술성 여부를 놓고 전문가들이 15년 동안 정밀 검토한 끝에 예술원회원으로 등록시켰다는 점이야. 그런데 우리나라에서는 기자들, 또는 글쟁이들이 엿장수처럼 예술가들을 마음대로 정하나? 나혜석 작품이 루마니아에서라면 어떤 평가를 받았을까?"

이동준은 흥분된 나머지, 말투가 갈수록 격앙돼 갔다. 박병숙은 그를 훔쳐보면서 우러스러운 표정을 짓지 않을 수 없었다. 박병숙은 평소 때에 따라 다혈질적인 기질을 드러내는 그의 성격을 잘 알고 있었다.

"한국은 문화적으로 덜 성숙된 나라잖아? 경제적으로는 OECD 12~13위니 뭐니 하지만, 문화적으로는 아마도 세계 80위권 밖일 거야. 거기서 뭘 바래? 게다가 독서량도 바닥이고……우리의 그런 실정도 감안해서 말해야지."

박정인이 제동을 걸었다.

"아무리 그래도 그렇지"

이동준은 답답한 마음에 식은 커피 한 모금을 벌컥 들이마셨다.

"서구 미술들을 연구하면서 가장 부러운 게 하나 있어. 그게 뭐냐면 인물묘사야. 그런데 우리 한국에서는 2018년 현재까지 제대로 된 인물화가 거의 안 보여. 서양미술을 도입한지가 벌써 1백년이 넘었는데 말이야. 그런 측면에서 보면 나혜석의 데생력을 너그럽게 이해해줘도 되지 않을까?"

박병숙이 이동준의 표정 변화를 훔쳤다.

"우리가 서양미술을 잘 못 이해한데서 데생력 발전이 없었다고 보고 싶어. 1백년이면 아주 기나긴 세월이야. 그 과정에서 가장 큰 문제는 예술을 하나의 겉멋으로만 보고 본질 접근에 소홀히 했기 때문에 그 같은 결과가 초래된 거 아니겠어? 내 말의 의미는 지금부터라도 각성해서 본질에 차근차근 접근해 가자는 거야. 그래야

1백년 후에는 서양미술과 대등해질 수 있지 않겠어?
 이동준이 자신의 평소 생각을 설파하면서 이견을 제시했다.
"그건 그렇고, 그녀의 이혼 고백서는 어떻게 생각해?"
 이경심이 눈치 빠르게 화제를 돌려버렸다.
"그에 앞서, 우리가 왜 교육을 받지? 교육의 목적이 뭐야?"
 박병숙이 물었다.
"그야 조화로운 인간을 만드는데 있지"
 박정인은 자신의 답변이 마치 당연하다는 듯, 태연스럽게 말했다.
"그렇지?"
 박병숙이 바로 그 점이야 라는 투로 반응했다.
"급변하는 새로운 학문이나 과학적 전문성을 키워 거기에 조화롭게 적응시키기 위한 것이기도 하고"
 박정인이 거들었다.
"그건 두 번째지. 무엇보다도 조화로운 인격 양성에 있다고 보고 싶어. 내가 왜 물었느냐 하면, 나혜석의 정신세계는 정상적인 사람으로서는 도저히 이해가 안 돼"
"왜?"
 이동준이 물었다.
"생각해봐. 그녀가 김우영에게 이혼 조건으로 4가지를 요구했어. 그 가운데 '나 만을 사랑해 달라'고 했어. 그럼 그녀도 김우영만을 사랑해야 하는 거 아니야? 그런데 뭘 잘했다고 정조론 등을 들고 나와?"

"한 마디로 궤변이지 뭐"

이동준이 말했다.

"결혼하기 전 최승구나 이광수와의 관계는 예외로 치자 이거야. 그렇지만 자기만을 사랑해달라고 한 여자가 최린과 신나게 바람피워 놓고선 무슨 할 말이 있다고 그런 궤변을 늘어 놔? 차라리 그런 요구나 하지 않았으면 애써 이해라도 해주지"

"장담하지 마. 사람은 속성상 사면초가에 몰리며 누구라도 이성을 잃게 돼있어. 그게 바로 부인할 수 없는 인간의 속성이야. 당시 나혜석이 처해있는 심정을 조금이라도 이해해 봤어? 그래도 나혜석은 드물게 볼 수 있는 솔직한 부류에 속해. 또한 당시 그녀의 실수와 궤변이 있었기에 결과적으로 오늘날 여권신장에 많은 기여를 한 것이고……그러니 그녀를 함부로 폄훼하지 않는 것이 더 좋다고 생각해"

이경심이 못마땅한 투로 말했다.

"친일의 문제는 나중에 얘기하고, 나는 오히려 김우영의 태도를 더 높이 쳐주고 싶어"

박정인이 말했다.

"왜?"

이경심이 의외라는 표정으로 반문했다.

"몰라서 물어? 김우영이 독일에서 공부하는 동안 이미 나혜석의 불륜 사실을 알고 있었던 거 같아. 그간 애들 엄마이기도 해서 내색 않고 있다가 귀국 후에도 가급적 묻어 두려고 했는데, 나혜석이 최린에게 또 연애편지를 썼고, 최린이 그 편지를 다시 김우영에게 보내 결국 이혼으로까지 가 버린 것이지. 당시 김우영의 심정은 배신감 그 자체가 아니야. 아마 찢어 죽이고 싶었을 거야. 속된 말로 '자기만을 사랑해 달라고 해놓고 바람을 피워?'라며 분개했을 거야"

"대신 김우영도 귀국해서 신광순이라는 여자하고 동거했잖아?"

이경심이 여성의 입장으로 반문했다.

"그 때는 이미 나혜석이 김우영에게 배신감을 심어준 이후이지. 그 문제하고는 차원이 다르잖아?"

박정인이 반박했다.

"냉정히 따지고 보면, 나혜석이 어려서부터 고생 모르고 자랐기 때문에 그런 실수를 저지른 측면도 있어"

이동준이 지적했다.

"나는 여인의 외도 가지고 비난하거나 꼬투리를 잡자고 하는 게 아니야. 일단 사람은 아무리 어려운 환경이라도 사람의 도리를 지키려고 몸부림을 쳐야 돼. 그래야 상대편도 그 진정성을 알아줄 수 있어. 방귀 뀐 사람이 더 화를 낸다고, 정작 자기가 한 약속을 헌신짝처럼 내팽겨 치면서 바람 피워놓고 뭘 잘했다고 그런 궤변을 늘어놓아? 차라리 오빠의 조언처럼 그림이나 글에 매진하면서 자숙하는 모습을 보여주어도 모자랄 판에……"

"네가 그렇게 얘기하니깐, 세계적으로 유명한 두 문학작품이 생각난다."

"무슨 작품?"

"미국작가 시드니 쉘던의 〈깊은밤 깊은 곳에〉라는 작품에서 여주인공 노엘이 남편을 속이고 옛 애인에게 집착을 보이다가 결국 죽음으로 배신을 당하지."

"그리고 또 한 작품은?"

"서머싯 몸의 〈페인티드 베일〉에서 여주인공 키티가 중국으로 남편을 따라가 영국정부요원 부인으로 행세하면서 타운젠트라는 외교관과 바람이 나지. 남편이 그걸 알고 정중히 이혼을 요구하자, 키티는 타운젠트가 자신을 여전히 사랑해줄 것으로 착각하고 단숨에 그를 찾아가지. 그러나 돌아온 건 그로부터의 차가운 반응이었어. 키티가 타운젠트에게 가기 전 남편은 '그가 받아주지 않을 것'이라고 장담했었지. 키티가 그 만큼 남자의 속성을 몰랐던 것이라고 할 수도 있어. 나혜석도 마찬가지였잖아? 최린이 섹스 할 때처럼 변함없이 자신을 열렬히 사랑해줄 것으로 기대했으나, 돌아온 건 매몰찬 거절이었잖아? 그래서 나혜석은 거기에 분개한 나머지 그에게 위자료 1만 2천원을 청구했던 것이고······."

"네 말은 두 작품과 비교해볼 때, 나혜석이 아주 순진했다는 뜻이네. 그렇지?"

그 두 작품에서 작가들은 그런 여인들을 2류(Secondariness)로 표현하고 있다.

"그렇다고 할 수도 있지. 어찌 보면 나혜석이 도덕성에 있어서 무딘 면이 있는 거 같아. 누구와의 사랑에 빠지면 이성적으로 판단이 흐려지는 것 같기도 하고"

"그래서 여성들이 한번 사랑에 빠지면 자기 자식도 버린다는 말이 나왔는지도 모르지"

"서머싯 몸은 사랑한다는 여인의 말을 믿는 남자처럼 어리석은 이는 없다고도 했어"

"그거 맞는 말이다"

"뭐가 맞아?"

이경심이 여우 눈을 하면서 박정인의 팔을 세게 꼬집었다. 그는 아프다고 살짝 인상을 썼다.

"서머싯 몸은 자신의 자전적 소설 〈인간의 굴레〉에서 한 여인을 극찬하지. 그러나 10년 후 발표한 〈페인트 베일〉에서는 키티같은 여인을 경박한 캐릭터로 묘사하지. 참 아이러니한 것은 그토록 사랑했던 밀드레드로부터 처참한 배반을 당한 후 새롭게 안 샐리를 극찬할 때 결혼했다가, 키티를 경멸할 무렵 본부인과 이혼한 후 90세가 넘도록 독신으로 살아가지. 그의 소설을 가만히 분석해 보면 그가 어느 날부터 여성에게 환멸을 느끼기 시작했던 거 같아. 그래서 여자가 사랑한다는 말을 믿는 것처럼 어리석은 이는 없다고 한 것이고……"

이동준은 문학에도 많은 관심을 가지며 살아왔었다.

"그 보다 나혜석의 이혼고백서 발표와 그 후 일련의 글들을 신여성이니 뭐니 하면서 옹호하는 인간들은 또 뭐야?"

박병숙이 제기했다.

"나도 그 사람들을 도저히 이해 못하겠어. 자기 마누라나 남편이 그렇게 했다면 과연 그렇게 행동할까? 답은 간단해. 그들의 이중성 때문이야."

박정인이 말했다.

"이치에도 안 맞는 그들의 찬양은 신여성 개념에서 벗어나도 한참 벗어났어."

이동준이 소신 있게 피력했다.

"나도 그렇게 생각해. 내가 생각하는 신여성 개념은 남들보다 미개척분야에서 불굴의 의지로 무언가를 개발해 모든 사람들에게 귀감이 되게 하는 여인을 일컬어야 하는데, 냉정히 얘기해 나혜석이 그런 여성은 아니었잖아? 동양화가 박래현 씨 같은 사람이라면 몰라도……"

"금수저 집안에서 태어나 호의호식 하다가 일본으로 유학을 가 한국여성 최초로 그림 공부를 한 거 외에 다른 사람들이나 사회에 귀감이 되는 결과물을 보여준 건 없어 그 결과물은 불문곡직하고 지금에 와서도 모든 사람들에게 회자될 정도로 훌륭한 작품들이어야지. 그런데, 그녀가 얼마나 창작에 심혈을 기울였느냐 이거야.

그건 작품으로 판명되잖아. 혹여 모르겠다. 불굴의 투혼으로 노력했지만 타고난 재능이 모자라 그랬다면 아름다운 인생으로 포장이라도 해 줄 수는 있지. 정도로 가려고 한 것 보다는 불륜이나 스캔들만 일으킨 여인이 지금에 와서 일부 사람들에 의해 미화된 여인으로 다시 태어난다면 대한민국의 미래를 봐서도 결코 바람직한 일은 아니라고 보고 싶어"

"모든 면에서 봤을 때 나혜석은 그래도 착한 여자야. 김일엽은 나혜석 보다 더 한 여자이던데 뭐"

이경심이 나혜석을 너무 폄훼한다는 투로 반론을 제기했다.

"김일엽이는 나혜석과 비교 자체가 안 돼. 그녀는 그런 면에서 둘째가라라면 서러워할 여성이었지."

"김일엽이 일본으로 유학가기 전 유부녀 신분으로 갔다고 하던데, 사실이야?"

박병숙이 물었다.

"사실이야. 가기 전에 나이차 많이 나는 사람과 결혼했었고, 남편의 경제적 지원을 받아 유학을 간 것인데, 거기서 일본 사람과의 사랑에 빠져 사생아까지 낳아버린 것이지."

김일엽은 이화학당 중등부(이화여고 전신) 2년 재학 중 어느 재력가와 약혼했다가 파혼하면서 큰 상처를 받았다. 이 재력가는 파혼 대신 집 한 채, 그리고 토지와 거액을 위자료로 보상해주었다. 이 때 김일엽은 그로부터 받은 돈이 아무리 많아도 이미 받은 자신의 상처를 메울 수 없음을 알고는 '어떤 돈도 인간의 욕망을 채우기엔 모자란다는 사실을 깨달았다'고 하는데, 이 말의 진실여부는 일본 명문가 아들과의 사랑에 빠지면서 그 본성이 또 드러난다.

　김일엽은 1914년 이화학당 중등부를 마치고, 이화학당 대학 예과로 진학해 1918년 3월 20일 졸업한 후 동대문 부인병원에서 간호원 과정 강습을 수료했다. 그녀는 1918년 봄 외할머니의 도움으로 일본으로 유학, 도쿄의 일본 닛산 여학교 입학과 동시에 도쿄대학 영어준비학원에도 수강하면서, 同 학교 6개월 과정을 수료하고 귀국했다. 그녀는 그해 여름 미국유학파인 연희전문학교 화학교수로 있던 40세의 '이노익'과 정동예배당에서 결혼식을 올렸다. 당시 그녀 나이 22세였다. 이노익은 미국 네브래스카 웨슬리언 대학 화학과를 졸업한 후 1915년부터 연희전문에서 화학교수로 재직하고 있었다. 그러나 남편 이노익은 다리가 하나 없는 극심한 장애인이었다. 그래서 김일엽은 결혼생활 4년 동안 불구인 남편으로 인해 심적 고통을 많이 겪었다고 했다. 김일엽은 남편이 당시 이혼남이었고, 친구들의 극구 만류에도 불구하고 연로한 외할머니에게 부담을 주지 않는 마음으로 그와의 결혼을 서둘렀던 것이라고 변명했다.

　남편은 자신으로 인한 김일엽의 인간적 고통을 이해한 나머지 1919년 모든 경비를 들여 그녀를 일본 동경영화학교(東京英和學校)에 유학을 보냈다. 그녀는 이때 허영숙, 이광수, 나혜석 등과 교류하게 된다. 나혜석은 그녀 보다 6년 먼저 일본유학을 와서 1914년 잡지 학지광에 〈이상적 부인〉이라는 글로 이미 유명해져 있었고, 1917년부터는 일본의 조선인 여자 유학생들의 잡지 〈여자계〉의 주간으로 있었다. 그녀는 또, 일본에서 당시 유학생이던 시인 노월 '임장화'를 만나 동거에 빠진 것을 계기로 결국 남편 이노익과 이혼을 하게 된다. 소설가 김동인은 이와 관련, '보금자리를 마련했다'며 조롱하기도 했다. 춘원 이광수는 김일엽의 문장력에 반해 일본의 저명작가 작가 히구치 이치요(樋口一葉, 1872~1896)를 빗대 조선의 이치요가 되라는 의미로, 일엽(이치요의 한국발음)이라는 필명을 지어준다. 그래서 김일엽은 이후 이를 필명으로, 그리고 출가 후에는 법명으로 사용한다. 그녀는 新女子 1호에서는 원주라는 본명을 사용했지만, 2호부터는 일엽이라는 필명으로 작품활동을 했다. 김일엽은 당연 총각으로 알고만 있었던 이노익 교수가 앞서 결혼했던 본부인이 남편의 다리를 보고 놀라 야반도주했다는 충격적인 사실을 안 후 많은 고민을 했고, 이를 전해들은 친구들도 그녀에게 이혼을 종용했다고 한다. 김일엽은 결국 1920년 영화학교를 중퇴하고 귀국하는데, 그녀의 귀국사유는 이 사이 태어난 일본 명문가 아들과의 사생아 때문이었던 것으로 추정된다.

"아무리 좋게 봐주려 해도. 그 당시 신여성들의 욕심이 너무 지나쳤다는 생각밖에 안 들어?"

"그 후 김일엽의 행적들을 볼 때, 나혜석이 최소한 사랑에서만큼은 김일엽에 비해 아주 순수한 사람이었다는 생각이 든 반면, 김일엽은 자신의 행동에 대해 아무리 변명을 늘어놓아도 결코 좋게 볼 수 없는 여자였고……"

박병숙이 같은 여성의 입장으로서도 부끄러움을 느끼지 않을 수 없었다.

"그래서 김일엽이 나중에 중이 됐구나!"

이경심도 같은 입장을 표했다.

"그러고 보면, 중, 신부, 목사 등등 성직자들의 위상도 한참 바뀌어야 할 것 같아. 어찌 보면 일반인들에게 마음만 먹으면 개나 소나 다 성직자가 다 될 수 있다는 인식이 들기도 하겠어."

"그러게 말이야. 능력이 아무리 출중하면 뭘 해? 그 보다 인간이 되려고 몸부림쳐야지. 내가 볼 때는 저런 여인들을 두고 과유불급이라는 말이 나오는 거 같아. 욕심이 지나쳐 자신의 불행들을 자초한 사람들이라고 하면 입이 열 개라도 변명하지 못할 거 같아. 그렇지만 순발력과 글 솜씨는 나혜석 보다 나았던 건 분명한 거 같아."

이동준이 노인들의 습관처럼 혀를 끌끌 찼다.

"김일엽의 미모가 나혜석 보다 훨씬 못한 거 같던데, 남성들이 그녀의 어떤 면을 보고 그토록 좋아했을까?"

이경심이 궁금증을 표했다.

"아마도 두 가지 중 한 가지 였을 거야. 당시 신여성으로서 인텔리에 속했기 때문이던가, 아니면 그녀가 꼬리를 쳤던가. 젊었을 시절엔 못생긴 여성이 꼬리쳐도 웬만한 남자는 대부분 넘어간다고 볼 수 있지. 게다가 당시 조선사회에서 드문 신여성들이었으니깐"
 박정인이 사견을 전제로 얘기했다.
 "그럼, 남성들이 미인에게 사족을 못 쓴다는 말도 틀렸네?"
 이경심이 반론을 제기했다.
 "보편적으로 봤을 때, 그렇다는 것이지. 솔직히 미인 안 좋아하는 남성들이 어디 있어? 여기서 한 가지 중요한 것은 얼핏 보기에 미인은 미인이 아니다 라는 거야. 보기엔 미인일지 모르지만 대부분의 여성에서 천기가 흐른다고 보면 돼. 그래서 생긴 대로 논다는 말이 나온 것이기도 하고……"
 이동준이 박병숙의 표정을 훔치며 말했다. 그녀는 첫인상에서 아주 섹시한 느낌을 풍긴다는 말을 자주 듣고 살아왔다.
 "그걸 입증할만한 근거 있어. 평소 근거 좋아하던데, 있으면 제시해봐"
 박병숙이 못마땅한 투로 말했다.
 "김일엽이 고등학교 2년 때 재력가와 약혼했다는 얘기를 냉정히 되돌아 볼 때, 이런 생각이 들어?"
 "어떤 생각?"
 "그 재력가는 아마도 상처한 노인네였을 거야. 김일엽의 미모를 감안했을 때 노인네 아니었음 누가 결혼을 추진하겠어. 김일엽의 탐욕과 맞아 떨어진 거고. 무엇보다도 김일엽의 애정행각은 오래 오래 지탄받아도 모자랄 것 같아. 너무 충격적이다.”

이동준이 말했다.

“그러게, 과연 그런 여성들이 정조론을 들고 나올 자격이나 되는 거야? 모두가 다 궤변에 불과해. 허정숙도 남자 바꿔치기를 밥 먹듯 했잖아? 그 후유증이 두려워 나중에 월북해버렸는지도 모르지 뭐”

박병숙이 지적했다.

“나혜석이 26세로 요절한 최승구는 진정 사랑했었나 봐?”

이경심이 또 잽싸게 화제를 돌렸다.

“그 사람의 시적 재능은 천재성을 가지고 있는 것이 분명해. 그런데 그 사람은 성향으로 보아 애너키스트(anarchist)에 가까워. 그간 나혜석의 행동으로 보아 최승구의 그런 성향과 맞아 떨어졌던 것이 아닌가 여겨지기도 해. 물론 서로 문필가나 예술가적 특질로 좋아한 면도 무시할 수는 없지만……”

“그럼 나혜석이 김우영과의 결혼 전에 왜 최승구 묘지로 신혼여행을 가 그의 묘지에 비석을 세워달라고 했을까?”

“그건 크게 보아 두 가지로 해석해볼 수 있을 것 같아. 하나는 사랑하는 사람에 대한 마지막 인사이고, 다른 하나는 최승구에 대한 영원한 사랑의 표시도 될 수 있을 것 같아.”

“그렇다면, 자신이 기회 봐서 찾아와 묘비를 세워주면 될 걸 가지고, 왜 굳이 남편에게 부탁을 해? 그것도 하필이면 신혼여행 때 말이야”

"나도 그 점이 좀 아리송한데, 남편에게 최승구와의 영원한 이별을 은근히 과시하기 위해서가 아니었을까? 청개구리 어디로 튈지 예측 불허이듯이, 나혜석이 워낙 돌출행동을 많이 했기 때문에 가끔은 그녀를 이해 못할 때가 많아"

"여하튼 확실한 것은, 나혜석이 문장력이나 예술적 천재성이 있는 남자에게는 쉽게 빠져드는 기질이 있는 것 같아. 최승구와 이광수 및 최린 등이 그 대표적인 예이고……사실 나혜석이 법률가인 김우영을 진정으로 사랑하기에는 힘들었을 거야. 무엇보다도 둘이 서로 기질이 맞지를 않아. 비록 돈은 많이 벌어다 주었을지는 몰라도……그런데 예술가에게는 이따금 돈이 꼭 전부일 수는 없을 때가 있어. 혹여 모르겠다. 나혜석이 최승구와 결혼해서 살았더라면 불륜이란 걸 잊고 살았을 지도……"

"꼭 그렇게 만은 볼 수 없어"

"왜?"

"남성도 마찬가지이지만, 일부 여성에게도 님포메니악(Nymphomaniac)적인 기질이 있어 가지고, 한 남자 가지고는 도저히 양이 안 찬다고 그래. 혹여 나혜석이 정조론에서 자신의 특질을 잘 알고 있었기 때문에 이 이론을 가지고 주장했는지는 모르겠어. 그렇게 되면, 도덕성이나 이성적 행동보다는 타고난 본능이 더 우선시 될 수도 있거든."

"나혜석의 사진을 보면 그렇게 예쁘지도 않잖아?"

"얘는? 여성이 탤런트나 영화배우처럼 오밀조밀하게 예뻐야 꼭 남자들의 이목을 끄는 게 아니야. 솔직히 얘기해 그런 여인들은 눈요기 감이지 결혼 대상감은 아니야. 여성들도 마찬가지이겠지만, 남자들에게 가장 관심을 끄는 것은 성적 매력이야."

박병숙이 박정인의 말에 공감을 표하면서 묘한 미소를 지었다.

"너의 말은 나혜석의 키도 큰 편이고 입술도 두툼하고 등등 여러 모로 성적매력을 발산하고 있다는 것이지?"

이동준이 호기심에 물었다.

"바로 그 말이야. 그래서 일본사람들도 그녀에게 미쳐 식음을 전폐할 정도였다는 것이고……나혜석이 성적매력을 듬뿍 지닌 여성이었던 것만은 분명해"

"그런 여성이 꼬리치는데, 안 넘어가는 남자가 어디 있겠어? 그래서 김우영도 그런 매력에 홀딱 반해 오랜 기간 구애했기 때문에, 그 파격적인 조건도 흔쾌히 수용했던 것이고……"

"나는 나혜석을 이해해주고 싶어. 최린과 김우영을 비교했을 때 최린하고는 비교가 안 되는 것 같아. 그러니깐 첫 눈에 반했겠지"

"그렇다고 불륜 그 자체까지 용서되는 게 아니잖아. 영원히 비밀로 유지됐다면 몰라도……"

"지금은 작고하셨지만, 모 유명한 소설가가 생전에 한 말이 문득 생각난다."

박정인이 얘기했다.

"무슨 얘기?"

이경심이 비상한 관심을 보였다. 그녀는 원래 궁금증을 못참는 성격이었다.

"남자와 여자가 처음 만났을 때, 남자는 상대에게 성적매력이 느껴지지 않으면 재회하기 어렵다고……대신 여성의 경우 상대남자에게 성적매력보다는 정신적인 안정감 등을 느끼지 않는 한 다시 만날 확률이 적다는 거야"

"그래서?"

"여성에게는 아무리 학벌이 좋고, 돈이 많아도 성적매력을 물씬 풍기지 않으면 남자의 관심대상에서 벗어날 확률이 높다는 뜻이야"

"일리 있는 얘기다."

이동준이 고개를 끄덕이면서 공감을 표했다.

"그런데, 결혼하면 그게 완전 뒤바뀐다고 그래. 여성의 경우 애 한둘 낳고 난후엔 남편에게 성적관심을 보이기 십상이고, 남성은 아내에게 모성애를 느끼고, 때로는 누나, 애인 등등 시시각각 바라보는 감정이 달라진다는 거야."

"그래서 여성이 중년에 접어들면 바람을 피우게 마련이라는 얘기를 하려고 그러는 것이지?"

이동준이 꼬집었다

"맞아! 국화 옆에서라는 시에서도 그 뉘앙스가 아주 짙게 풍겨. 여성에게 필연적으로 돌아오는 제2 사춘기 말이야. 서정주 시인은 그 점을 아주 고상한 표현으로 노래한 것뿐이고……"

"형이 하고픈 얘기는 나혜석이 그렇다는 거 아냐?"

"꼭 아니라고는 볼 수 없지"

"그 얘기 하니깐 뇌리를 번득 스쳐가는 게 있는데, 나혜석과 김일엽 및 허정숙이 여성의 정조 유효기간에 대해 격론을 벌인 적이 있다고 그래. 거기에서 얻어진 중론은 남편이 감옥에 갔거나 별거 중일 때 지켜야할 수 있는 정조 유효기간이 보통 1~3년으로 모아졌어. 그 이후에는 다른 남자와 외도해도 괜찮다는 거지. 특히 허정숙은 여성의 성욕본능도 인정해야 한다는 점을 강력히 주장했다고 그래."

"허정숙이는 원래 유명한 바람둥이 아니야? 그녀는 밥 먹듯 남편을 갈아치우기로도 유명했지. 그러고 보니깐 당시 신여성이라는 개념이 선각자라는 의미 보다는 누가 더 많은 남자와 잠자리를 가지기 경쟁이었다는 오해도 불러일으킬 수 있을 거 같아. 당시 좀 배웠다는 남자와 여자 모두 너무 심했다는 생각밖에 안 들어."

"그녀들이 대단히 착각하고 있는 게 하나 있는 거 같아. 당시 성적 개방이 서구에서도 그녀들 같이 난잡하지는 않았어. 비근한 예로 소설가 D.H 로렌스를 들 수 있지"

"뭔데?"

"로렌스가 1928년 〈채털리 부인의 사랑〉을 출간한 후 마을에서 쫓겨났지. 그만큼 당시 서구에서도 상상을 초월할 정도로 보수적이었거든. 성 윤리도 생각보단 엄격했었고……그런데 당시 신여성들이 주장하는 서구의 성의식 개방론은 잘못돼도 한참 잘못된 것이야"

이 소설의 출판 역사는 파란만장하다. 로렌스는 1928년 이 소설을 개인적으로 출간한 이후 외국에서는 줄곧 유통되었으나, 정작 영국 내에서는 무삭제판을 사 볼 수가 없었다. 펭귄출판사가 1960년 무렵 이 책을 무삭제판으로 제작하려 했으나 1년 전 발효된 음란저작물 금지법에 따라 고발당했다가 천신만고 끝에 무죄 판결을 받은 후, 출판할 수 있었다. 이 소설이 독자들에게 그토록 강렬하고 독특한 작품으로 남아있는 것은 성관계를 너무 리얼하게 묘사했기 때문만은 아니다. 영미 문학사에서 최근까지도 여성의 성적 욕망을 표현한 작품은 그리 많지 않다. 이 소설은 한 여성이 만족스런 성애 후 경험하는 섬세한 쾌락과 그렇지 못한 경우의 실망, 그리고 진정한 성관계의 성취감을 그려내고 있다. 이것만으로도 이 작품은 진정한 영미 명작으로 인정받을 만한 충분한 이유가 될 것이다.

"원래 일본이라는 나라의 성문화가 개판이지. 그런 면에서는 어느 누구도 부인 못해. 신여성이나 남자라고 자청하는 그네들 모두가 일본에서 못된 것만 배워가지고 온 측면도 부인 못해. 그래서 사람은 환경이 중요한 거야. 인간의 원초적 본능은 무시할 수 없지만,

그래도 성에 대한 도덕적 개념은 분명 일정 틀에서 유지되어야 돼."
"당시 신여성들 사이에서 이런 속어가 유행하지 않았을까?"
"무슨 속어?"
"흔히 말하는 뭔 동서지간……"
"에이……그건 비약이 너무 심하다"
"심하긴, 어찌 보면 그런 속어가 안 나왔다면 더 이상한 것이지. 내 말은 그 만큼 개판이었다는 것이야. 늦었지만, 그네들 지하에서라도 부끄러워해야 돼"
"내가 얼마 전 도서관에서 아주 두툼한 Erotic Art History책을 본 적이 있었어. 그런데 그 책에서 놀란 게 있었어. 중국과 일본의 춘화는 적나라하게 소개돼 있는데, 우리 한국 것은 하나도 없는 거야. 일본이 그만큼 성에 대해선 자유로운 국가였다는 생각이 들더라고……"

이동준이 이 얘기를 꺼낸 취지는 당시 일본에서 공부하던 조선인 남녀 유학생들이 그런 춘화(春畵)를 접할 수 있었을 뿐만 아니라, 자유로운 성애 의식에 쉽게 영향을 받았을지도 모른다는 개념에서 나온 것뿐이다.

"지금에 와서 그런 사람들에게 맹목적으로 찬사를 보내는 사람들도 문제 중에 문제고……솔직히 직설적으로 표현해 어떤 면에선 무식의 소치에서 나온 것 같다는 생각도 들어. 그런 말 있잖아? 무식하면 용감하다고……"

"지금은 예전에 비해 많이 나아졌다고 할 수 있지만, 당시의 그릇된 성문화가 오늘날에도 시정되지 않고 도처에 뿌리박혀 있다고 봐야지. 친일청산이 안된 것처럼…"

"맞아! 일리 있는 얘기야"

"그럼 김우영은 나혜석을 진정 사랑했던 것일까?"

이경심이 여성의 입장으로 듣기 거북했던지 또 화제를 돌려버렸다.

"상처(喪妻)경험을 가진 사람으로, 김우영이 그녀의 성적매력에 더 사로잡혔을 거야. 그 점이 바로 비극의 씨앗을 준 것이기도 하고……고기도 먹어본 사람이 안다고……그 때는 그가 아무리 많이 배운 지식인이라지만, 아무것도 안 보였을 거야. 눈에 콩 깍지가 씌워진 것이지. 물론 나혜석의 재능이나 가문의 위력도 한 몫 단단히 했겠지만……따지고 보면 나혜석의 집안이 김우영 보다는 훨씬 나았다고는 할 수 있지"

"그럼 춘원 이광수도 김우영과 마찬가지였을까?"

"이광수의 경우는 좀 다르다고 봐야할 거 같아"

"어떤 면에서?"

"이광수도 그녀의 성적 매력에 반한 면이 있지만, 문장력에서 동질성을 더 느꼈을 거 같아. 물론 탄탄한 집안 배경도……그래서 나중에 아내가 된 허영숙과의 관계에서 방황하는 흔적들이 엿보였잖아?"

"나혜석도 나이가 4년 위인 이광수를 좋아한 것으로 나오잖아?"

"그녀 역시 아까도 말했지만. 문필가나 예술적 기질이 있는 사람에게는 자제가 안 돼는 사람이야. 오빠 나경석의 반대가 없었으면 아마 서로 이루어졌을지도 모르지, 최승구 사후의 일이니깐"

"당시 이광수도 유부남이었잖아?"

"그 점에 대해선 뭐로 해석해야 좋을지 모르겠어. 최승구의 사례처럼 서로 사랑해서가 아니고 집안에서 강제로 맺어준 경우가 많았거든. 그런 경우일수록 유부남이라도 마음에 맞는 여성이 나타나면 물불을 더 못 가리는 거 같아. 그래서 그 점과 관련해 이광수에게 꼭 흠잡을 수는 없을 거 같아."

시인 노천명이 처녀 때 당시 보성전문대 교수였던 김광진에게 빠져 불행을 자초한 것도 비슷한 사례일 것이다. 당시 김광진은 유부남이었다. 그는 노천명과 결혼을 약속하고 거의 동거하다시피 하면서 본처와의 이혼을 추진했으나, 본처가 이에 응하지 않아 한동안 어려움을 겪었다. 그런데 더 기막힌 일은 이혼이 어렵게 성사된 후 일어났다. 당시 유명 대중 가수 '왕수복'과 눈이 맞아 노천명 모르게 월북해 버린 것이다. 이에 망연자실한 노천명은 실연의 아픔을 딛고 두문불출한 채 詩 창작에만 매달려, 향수어린 주옥같은 작품들을 많이 남겼던 것이다. 왕수복은 김광진과 월북하기에 앞서 〈메밀꽃 질 무렵〉의 작가 이효석과도 일정기간 동거했었다.

"이광수는 시인 모윤숙 씨하고도 한때 염문설이 나돌았다던데?"

"솔직히 이광수가 건드린 여자가 한 둘이야? 마치 여자를 늦가을 감나무 아래에서 떨어진 홍시 주워 먹듯 한 사람인데……당시 이광수 정도의 명성이면 그 앞에서 옷 안 벗는 여자가 오히려 더 비정상적이지. 그리고 문인들 기질이 대부분 그러기도 하고……누굴 나무라겠어. 서로가 이성을 찾아가면서 자제하는 수밖에……"

"에이~ 비약이 너무 심하다."

이경심이 또 제동을 걸었다.

"그렇게 보면 나혜석의 정조론을 어느 정도 이해할 수는 있어. 여자라고 좋아하는 사람과 육체관계를 가지고 싶지 않겠어? 그렇지만 사람이 하고 싶은 걸 어떻게 마음대로 다 하고 사나? 때로는 자제하고 참을 줄도 알아야지. 그렇지 않으면 짐승이나 똑같은 거지"

"어떻게 보면 지조관념은 여자보단 남자가 더 확고해. 남자가 아무데나 막 흘리고 다니는 것으로 오해하는 측면이 강하지만……"

"나혜석의 묘지를 지금까지 못찾고 있다고 하던데, 어디에 있을까?"

"하늘만이 알고 있겠지만, 아니면 그녀 가슴에 있겠지."

"김우영이는 왜 그녀 묘지를 찾지 않았을까?"

"나도 그게 이해가 안 돼. 그래도 애들 엄마인데……"

"그런데, 김일엽이 정말 독 하더라"

"어째서 그런 생각을 했어?"

"자기 아들이 일본에서 왔는데, 매몰차게 거절하는 거봐"

"원래 중이 그렇게 독한 거야?"

"독 하다기 보다는 일종의 업보라고 할 수 있어. 불자가 되기에 앞서 절대 천륜을 무시해서는 안 돼. 실수로 해서 사생아를 낳은 것 까지는 이해할 수 있어. 그렇다고 자기 배 속에서 낳은 모성이 그리워 현해탄까지 건너왔는데, 어떻게 그렇게 모른 체 할 수 있어?"

"자기 자식 미워하는 엄마는 없어. 아마도 그 애비가 미워서 더 그랬을지도 몰라"

"무슨 애기야"

"생각해봐. 그 애비가 다른 여자하고 딴 살림 차리려다 보니 아이가 부담스러웠던 거지. 김일엽도 그 점을 알고 그 아이한테서 그 애비에 대한 미움이 복받쳤던 것이고……아이에 대한 그녀의 한풀이로 봐야지."

"그래도 자기 자식인데, 중에게 가장 치는 덕목이 부처님의 자비 아니야? 그런 사람이 무슨 불자의 길을 갈 수가 있겠나. 모든 게 다 업보라고 봐."

"그리고 보면, 그 아들을 사랑으로 어루만져준 나혜석은 정이 많은 여인 같아. 그래서 사람은 어릴 적 환경이 매우 중요하지. 사랑을 많이 받고 자란 사람은 나중에 커서도 어딘가 모르게 다르거든"

"그게 화근이었을지도 모르지"

"화근이라니?"

"원래 사랑에 잘 빠지는 사람이 정도 많아. 냉혈한들에게 사랑을 기대할 수 없듯이, 내면 깊숙이 정이 가득 찬 사람들은 쉽게 사랑에 빠질 확률이 높아. 아니면 사랑에 굶주리며 살았거나……어찌 보면 그러니깐 그녀의 인생말년이 그렇게 된 것이고……그녀가 수덕사에 있는 동안에도 틈만 나면 애들 보려 서울로 올라갔잖아. 그녀가 결코 악해질 수 없는 여인의 인성만은 가지고 있었어. 그러나 그녀의 타고난 기질 속에 방종의 위험성이 항상 도사리고 있었지. 남편 김우영도 10년 이상 함께 살면서 그녀의 그런 특성을 잘 알고 나중에 아이들과의 접촉을 극구 저지했던 것이고……"

"사견임을 전제로, 내가 보기엔 나혜석이 불륜관계가 들통 난 후, 잠적해 그 실수를 승화시켜서 한 차원 높은 작품으로 창조해냈더라면 오늘날 많은 사람들로부터 더 많이 추앙받는 여성이 되었을 텐데, 그 재능이 아깝다는 생각이 들 뿐이야"

"누가 아니래? 그런데 그녀를 지금에 와서 교묘한 방법으로 찬양하는 사람들의 내면세계는 과연 뭘까 하는 의구심이 들 때가 있어. 남녀 모두 자기 아내가, 아니면 자기 남편이 자숙하기 보다는 나혜석처럼 천방지축 하는 그 같은 행동을 보였을 때 과연 긍정적인 시각으로 봐주었을까?"

"문득 일본의 도쿠가와 이에야스(덕천가강)가 생각난다. 그는 인고의 세월을 견뎌가면서 '뻐꾸기가 울 때까지 기다린 인물이야.' 무슨 말이냐 하면, 나혜석이 조선사회 여성들의 인권신장 문제에 진정 관심을 가졌다면, 자신의 재능과 입지를 쌓아가면서 때가 되었을 때 과감하게 행동하는 건 몰라도, 불륜에 항변하면서 그러는 건 아무리 예쁘게 봐주려 해도 모양새가 좋지를 않았어."

덕천가강(德川家康)은 자신의 유훈에서 '사람의 일생은 무거운 짐을 지고 가는 먼 길과 같다. 그러니 서두르지 마라. 무슨 일이든 마음대로 되는 것이 없음을 알면 오히려 불만 가질 이유도 없다. 마음에 욕심이 차오를 때는 빈궁했던 시절을 떠올려라. 인내는 무사장구(無事長久)의 근본이요, 분노는 적이라고 생각해라. 이기는 것만 알고 정녕 지는 것을 모르면 반드시 해가 미친다. 오로지 자신만을 탓할 것이며, 남을 탓하지 마라. 모자라는 것이 넘치는 것보다 낫다. 자기 분수를 알아라. 풀잎 위의 이슬도 무거우면 떨어지기 마련이다.'고 강조했었다. 덕천가강은 '에도' 막부의 초대 쇼군이었다. 어린 시절 '오다' 가문에 이어 '이마가와' 가문에서 인질 생활을 했으며, 성인이 된 후에는 이마가와 가문의 가신으로 활동했다. 가주인 이마가와 요시모토가 오케하자마 전투에서 전사한 것을 계기로 이마가와 가문과 결별하고 독립했다. 이후 그는 오다 노부나가, 그리고 도요토미 히데요시 밑으로 들어가 묵묵히 힘을 길렀다. 도요토미 히데요시(풍신수길, 豊臣秀吉)가 사망한 후 세키가하라 전투를 통해 전국의 패권을 쥐었다. 그는 이를 기반으로 에도 막부시대를 열었던 것이다. 이후 오사카 성 전투를 통해 히데요시 가문을 멸망시키고, 메이지 유신까지 약 260여 년에 걸쳐 평화로운 시대가 이어졌다.

"나혜석은 임종하면서 어떤 생각을 했을까? 그 때도 자신의 생각을 이해해주지 못하는 사회나 남성들을 탓했을까? 덕천가강하고 두드러진 차이점은 바로 그 점이 아닐까?"

"무슨? 어디 비교할 게 없어 나혜석을 덕천가강과 비교를 하나?"

"사람의 위대성을 떠나, 결과론적 생각에 국한시켜 비교해보고 싶었을 뿐이야. 그러니 오해 말아줘"

이경심은 무색함을 감추지 못했다.

"내가 요즘 한국 근대사에 좀 관심 가져보면서 두드러진 공통점이 하나 발견돼. 신여성이라고 불리 우는 여성들 대부분 정조관념은 제로야. 그간 신여성으로 호칭되어 왔던 허정숙, 주세죽, 나혜석, 김일엽 등등 모두가 그래. 무엇보다도 신여성 개념에 대한 정확한 정의가 필요할 거 같아"

"개화기 사회적 개념이 정립되지 않은 상황에서 그네들 모두가 대단한 착각에 빠졌던 것이지. 그런데 더 웃기는 것은 이들이 마치 당시 조선사회의 여성의식을 깨우는데 앞장 선 대표적 신여성 인물들로 각인돼 가고 있다는 점일 것이야. 이건 아무리 생각해도 잘못됐어. 좋은 환경에서 태어나 남보다 먼저 깨인 지식을 받았으면, 그걸 올바르게 전파되도록 노력해야지. 마치 성 개방을 여성해방 지위향상 전부인양 끌고 가는 그 자체에 문제점이 더 있다고 볼 수 있어. 그렇다고 불륜까지 허용하라는 게 아니었잖아? 그런데 아이러니하게도 그네들이 먼저 불륜을 저질렀다는 점일 것이야. 동물들도 그렇게는 안했을 거야"

"그 말 들으니깐, 갑자기 이런 얘기가 생각난다. 조물주는 이 세상 모든 동물들에게 섹스 능력을 주었는데, 유독 인간에게만 1년 365일 할 수 있도록 은혜를 베풀어주었다는 거지, 그리고 보면 신여성인가 뭔가 하는 그 여성들은 조물주의 은혜를 만끽하고 갔다고도 할 수 있어. 여하튼 간에 인간은 주어진 일정 틀은 고수해야 돼. 거기에 수반되는 문제점들은 합리적으로 고쳐나가야 하고……"

"토마스 하디의 장편소설 〈테스〉나 톨스토이의 〈안나 카레니나〉에서도 참조할 수 있듯이, 나혜석이나 김일엽 세대 시절 유럽에서는 정조관념이 매우 중시됐었어. 대부분 성적문화가 잘못된 일본에서 못된 것만 배워가지고 와, 마치 그게 정의인양 부르짖으면 신여성인줄 착각한 그런 여성들을 미화시키는 행위는 되도록 자제해야 돼"

"당시 미국이나 서구는 겉으로 보기에 자유분방한 것 같지만, 내면을 가만히 들여다보면 혀를 내두를 정도로 보수적이었어. 그거 하나만으로도 일본 유학생들이 2류라는 것을 판단할 수가 있어. 그만큼 당시 우리 사회나 일본의 의식구조가 개판이었다는 것을 반증하는 것이기도 하고……"

"그리고 보면, '허난설헌' 같은 여인에게서는 흔히 거론되는 신여성들과는 달리 귀감을 찾아볼 수 있을 거 같아"

박병숙이 말했다.

허난설헌(1563~1589)은 조선중기에 살다간 천재적 여류시인이다. 당시 조선은 여성에 대해 그다지 우호적인 나라는 아니었다. 여성들의 사회활동은 극히 제한적이었기 때문에, 대부분의 여성들은 이에 순응하면서 집안을 지키고 후세를 낳아 기르는 역할만을 맡으며 살아야 했다. 그런 여건 속에서 여성이 자기 이름으로 시를 쓰고 이를 세상에 알린다는 것은 극히 드문 일이었다. 그러하기에 남성 중심의 가치체계가 확고해지던 조선중기에 허난설헌이라는 여류시인의 등장과 그 삶의 궤적은 그녀의 천재성과 함께 당시 여성들의 고통을 극명하게 드러내준다. 허난설헌의 존재가 아주 독특했던 것은 그녀가 사대부가의 여인이었음에도 불구하고, 그녀의 이름이 세상에 알려진 것이 당시 강조되던 현모양처로서의 부덕을 갖추었다거나 성공한 자식을 두었기 때문이 아니라, 올곧게 그녀가 창작한 시의 탁월함 때문이었다는 데 있다. 그녀는 왜곡된 형태이긴 하나 제한적으로 사회활동이 자유로워 문재를 뽐내는 것이 가능하던 황진이 같은 기생도 아니었고, 화가로서 탁월한 재능이 있었지만 율곡 '이이' 같은 훌륭한 자식을 길러낸 것에 더 초점이 맞춰져 있는 신사임당처럼 부덕을 상징하는 여인도 아니었다. 그녀는 오로지 자신의 詩로서 그 이름을 남겼고 훗날 그녀의 시는 중국과 일본으로 건너가 많은 지식인 문인들에게 격찬을 받으며 오랫동안 애송되었던 것이다.

허난설헌은 조선중기 문신으로, 사림들이 동(東)과 서(西)로 붕당(朋黨)된 후, 동인의 영수가 된 허엽의 딸로 태어났다. 양천 허 씨인 그녀의 어렸을 적 이름은 초희였다. 당시 여성들이 거의 제대로 된 이름을 가지지 못했다. 이에 비해 허난설헌이 초희라는 어엿한 이름을 가진 것으로 볼 때 그녀의 집안은 당대 여타 사대부 가문에 비해 여성에게 관대하였던 것으로 보인다. 허엽은 딸 허난설 헌에게 남자와 똑같은 교육기회를 주었으며, 아들들에게는 자유로운 사상을 가질 기회를 마련해주었다. 당대 뛰어난 문인으로 평가받은 허성, 허봉이 허난설헌의 오빠이며 〈홍길동전〉으로 유명한 허균이 허난설헌의 남동생이다. 가족 중에서 허난설헌에게 가장 영향을 많이 미친 사람은 둘째 오빠 하곡 허봉으로, 허봉은 여동생의 문재(文才)를 일찍이 알아보고 이를 독려하였다. 그는 자신의 친구이자 당대의 가장 뛰어난 시인 이달에게 여동생의 교육을 부탁하였다. 이달은 뛰어난 문학성을 가졌으나 양반가의 서자로 태어나 벼슬길이 막힌 불운한 시인이었다. 그는 당시풍(唐詩風)의 시를 잘 지어 선조 때의 삼당파 시인으로 이름을 떨쳤는데 허난설헌과 허균 남매를 가르쳐 그들에게 많은 영향을 주었다. 어렸을 때부터 천재성을 드러낸 허난설헌은 나이 8세 때 〈광한전 백옥루 상량문〉이라는 한시를 지어 주변의 어른들을 놀라게도 하였다.

허난설헌은 15세 때 김성립과 결혼했다. 김성립은 안동 김씨로 그녀보다 한 살이 더 많았다. 김성립은 5代가 계속 문과에 급제한 명문 가문의 자제였다. 당시 사림들이 동인과 서인으로 붕당된 상황에서 동인은 또다시 북인과 남인으로 분리되기 시작하였는데 김성립은 남인계에 속한 인물이었다. 당시 남인은 북인보다 사상적으로 성리학에 더 고착되어 있었고 보수적이었다. 자유로운 가풍을 가진 친정에서 가부장적인 가문으로 시집 온 허난설헌은 시집살이에 잘 적응하지 못했다. 양반가의 여성에게 조차 글을 가르치지 않았던 당시의 분위기 속에서 시를 쓰는 며느리는 시어머니에게 달갑지 않은 존재였다. 허난설헌의 시어머니는 지식인 며느리를 이해하지 못했고 갈등의 골은 깊어갔다. 남편 김성립은 그런 그녀를 보듬어주기보다는 과거공부를 핑계 삼아 바깥으로 돌며 가정을 등한시하였다. 뛰어난 오빠와 남동생을 보고 성장한 허난설헌에게 평범한 김성립은 성에 차지 않는 인물이었을지도 모른다. 8세 때 이미 신동이라고 소문난 아내를 김성립은 버거워했다. 허난설헌의 남동생 허균은 훗날 자신의 매형인 김성립에 대해 '문리(文理)는 모자라도 능히 글을 짓는 자. 글을 읽으라고 하면 제대로 혀도 놀리지 못한다'고 평하였는데, 이 평에서 알 수 있듯이 김성립은 무뚝뚝하고 별다른 재기는 없는, 고집 세고 고지식한 사람이었던 것으로 추정된다.

  허난설헌은 결혼 초기에 바깥으로 도는 남편을 그리는 연문의 시를 짓기도 하였으나, 어느 순간 김성립과의 결혼에 회의를 느끼고 남성중심 사회에 파문을 던지는 시를 짓기도 하였고, 때로는 이 세상이 아닌 다른 신선의 세계를 동경하며 현실의 불행을 잊으려 하였다. 그러는 사이, 허난설헌의 친정은 아버지 허엽과 따르던 오빠 허봉의 잇따른 객사로 몰락의 길을 걷고 있었다. 거기에 더해 허난설헌은 두 명의 아이를 돌림병으로 잇달아 잃고 뱃속의 아이를 유산하는 불행을 당한다. 이때의 슬픔을 그녀는 〈곡자〉라는 시로 남겨놓았다. 여성의 재능을 인정하지 않는 시어머니의 학대와 무능하고 통이 좁은 남편, 몰락하는 친정에 대한 안타까움, 잃어버린 아이들에 대한 슬픔 등으로 허난설헌은 건강을 잃고 점차 쇠약해져 갔다. 그러던 어느 날 그녀는 시로서 자신의 죽음을 예언했다.

碧海浸瑤海 푸른 바닷물이 구슬 바다에 스며들고
靑鸞倚彩鸞 푸른 난새는 채색 난새에게 기대었구나.
芙蓉三九朶 부용꽃 스물일곱 송이가 붉게 떨어지니
紅墮月霜寒 달빛 서리 위에서 차갑기만 해라.

그 예언은 적중해 허난설헌은 부용꽃 스물일곱 송이가 지듯이 27세의 나이로 숨을 거두었다. 허난설헌은 죽을 때 유언으로 자신이 쓴 시를 모두 태우라고 하였다. 그녀가 남긴 시는 족히 방 한 칸 분량이 되었다고 한다. 허난설헌의 시집은 그녀의 유언에 따라 유작들을 모두 태웠다. 그러나 동생 허균은 찬란한 천재성을 가진 누이의 작품들이 불꽃 속에 스러지는 것이 안타까워 그녀가 친정 집에 남겨놓고 간 시와 자신이 암송하는 시들을 모아 〈난설헌집〉을 펴냈다.

"당시 유명 남자들도 대부분 결혼을 몇 번씩 했잖아?"

이경심이 물었다.

"그렇다고 그들이 남성권익 향상을 외치지는 않았어, 물론 전통적으로 내려온 남성 우월주의에 관심은 많았지만……"

"그 얘기 하면 끝도 없어. 다시 미술 얘기 좀 하자"

이동준이 미술얘기를 더 하고 싶은 눈치였다.

"먼저 인상주의 예술부터 들어가 보자"

박정인이 말했다.

"여러 자료들에서는 인상주의가 프랑스를 중심으로 태동했다고 하는 건 잘못된 생각이야"

이동준이 이 얘기를 꺼내는 것은 나혜석의 인상주의 그림을 평가하기 위한 명분을 잡기 위해서였다.

"그럼 어디서부터 시작됐어?"

박병숙이 물었다.

"냉정히 얘기해 영국에서 태동했다고 봐야지"

"왜?"

"인상주의가 태동하게 된 배경에는 결정적으로 카메라가 있었어."

17~18세기에는 화가들이 그림을 그려나가는 과정에서 소형 상자인 카메라 옵스큐라(camera obscura)장치를 사용했었다. 이 용어는 라틴어로 '어두운 방'이라는 뜻이다. 그러다가 19세기 중반인 1837년 프랑스 화가 L.다게르가 최초의 카메라를 발명하게 된다. 이 카

메라는 은판사진법(銀板寫眞法)으로도 불린다. 연마한 은판의 표면에 요오드화은의 감광막을 만들어 30여분 동안 노출한 후, 수은증기로 현상해서 양화를 만드는 방법이었다. 19세기 말인 1892년에 가서야 오늘날과 같은 필름 사용 소형 카메라가 미국의 '코닥'사에 의해 본격 발명된 후부터 사진술에서 가히 혁명을 이루게 된 것이다. 카메라가 발견되기 전까지는 대부분의 화가들이 실내에서 초상화나 주문받은 작품들을 그려냈는데, 그 이후에는 초상화 주문이 급감해 버리니깐 화가들의 생계수단에도 비상이 걸렸다. 그래서 너도 나도 이젤을 들고 밖으로 나가 그림을 그리기 시작했는데, 이 과정에서 몰랐던 빛의 찰나적인 변화를 발견하게 된다. 그렇게 해서 태동한 것이 인상주의다.

　냉정히 얘기해, 인상주의 시초는 영국으로 봐야한다. 영국의 국민화가로 칭송받고 있는 터너(1775~1851)와 콘스터블(1776~1837)은 19세기 인상파 회화로 연결시켜 주는데 있어 매우 주요한 가교역할을 했다. 인상주의 태동과 관련된 이들의 바로 앞 세대는 '데이비드 콕스'다. 인상주의 화가들의 그림은 낭만주의나 리얼리즘 등 이전의 그림들보다는 색상 등에서 훨씬 밝아졌다고 할 수 있다. 그 이유는 뭘까? 이전의 그림들은 대부분 종교화(宗敎畵)나 실내에서 그리는 그림들이 주류를 차지했으나 인상주의 미술들은 산이나 들로, 그리고 강 등으로 캔버스를 가지고 나가 시시각각 변하는 빛과 싸우며 그렸기 때문이다. 그럼 왜 인상파 화가들이 화실에서 그림을 그리지 않고 밖으로 뛰쳐나가야만 했던 것일까? 그 요인을 크게 두 가지로 압축해 볼 수 있을 것 같다. 첫째는 사진기의 발명과 급속한 보급이었다. 그 이전에는 대다수 화가들이 귀족이나 돈 많은 상인들의 초상화를 그려주는 대가를 받고 그럭저럭 생계를 꾸려 나갈 수 있었다. 그러나 화가들이 사진의 정밀 묘사력을 도저히 따라갈 수 없다는 사실과, 사진이 그간의 다른 어떤 그림들보다도 훨씬 밝다는 사실에 깊은 충격을 받은 후, 실외로 빠져나가 빛의 영향을 중시하게 되는 정물화나 풍경화에 대한 인식을 새롭게 하지 않을 수 없었던 것이다. 화가들은 캔버스를 가지고 야외로 나가 자세히 관찰해 보는 과정들을 거치면서 자연의 색채들이 시시각각 변한다는 사실도 깨닫게 되었는데, 이런 자연을 담기 위해선 사진만큼은 아니지만 신속하게 스케치하고 빠르게 채색하지 않을 수가 없었던 것이다. 두 번째는 영국 화가들이 프랑스 인상주의 미술 태동 배경과 밀접하게 연계돼 있다는 사실일 것이다. 심지어 미술 전공자들의 인식 속에서도 인상주의 미술하면, 으레 프랑스 화가들에 의해 태동됐다는 인식을 갖는 경향이 짙은 것 같은데, 사실은 그렇지가 않다.

"이러한 인상주의적 시험이 프랑스로 건너와 꽃을 피우게 된 것이지"

"그런데, 우리가 혼동하는 게 있는데, 인상주의나 야수파 화가들 중에서 소묘 실력이 별로로 착각할 수도 있는데, 사진의 그림처럼 인상주의 대가들 작품을 자세히 들여다보면 그렇지가 않아. 그 화가들은 소묘의 절정을 거친 후 새로운 미술에 도전했던 것이야."

"그에 비하면 나혜석의 소묘 실력은 미완성에 가까워. 그런 걸 가지고 탁월한 예술작품이니 뭐니 하는 것은 좀 심했다고 생각돼"

"어떤 이는 천재 조각가 '카미유 클로델'에 비유하기도 하던데, 그것도 좀 지나쳤어. 말년 사망과정이 비슷했다고 한다면 몰라도…… 신문기자야? 아니면 글쟁이들이야? 미술을 제대로 전공한

(부케를 든 Berth Morisot, 1872, 마네)

사람들이라면 아무리 용기 있어도 그렇게는 말 못해"

"나혜석이 진정으로 미술에서 탁월한 업적을 남겼다면, 그에 대한 근거를 객관적으로 들이밀면서 극찬하라 이 말이야. 그러면 누가 뭐라고 그래? 그럼에도 불구하고 막연하게 배운 게 글이라고 글 장난을 하고 있는 데, 이는 결코 바람직스럽지 못해"

"더더구나 불륜 등 그녀가 저지른 과오가 한두 가지야?"

"나혜석의 문학성에 대해서도 지적하지 않을 수 없어. 평범한 다른 사람에 비해 글재주가 있었다는 뜻이지. 그녀의 글 어디에서도 천재성은 발견되지 않아."

"그 시대의 외국여성 작가들 글을 보면 비교 자체가 안 돼. 그럼에도 불구하고 신여성이니 뭐니 하면서 그들을 극찬하는 건 국수주의에 불과할 수도 있어. 어찌 보면 아주 창피한 일들이야. 그녀들의 작품이 〈바람과 함께 사라지다, 1936년 발표〉 등 외국 여성 작품들과 비교해 탁월하거나 근처에 간다면 몰라도 스케일 면에서 등 비교자체가 안되잖아? 마치 고려청자가 중국 청자보다 아주 우수하다고 하는 거 하고 뭐가 달라?"

미술사학자들은 우리의 고려청자의 우수성을 설명하면서 구름, 학, 상감기법, 고고한 선비기질 등을 언급하곤 하는데, 이는 한마디로 어불성설이다. 영국 대영박물관에 가서 고려청자와 중국청자를 비교하면 금세 판가름이 난다. 고려청자에서 우수성 문제를 제외하고 애써 한국적인 정신을 강조한다면 그나마 그건 봐줄 수 있을 것이다.

"예를 들어 소설 〈경희〉를 한번 읽어보면 자신의 생각을 소설로 옮겨놨다고 해도 과언이 아니야. 그러나 그 글들에서 평범한 것 외에 어디에서도 탁월한 문학성은 발견되지 않아."

"외국의 경우, 어느 개인의 문학적, 미술적, 음악적 발자취를 평가할 때는 모든 관련 자료들을 동원해 냉엄하게 평가해서 어느 반열에 올려놓는데, 우리는 좋은 게 좋다는 식으로 너무 치우쳐 있어. 다시 말해 끼리끼리 문화지. 이런 문화가 우리의 진정한 예술 발전에 결코 도움이 되지 않아. 지금부터라도 우리 문화 예술계가 진정으로 반성해야 돼. 그래야 조금이나마 우리의 문화예술 미래를 담보할 수 있을 거야."

"그런 식으로 얘기하면, 박수근, 이중섭, 천경자 등의 작품도 재평가해야겠네?"

"그 사람들 작품들 중에서 이중섭의 것은 모 은행원 출신이, 그리고 박수근 작품은 모 화랑직원이 가격을 올리는데 결정적인 기여를 한 것으로 알고 있어. 그리고 천경자 씨 작품에서는 일본풍이 어딘가 모르게 묻어나고……등등 예술작품 평가에서 너무 졸속으로 이루어진 측면이 많은 것만은 분명해. 이 점은 부인할 수 없어."

"허긴, 우리나라 예술작품에 있어 특징은 태반이 냉정한 평가가 아니라 서로 밀고 당기고 하는 과정에서 이루어졌다고 해도 과언이 아닐 거야"

"문단도 마찬가지야. 미래를 담보할 수 있는 그 첫 번째 조건으로, 등단제도가 폐지되어야 해. 아이러니하게도 그 등단제도가 오히려 최고로 중시해야할 창작력을 갉아먹고 있는 셈이지. 우리나라 문단이 하도 많아서 도대체 몇 개나 되는지도 모르겠어. 그나마 공정하기라도 하나?"

"나는 오히려 김우영에게 동정표를 주고 싶어."

이번에는 박정인이 화제를 바꿨다.

"어째서?"

이동준이 물었다.

"생각해봐! 아내의 불륜을 알고도 애들의 장래를 생각해서 애써 모른 체하려고 그랬잖아. 그거 말처럼 쉬운 일이 아니지. 부처 등 성인들도 그렇게는 못했을 거야. 그리고 오죽하면 애들을 엄마와 격리시키려 했을까? 속 모르는 사람들은 천륜까지 끊으려 한다면서 김우영을 비난하는 사람도 있었겠지만, 속을 자세히 들여다보면 그 조치 충분히 이해하고도 남아"

"오히려, 불륜을 하기에 앞서 자식과 가정을 먼저 생각해야했고, 불륜이라는 허물이 드러났을 때는 자숙하면서 그 과오를 노천명처럼 예술로 승화시켰어야지. 그게 바로 신여성이 가져야할 태도 아니야? 그런데 그런 사람을 말도 안 되는 논리로 신여성 어쩌고저쩌고 들먹이면서 미화하려 한 사람들은 나중에 자기 자식들한테 어떤 평가를 받을 수 있을지 지켜보고 싶어."

"우리가 문화선진국이 아니기 때문에, 지금으로선 불가항력 같기도 해"

"그렇게만 치부해서는 안 된다고 봐"

"지금이라도 학계가 나혜석에 대한 재평가에 다시 나서야 한다고 보고 싶어. 아직도 늦지 않았어."

"쉽지는 않을 거야. 거기에는 서로의 이해관계가 실타래처럼 엮여 있을 거니깐"

"그건 그렇고, 만공 스님이 왜 불자의 길로 가게 해달라는 나혜석을 끝내 거절했을까?"

"수덕사에 와 있을 때는 나혜석에게서 어느 정도 개정의 기미를 보았을지는 모르나, 그녀에 대한 만공스님의 평소 인식도 알게 모르게 작용했다고 봐. 그리고 나혜석 보다 한층 심한 김일엽도 어떨결에 받아들였는데, 그녀까지 받아들인다면 나중에 자신으로선 감당할 수 없을 것이라는 생각도 많이 했을 거야. 내 얘기는 나혜석의 생각과 행동자체가 꼭 싫었다고 하기 보다는 여러 가지 복합적 요인을 감안해 그런 결정을 내렸을 것으로 보고 싶어"

"그렇지만, 만공스님의 모진 마음이 나혜석의 생명을 앞당기는데 기여했잖아?"

이경심이 반론을 제기했다.

"그걸 꼭 어찌 만공스님의 탓으로 돌릴 수 있나? 그간 자기가 쌓아 놓은 업보라고 하는 게 더 맞는 말이지"

"허긴 그래."

이동준이 고개를 끄덕였다.

"천하의 바람둥이 오나시스가 마리아 칼라스한테서 돌아선 후, 전 케네디 미 대통령 미망인 '재클린'과 세기의 결혼을 했을 때 모든 사람들로부터 선망의 대상이 됐었지. 그런데 재클린의 하루 생활비가 당시 화폐가치로 2억 정도씩 들어간 거야. 그래서 오나시스가 세기의 여인이고 뭐고 간에 그녀의 낭비벽에 두 손을 번쩍 들었다고 하더군."

당시 2억이면 지금의 화폐가치로 최소 10억, 최대 20억 사이를 오간다.

"무슨 얘기 하려고 그 얘기를 꺼내는 거야?"

박병숙이 집히는 예감이 있어, 물었을 뿐이다.

"김우영이 나혜석과 유럽에 갈 때 당시 돈 2만원을 가져갔다고 그래. 지금 화폐 가치로 따지면 정말 어마어마한 돈이야. 그런데 돌아 와서는 한 동안 생활고를 겪잖아. 내 얘기인즉 나혜석의 낭비벽이 도를 넘었던 거 같아. 김우영도 그걸 절실히 깨달았고……그래서 둘 간의 이혼이 꼭 나혜석의 불륜에서만 기인된 것이 아니고 여러 가지 복합적인 요인이 작용했다고 봐"

"나혜석은 어찌 보면 선택된 여인이었지. 그녀는 어려서부터 부족함이 없이 자라다보니깐, 그런 부작용을 미처 깨닫지 못했던 거 같아. 그래서 말년에 불행하게 된 것이고……"

"그런 사례는 국내외에서 많이 찾아볼 수 있을 거 같다. 누구를 원망하겠어. 모두 자신이 뿌려놓은 업보인 것을……"

"나도 공감이야"

"나혜석이 '배우자를 잊지 않는 범위 내에서 혼외정사를 벌이는 것은 죄도 실수도 아닌 가장 진보된 사람의 행동일 뿐'이라고 한 말은 어떻게 생각해?"

"처음 듣는 얘기인데? 그녀가 정말 그런 헛소리를 한 거야?"

이동준이 의문을 제기했다.

"공개적으로 했었어."

박병숙이 확인해 주었다.

"정말 정신 나간 사람이네!"

"난 그 글을 읽고 한 동안 할 말을 잃어 버렸었어. 어디 그게 합리적인 이성을 가진 사람의 생각에서 나올만한 주장이야. 인간의 심리상 사면초가에 몰린 상태에서 나올 법한 얘기이지. 그래서 불행을 자초한 것이기도 하고……"

"일본 유학시절 그 일본 화가가 한 때 죽자 살자 따라다닌 것은 어떻게 생각해?"

"나혜석 씨에게는 여성으로서 묘한 매력을 풍기고 있는 것만은 분명해. 남자가 죽자 살자 따라 다니고 여자는 그 남자가 그렇게 싫지 않아 보일 땐 눈 딱 감고 손을 내밀라는 말이 있지. 그럼 최소한 불행하지는 않는다고……그러나 그 반대일 경우 100% 불행해진다고……조물주가 남자와 여자의 특성을 그렇게 만들어 놨다고 그래. 그 때 나혜석이 그 남자에게 손을 내 밀었다면, 모르긴 몰라도 불행해지지는 않았을 거야. 단 거기에는 조건이 있어. 나혜석이 나중에 바람피우지 않는다는 전제하에……"

"어느 남자 건 자기 여자가 다른 남자와 불륜을 저지를 때에는 과거 아무리 사랑했었다고 해도 거의 떠난다고 보는 게 맞을 거야. 그래서 사랑은 영원한 게 없어. 반평생 진한 향이 영구히 풍길 수 있게 서로가 피 터지도록 노력을 해야 돼. 어찌 보면 그게 사랑일 수도 있어"

"사랑은 서로 열렬히 사랑하는 것으로만 중요한 게 아니고, 그 사랑을 오래 오래 잘 지켜나가는 게 더 중요하지. 왜냐하면 사랑이 깊어지다 보면 필연적으로 집착이란 게 생기기 마련인데, 그 순간부터 사랑은 멀어지지 말라고 해도 멀어지게 돼 있어. 그 대표적인 문학작품 사례가 에밀리 브론테의 〈폭풍의 언덕〉이지"

"그 작품 사례를 좀 더 구체적으로 설명해봐. 흥미가 당긴다."

"캐설린과 히쓰크리프가 서로 광적으로 사랑했었지. 그러나 그 결과는 불행으로 끝나고 말았지. 왜? 서로의 사랑을 지킬 줄 몰랐기 때문이야. 시집도 안간 처녀가 그런 작품을 썼다는 그 자체도 놀라울 뿐이고……그런 게 문학작품이야. 그런데 나혜석 소설에서 그런 문학성이 번뜩여?"

"최린의 행동은 어떻게 평가해야 할까?"

"이 세상에 성적 매력 넘치는 여성이 꼬리치는데 안 넘어가는 남자가 어디 있어. 안 넘어 간다면 그건 남자가 아니지. 남자의 속성이란 게 바로 그래. 최린은 나혜석이 첫눈에 반한 사람이야. 그러니 최린에게는 얼마나 좋았겠어. 누구 말따나 줘도 못 먹느냐의 개념 아니야?"

"말이 너무 과하다"

이경심이 제동을 걸었다.

"과하긴? 나혜석은 그에게 분명 사랑한다고 말했었어. 그런 그녀가 불륜이 들통 나자 위자료를 청구한다는 게 말이나 돼. 누가 뭐래도 사랑은 사랑으로 끝나야 돼. 거기에 조건이 달리면 안 돼. 자기가 유혹해놓고, 그리고 파리 환경에서 자기가 그렇게도 도움을 받아놓고 최린에게 그 같은 소송을 했다는 그 자체가 웃기는 짓이지. 나혜석의 생각이 사려 깊지 못했다는 반증이기도 하고……"

"이응로 화백(1904~1989년)이 수덕사에서 나혜석의 영향을 많이 받았다고 하던데, 그 점에 대해선 어떻게 생각해?"

"받긴 받았겠지. 당시 이응로는 미술교육을 정식으로 받지 못했었어. 일본에 가서도 정규 미술대학 과정을 받은 것이 아니라 예과에서 수학했지. 한 때 간판을 그리기도 했었고. 지금도 그렇지만 미술하면 당연 일본보다 유럽이라고 하지 않았겠어? 기회가 생기면 누구나 유럽으로 가야하는 거고……나는 그 이상도 이하도 아니라고 봐"

"그 화가의 지명도는 동백림 사건으로 더 유명해졌지. 독재정권이 그를 본의 아니게 유명하게 만든 여러 사례 가운데 하나라 할 수 있어. 그래서 그 화가의 작품성에도 논란이 많은 것으로 알고 있는 데, 이 자리에서 왈가왈부할 사안은 아닌 것 같아."

"수덕여관까지 매입했잖아?"

이경심이 반문했다.

"나혜석을 못 잊어서가 아니라, 당시 수덕사는 유명한 사찰이었어. 비구니가 되겠다고 전국에서 몰려들었던 것이고……그러니 그거 사두면 돈이 되겠다는 생각을 안 했겠어? 그래서 구입한 측면이 큰 것이라고 봐. 거기에 무슨 의의를 두는 것보단 그냥 일반적으로 생각하는 것이 더 옳을 것 같아."

이응로는 1904년 2월 27일 충남 홍성군에서 출생했으나 예산군 덕산면 낙상리에서 성장했었다. 그는 1989년 사망했다.

"일부 사람들은 나혜석의 항일운동을 애써 부각시키려고 하던데, 그 점에 대해서는 어떻게 평가해야 할까?"

"그녀가 3.1운동에 가담했던 것은 분명해. 그러면 그 정신으로 일관되게 밀고 나가야지. 그런데 그녀의 남편이나 불륜상대 등 그녀와 아주 친했던 사람들 대대분이 친일세력들이야. 그녀의 3.1운동 가담을 평가하기에 앞서 친일세력들과의 친밀관계를 반드시 냉정하게 되짚고 넘어가야 해. 물론 그녀의 3.1운동 가담 정신을 폄훼하려는 것은 아니지만……무엇보다도 당시 3.1운동 가담자 중에서 옥석을 가려야 한다고 봐. 그렇다고 독재에 맞서 싸운 민주화 시위 때 참가자 모두가 열사는 아니잖아?"
"일리가 있는 말이다"
"이동준 너는 지금 준비하고 있는 논문 주제가 뭐야?"
"초현실주의가 다다이즘에 미친 영향을 준비 중인데, 여기에 필연적으로 수반되는 심리학이 무척 어렵네. 그래서 헤매고 있어."
"박병숙이는?"
"나는 인상주의 초기 그림들을 연구 중이야. 특히 인상주의 화가들이 일본미술에 어떤 관심을 가졌고, 어떤 영향을 미쳤는지에 대해……처음에는 잭슨 플록의 그림을 세부적으로 연구하려 했는데, 너무 어려워 며칠 전 주제를 바꿨어"
"흥미 있다. 나혜석의 그림 연구하는데도 많은 도움이 될 거 같은데?"
"그렇기는 한데, 나혜석의 그림을 자료로 활용하기에는 한계가 좀 있을 거 같아"
"왜?"
"몰라서 물어?"
"그만큼 나혜석 작품은 참고할 가치가 없다는 거야?"
"꼭 그렇다고 볼 수는 없지만, 그런 측면도 있고……"

| 이 책을 마치며 |

　이 소설을 탈고할 즈음 충남 예산의 수덕사와 그 안에 있는 수덕여관을 또 둘러보고 왔다. 지금까지 세 번째 방문이다.
　소설 내용에도 상세히 적혀있듯이, 나혜석은 1938년부터 1943년 까지 5년간 체류하면서 만공스님에게 불자로 받아달라고 간청했으나 끝내 거절당했다. 이 때 이응로 화백은 나혜석이 수덕여관에 머물고 있다는 것을 전해 듣고 그림을 배우기 위해 불현듯 그녀를 찾는다.
　그는 나혜석에게 잠시 지도를 받다가 나혜석이 수덕사를 떠난 지 1년 후인 1944년 수덕여관의 운영권을 아예 인수해, 1959년 중반 파리로 유학을 떠나기 전까지 서울과 그곳을 왕래하면서 그림을 그리며 생활했다. 당시 실질적인 여관운영은 동생 '흥노'가 했다.
　그런데, 참 아이러니 한 것은 지금의 수덕사 그 어느 곳에서도 이응로 흔적만 있을 뿐, 나혜석이나 김일엽의 발자취는 눈비비고 찾아봐도 없다. 필자는 이 점이 암시하는 바가 매우 크다고 생각해 왔다.
　반면, 나혜석 생가터인 수원 행궁동이나 시청 인근 나혜석 거리는 때만 되면 나혜석 축제다 뭐다 하면서 아주 시끌벅적하다. 사바세계와 속세가 어찌도 이리 다르단 말인가? 하늘나라에서 영면하고 있는 나혜석은 과연 어느 쪽을 원하고 있는 걸까?

여기서 한 가지 강한 의문점이 생긴다. 만공스님은 나혜석의 간절한 애원에도 불구하고 왜 끝까지 불자로 받아들이지 않았을까? 그 보다 더 죄가 많다고 할 수 있는 김일엽은 흔쾌히 받아들였으면서……당시 그녀를 받아들였다면 천수를 누렸을지도 모르는 일인데……못내 아쉽다는 생각이 들 뿐이다.

필자는 이렇게 생각해 본다. 만공스님은 나혜석의 천성과 미술에 대한 열정을 너무도 아쉬워한 나머지, 지금이라도 속세에 다시 돌아가 오뚝이처럼 재기해 한국서양미술사에 한 획을 긋는 불멸의 족적을 남겨주길 간절히 바라는 마음으로 완곡하게 거절했을지 모른다고……하지만 필자는 이 날도 아무런 결론을 내리지 못하고 쓸쓸히 발걸음을 돌려야 했다.

미국령 사모아 수도에 큼직한 폭포수가 있다. 이곳에서는 어느 유부녀든 다른 남자와 불륜을 저질렀을 경우, 남편에게 사실대로 고백한 후 폭포수 바로 아래에서 목욕하면 원죄가 사라진다고 하는 속설이 전해져 내려오고 있다. 어찌 보면 불륜에 대한 개념은 인간이 인식하기 나름이 아닌가도 여겨진다.

나혜석이도 용기를 내어 남편만이 아니라 온 사회에 〈이혼 고백서〉를 통해 자신의 과오를 있는 그대로 고백하고 참회했었다. 이러한 행동은 보통사람으로서는 감히 상상하기조차도 어려운 일이다. 아마 성인(聖人)들도 그렇게는 못했을 것이다. 그런데 나혜석은 감히 해냈던 것이다. 이 자체 하나만으로도 그녀는 이 사회에 큰 족적을 남기고 간 것이다.

그랬다. 만공스님은 당신의 과오는 그것으로 모든 원죄로부터 벗어났으니, 의기소침하지 말고 옛날처럼 다시 속세에 나가 과거의 실수를 불멸의 예술로 승화시켜 달라는 진정어린 마음에서 그랬을 것이라고 확신한다. 역시 성자(聖者)의 길을 걷는 사람은 뭔가 달라도 달라 보인다고 아니 할 수 없다.

또 하나 있다. 한국 서양미술사에 지대한 영향을 미쳤다고 할 수 있는 조선 최초의 서양화가 묘지가 아직까지 발견되지 않고 있는 것이다. 이는 한국의 현 위상을 감안해 볼 때도 정말 부끄러운 일이라 아니할 수 없다.

세계적인 러시아 출신 작곡가 차이코프스키(Tcahaikovsky, 1840~1893년)의 정식부인 안토니나 밀류코바(Antonina Miliukova, 1848~1917)의 묘지가 지금은 흔적도 없다. 그녀가 사망한 직후에는 성 페테르부르크 우스펜스키(Uspenski) 공동묘지에 안장됐었으나 그 후 사라져 버린 것이다. 물론 차이코프스키 묘지는 알렉산데르 네브스키 수도원(Alexander Nevsky Monastery) 인근에 곱게 안장돼 있다

필자가 차이코프스키 일생과 음악에 관한 저서 〈겨울날의 환상 속에서〉 집필을 준비하면서 그녀의 묘지를 찾아 해멘적이 있었으나 결국에는 실패했었다. 이 때 번뜩이는 것이 그녀의 묘지를 찾지 못해서가 아니라, 러시아 당국에 대한 새로운 인식이었다. 여기서

는 그녀의 묘지 실종 이유에 대해선 생략하겠다.

필자가 루마니아 주재 한국대사관에 일등 서기관으로 재직할 당시 그 나라의 독재자 차우셰스쿠 부부 묘지를 찾아 간 적이 있었다. 물어물어 그들의 무덤을 찾았을 때 솔직히 큰 충격을 받았다.

공동묘지 외진 한 구석에 2/10평도 안 되는 아주 조그마한 차우셰스쿠 묘지는 간신히 알아볼 수 있을 정도로 너무도 초라했고, 따로 떨어진 그의 부인 엘레나의 묘지는 거의 흔적조차도 알아 볼 수 없었다. 혁명으로 물러난 악랄한 독재자였지만, 그래도 한 때는 천하를 호령했던 자들이다. 이 때 인생무상과 권력무상을 절감했었다.

나혜석은 누가 뭐라고 하든 유복한 집안에서 태어나, 한 때 남들의 부러움을 한 몸에 지닌 채 살았던 한국 최초의 여성 서양화가였다. 게다가 한국서양미술 도입의 선각자였던 그녀의 묘지가 없다는 그 자체는 우리의 현 문화수준을 그대로 보여주는 한 단면 같아, 못내 아쉬울 뿐이다.

아메리카 대륙을 발견한 콜럼버스나 남극점에 제일 먼저 도착한 아문센은 역사에서 영웅으로 추앙받고 있다. 라이트 형제도 마찬가지다. 이들에게는 공통점이 하나 있다. 바로 세계 최초와 도전정신이었다. 이는 인류사에서 '최초'라는 단어가 그 만큼 중요하다는 것을 반증하는 것이기도 하다.

나혜석도 마찬가지다. 불모지인 조선에 최초로 서양화의 뿌리를 심어놓은 여인이었다. 이 의미를 냉정히 되새겨볼 때 그녀가 한국의 미래 서양미술을 위해 어마어마한 일을 해냈다고 해도 과언이 아니다. 우리는 그녀의 이런 개척자적인 정신을 결코 가볍게 봐서는 아니 될 것이다.

타이티에 가면 남녀가 호젓한 길에서 우연히 만나면 누가 먼저라고 할 것도 없이 인근 숲으로 들어가, 하복부를 가렸던 여성의 타월은 바닥에 깔고 남성의 것은 나무 가지에 올려놓고 서로 깊은 사랑을 나눈다. 지나가는 사람은 그것을 보고 잠시 멈춰 합장하면서 '외로운 사람끼리 서로 회포를 푼다.'는 개념으로 진심어린 축복을 기원한다.

화가 고갱은 처자식 버리고 그런 낙원에서 아예 눌러앉아 꿈같은 생애를 살다 간 사람이다. 그렇다고 이제 와서 그를 비난하는 사람이 어디 있는가? 모르긴 몰라도 나혜석 역시 일본 유학 중 타이티의 그런 달콤한 얘기를 듣지 않았을까 잠시 생각해 본다.

당시 우리 조선사회의 性인식은 어떠했는가? 어찌 보면 나혜석은 성에 대한 자기 결정권을 너무도 일찍 주장하다가 불운하게 생을 마감한 여인일지도 모른다. 선각자는 언제나 외로운 것이다. 그러나 그 결과는 후세들의 삶과 인식변화에 지대한 영향을 미치기 마련이다.

필자도 미술을 좋아하는 한 사람으로, 성당의 성모마리아 앞에서 엄숙하고 경건한 마음으로 무릎 꿇고 앉아 기도드리는 한 눈먼

소녀의 따스한 가슴처럼, 나혜석의 명복을 위해 잠시 기도를 드리고 싶다. 촛불하나 켜 놓고……

                                        2018년 2월말 집필을 마치면서

수덕사(修德寺)

(일주문)

(수덕여관 입구 돌계단)

(수덕여관 내 마당)

〈수덕여관 내 장독대〉

〈미술관에서 바라본 수덕여관〉

(미술관 내 이응로 화백 작품)

(미술관 내 이응로 화백 작품)

(수덕여관 내 게시판)

부록

'최린'의 말로

나혜석은 불륜으로 남편한테 이혼 당한 책임을 물어 최린에게 소송을 제기해 12,000원의 위자료를 청구한다. 그러나 최린은 이 사실을 보도한 동아일보의 기사를 매수한 후, 단돈 2천원을 나혜석에게 전달하고 입막음을 해버린다. 그럼에도 불구하고 그는 타인의 아내를 유혹하고 가정을 파탄 냈다는 사회의 조롱과 함께 조선총독부로부터도 신뢰가 깎이게 된다.

(최린의 젊었을 적 모습)

최린은 1934년 4월 중추원 참의에 임명되고, 그 해 8월 내선일체와 대동방주의(大東方主義)를 내세우는 한일연합 친일 조직인 시중회를 조직하면서 본격적인 친일행보를 걷는다. 그는 1937년 7월 중추원에서 주관하는 시국강연회의 강사로 선발되어 전주, 군산, 남원, 광주, 목포, 순천, 이리 등 전라도 일대를 순회하며 '국민의 자각'을 촉구하는 강연활동 등을 수행했다. 중일 전쟁과 태평양 전쟁이 발발하자, 그는 1940년 국민총력조선연맹 이사, 1941년 조선임전보국단 단장, 1945년 조선언론보국회 회장 등등 각종 친일단체 주요간부를 맡으며, 강연 활동과 학병권유 유세, 내선일체 적극지지, 전쟁지원 등에 참여하며 극렬 친일인사가 되었다.

광복 이후, 그는 미군정이 1945년 11.3일 발표한 〈이동사령 제

(포승줄에 묶여 반민특위로 끌려가는 최린의 비참한 모습/우측)

29호〉에 따라 같은 날짜로 조선총독부 중추원 참의에서 파면되었다. 천도교측은 그의 죄를 물어 은퇴를 권고하였으나 그는 계속 거부하다가 결국은 교단에서 쫓겨나는 수모도 당했다. 그는 1949년 1월 반민특위에 체포되어 세 차례나 공판을 받고, 재판과정에서 자신의 친일행각 시인과 함께 재판장 및 방청객들 앞에서 솔직한 참회를 보이기도 했다.

그는 재판정 최후 변론을 통해 '민족 대표 중 한사람으로 잠시 민족 독립에 몸담았던 내가 이곳에 와서 반민족 행위 재판을 받는 그 자체가 부끄러운 일이다. 광화문 네거리에 사지를 소에 묶고 형을 집행해 달라. 그래서 민족에 본보기로 보여야 한다.'는 말을 남겼다. 그는 반민특위 재판 공판을 3차례 받은 끝에 1949년 4.20일 병보석으로 풀려났으나 그 이듬해인 1950년 한국 전쟁 기간 중에 납북되어 끌려갔다. 이후 조소앙, 김원봉, 엄항섭, 안재홍 등의 인사들과 함께 북한의 대남통일 선전기관 참여를 요구받았으나 끝내 그는 거절했다. 이후 그는 1958년 12월 81세로 사망한 것으로만 알려졌을 뿐, 그 외는 일체 알려지지 않고 있다.

그는 원래 독립 운동가였지만 후에 변절하여 조선총독부의 고위 관료를 역임했기 때문에, 1962년 3월의 독립유공자 서훈 대상에 올랐으나 곧 제외되었다. 2002년 발표된 친일파 708인 명단에 포함되었고, 2008년 민족문제연구소가 친일인명사전에 수록하기 위해 정리하여 발표한 민족문제연구소의 친일인명사전 수록예정자 명단 가운데, 중추원과 천도교의 두 부문에 들어 있다. 2009년 친일반민족행위진상규명위원회가 발표한 친일반민족행위 705인 명단에도 포함되었다.

최린은 공개적으로 친일을 한 인물인데다 천도교 신자로서 김일성과 직접 교류한 박인진, 최동오, 김달현 등과 대립하는 관계였기에, 북한에서는 아주 낮게 평가되고 있다. 예로서, 김일성의 회고록 〈세기와 더불어〉에도 최린은 대표적인 민족 배반자로 언급되어 있다. 북한에는 심지어 친일파였던 춘원 이광수의 묘소가 조성되어 있을 정도이지만, 최린의 말로나 묘에 대한 언급은 없다.

나혜석 남편 김우영

김우영(1886~1958년)은 부산 동래군 출신이며, 일본 교토제국대학 법학부를 졸업했다.

그는 1916년 첫 부인과 사별했고, 4년 후인 1920년 나혜석과 결혼했다. 김우영은 대학졸업 후인 1918년 귀국해서 변호사로 일하던 촉망받는 청년 지식인이었기에, 나혜석과의 연애와 결혼이 크게 화제가 되었다. 그는 변호사를 개업하던 시기부터 장덕수, 최린 등과 함께 차츰 자치론에 입각한 친일노선을 걷기 시작했다.

그는 1921년부터 일본 외무성의 외교관으로 중국에서 근무하였는데, 임기를 마치고 나혜석과 함께 부부동반 세계 일주 여행을 한 사실도 큰 화제를 불러 일으켰다. 그러나 이 기간 중 일어난 최린과 나혜석의 염문설로 두 사람은 결국 헤어지게 된다.

김우영의 본격적인 친일은 1930년대 들어 충남 도(道) 참여관과 산업국장으로 임명되었을 때부터로 여겨진다. 일제 강점기 말기인 1943년에는 조선총독부 중추원 참의도 역임했다. 2002년 발표된 친일파 708인 명단과 2008년 민족문제연구소에서 친일인명사전에 수록하기 위해 정리한 친일인명사전 수록예정자 명단, 2009년 친일반민족행위진상규명위원회가 발표한 친일반민족행위 705인 명단에 모두 선정되었다.

그의 저서로는 논설과 회고를 담은 (민족공동생활과 도의, 신생공론사, 1957)가 있다. 10년간의 결혼생활 동안 나혜석과의 사이에서 3

(유럽여행 떠나기 직전 나혜석과 김우영)

남 1녀를 두었는데, 그 가운데 막내아들 김건은 제17대 한국은행 총재를 지냈었다.

수덕사의 여승

대중가수 송춘희 씨가 1966년 〈수덕사의 여승〉을 불러 크게 히트하면서, 많은 사람들에게 오랫동안 수덕사가 비구니들만 수도하는 사찰로 오인돼 오기도 했다.

〈가사〉

인적 없는 수덕사에
밤은 깊은데 흐느끼는
여승의 외로운 그림자
속세에 두고 온 님
잊을 길 없어
법당에 촛불 켜고 홀로 울적에
아아~ 수덕사에 쇠북이 운다.

산길 백리 수덕사에
밤은 깊은데 염불하는
여승의 외로운 그림자
속세에 맺은 사랑
잊을 길 없어
법당에 촛불 켜고 홀로 울적에

아아 ~ 수덕사에 쇠북이 운다.

혹자는 이 가사가 김일엽의 작품으로 전하고 있으나, 구체적으로 확인된 것은 없는 상태다. 필자는 이 소설을 끝낸 후, 가사가 전달하는 의미를 몇 번이고 음미해봤다.

소설을 집필하며 김일엽의 생애를 깊이 연구해본 필자로서는 이 가사가 김일엽의 심정을 토로한 것인지도 모른다는 생각에서 떨쳐버릴 수 없었다. 그러나 사실여부는 확인할 수 없다.

나혜석 작품도록(作品圖錄)

〈자화상, 1933년〉

〈등을 보인 나부/裸婦, 연대불명〉

자화상, 60 x 48cm 수원시립아이파크 미술관)
* 유족이 최근 남편 김우영 초상과 함께 수원 시립미술관에 기증

(스페인 해수욕장, 1928, 32.5 x 43c)

(농촌 풍경, 1922년, 27.5 x 39cm 개인 소장)

〈별장, 1935년〉

〈스페인 국경, 1928, 목판에 유채 23.5 x 33cm 개인 소장〉

(만주 봉천 풍경 합판에 유채, 23.5 x 32.5cm 개인 소장)

(선죽교, 목판에 유채 23 x 33cm)

(사이즈: 6호, 연도 미상, 출처 : 한국미술정보센터

(인천 풍경, 합판에 유채 15.8 x 22.7cm)

〈무희, 1927~28, 41 x 33cm, 과천 국립현대미술관〉

(이혼 직후 자신의 아틀리에에서, 1932)

(다솔寺, 1935년)

(수원 서호, 목판에 유채 30 x 39cm)

(수원 화성문, 1929년, 60.5 x 72.7 cm, 출처: 한국데이터베이스진흥원)

(프랑스 마을 풍경, 1928년, 유채, 45.5 x 30 cm, 출처: 한국데이터베이스진흥원)

(남편 김우영 초상, 미완성, 1928년경, 수원시립아이파크미술관)

〈신여자〉 4월호(1920년)에 게재된 나혜석의 '저것이 무엇인고'
新여성 조롱과 함께 당대 남성의 이중적 시선이 내재됨. 국립현대미술관 소장

참고문헌

- 나혜석 단편집(지식을 만드는 지식, 2011)
- 나혜석-전근대사회에 좌절된 최초의 근대여성(이덕일 지음. 김영사)
- 그녀들은 자유로운 영혼을 사랑했다 : 불꽃처럼 살다간 12인의 여성작가들 (권오숙 외, 한길사, 2011)
- 나혜석 (이구열 지음, 서해문집, 2011)
- 나혜석 평전::내 무덤에 꽃 한 송이 꽂아주오(정규웅 지음, 랜덤 하우스 코리아, 2003)
- 나혜석, 신여성, 길 위에 서다(서경석 · 우미영 공저, 도서출판 호미, 2007)
- 세상을 바꾼 여인들(이덕일 지음, 옥당, 2009)
- 나혜석, 〈경희 외〉(범우, 2006)
- 여성의 삶과 미술(염혜정 지음, 창해, 2002)
- 프리다 칼로와 나혜석 그리고 까미유끌로델 : 시대를 앞서 예술적 운명과 만난 여인들(정금희 지음, 재원, 2003)
- 신여성들은 무엇을 꿈꾸었는가(최혜실 지음, 생각의 나무, 2000)
- 신여성(문옥표 외, 청년사, 2004)
- 경성을 뒤흔든 11가지 연애사건(이철 지음 다산초당, 2008)
- 일제하 여성독립운동과 여성운동 I(한국여성학회, 1992)
- 한국 여성근대화의 역사적 맥락(박용옥 지음, 지식산업사, 2001)
- 1920년대 국내학생운동의 성격과 위상(김성민 지음, 학생독립 운동연구단, 2011)
- 일제하 재일조선인유학생운동 (배영미, 학생독립운동연구단, 2011)

- 허정숙의 생애와 활동:사상과 운동의 변천을 중심으로(송진희, 순천대학교, 2004)
- 그녀들의 이야기 신여성:한국근현대문학과 젠더 연구(김연숙, 역락, 2011)
- 여성의 근대, 근대의 여성:20세기 전반기 신여성과 근대성(김경일, 푸른 역사, 2004)
- 한국역사속의 여성인물(한국여성개발원, 1998)
- 이혼고백서(나혜석, 오상, 1999)
- 나혜석 일대기-에미는 선각자였느니라(이구열 지음, 동화출판공사, 1974)
- 나는 인간으로 살고 싶다: 영원한 신여성 나혜석(이상경지음, (한길사, 2009)
- 김일엽-잿빛 적삼에 사랑을 묻고((김상배 편집, 도서출판 솔뫼, 1982)
- 한국근대여성문학사론(이상경 지음, 소명출판, 2002)
- 김일엽의 신여자 연구(유진월 지음, 푸른사상사, 2006)
- 기타 위키미디어 등 여러 출처 자료들
- Transylvania, History and Reality, Milton G. Lehrer, 307P, 1986, Published and Distributed by Bartleby Press, ISBN: 0-910155-04-6
- The Parliament of Romania, Cristian Ionescu, 63P, 2000, ISBN: 973-567-255-3
- N. Grigorescu, Mihai Cae, 63P, 1998,
- IASI, Oras al marilor destine, Leonard Constantine, 1986, Editura Meridiane,
- Romania Folk Painting on Glass, Andreea Gheorghitoiu, 1979, Meridiane Publishing House
- Judetul The county of Departement de l' Curtea de Arges, Ion Mihailescu, 143P, 1996
- Nicolae Grigorescu, Catalina Macovei, 175P, 1999, Parkstone Press, ISBN: 185995-537-1
- Grigorescu, Eugenia Ciubancan, 83P, 1999, Monitorul Oficial, ISBN:973-567-

228-6

- Panoramic Romania Overview, Eugenia Ciubancan, 240P, 1999, Monitorul Oficial, ISBN:973-567-149-2
- Symbolism, Robert Goldwater, 286P, Harper & ROW, Publisher/New York, ISBN: 0-06-430095-1
- Inspiring Impressionism, The Impressionists and the Art of the Past, Ann Dumas, 279P, Yale University Press, ISBN: 978-0-300-13132-1, printed in Singapore 등 다수